Thomas Pyczak

Starnberg. Marrakesch. Starnberg

Roman

Für Bettina

Verantwortlich: Thomas Pyczak
Pilsenseestrasse 9a, 82211 Herrsching

Internet: www.thomas-pyczak.de
Mail: tp@thomas-pyczak.de

Gestaltung: Bettina Pyczak (www.design.perfectday-online.de)
Foto: de.123rf.com © Jasmin Merdan (Umschlag)
Lektorat: Claudia Brendler
Korrektorat: Ute Winkler und Philipp Bobrowski

Das Gestern ist nichts
als die Erinnerung des Heute
und das Morgen das,
was das Heute erträumt.

Und das Heute umarme
das Vergangene mit Erinnern
und das Künftige mit Sehnsucht.

Khalil Gibran
(Der Prophet, 1923)

Prolog

Jetzt war ich eine von ihnen.
Ich hatte ein Flugticket nach München in der Tasche.
Es zählte nicht mehr.
Ich hatte einen deutschen Reisepass, gültig bis 2021.
Es zählte nicht mehr.
Ich hatte *ihn*. Das zählte.
Seine Finger strichen über mein Gesicht. Warm. Zärtlich. Zuversichtlich.
„Uns wird nichts geschehen“, flüsterte er in die Dunkelheit.
„Uns wird nichts geschehen.“
Die Nacht war kühl, nicht ein Stern am Himmel. Niemand sprach mehr.
Wir schaukelten sanft in die Schwärze.
Sie saß nicht weit von uns. Aufrecht und stolz.
Ich spürte ihren Blick. Er wollte mich enthüllen. Den andern zeigen, wer ich wirklich war.
Ich zog mein Kopftuch tiefer in die Stirn.
In der Finsternis waren wir wie ein einziges Wesen, sie und ich und er und all die anderen.
Wir zitterten dem Sonnenaufgang entgegen.

Erster Teil: Starnberg

1

„Nur zwei Dinge?“, hörte ich eine heisere Stimme murmeln.

Konnte der Mann mit dem Dackel etwa Gedanken lesen?

„Pardon. Ich dachte, Sie sprechen mit mir“, sagte er jetzt und blickte mir scheu in die Augen. Er war kleiner als ich, hager, im Rentenalter. Er trug Chucks, rote Chucks. Das gefiel mir. Die Menschen in diesem Ort waren so – generationsvergessen.

„Wohl lediglich laut gedacht“, erwiderte ich.

„Das war schön.“

Sein Tier weckte kläffend die Enten, die auf dem Wasser geschlafen hatten.

„Würden Sie es für mich wiederholen, bitte.“

Ungern, dachte ich. Wenn Sie, lieber alter Mann, wüssten, wie sehr ich die Einsamkeit am morgendlichen Seeufer liebe. Das leise Plätschern des Wassers. Das Schweigen.

„Ob Rosen, ob Schnee, ob Meere“, rezitierte ich mit sanfter Stimme, „was alles erblühte, verblich. Es gibt nur zwei Dinge: die Leere und das gezeichnete Ich.“

Der Mann lächelte melancholisch. Auch das Tier schaute schattig – wohl mehr wegen der respektlosen Enten, die ihre Schnäbel unters Gefieder geschoben hatten und es wagten, schon wieder zu schlafen, obwohl er am Ufer lauerte.

„Man sieht sich“, murmelte ich, bevor er mich nach der Bedeutung des Gedichts fragen konnte, und ging entschlossen Richtung *Undosa*. Meine Schritte knirschten schuldbewusst.

„Passen Sie auf sich auf", rief er mir hinterher.

Ich drehte mich um und nickte, vielleicht etwas zu stark. „Das werde ich."

Das *Undosa* war noch geschlossen. Es hieß eigentlich *H'ugo's Beach Club Undosa*, und war ab dem späten Vormittag ein Treff der Reichen und Schönen. Am Ufer stand ein Schild mit einer Schwarz-Weiß-Fotografie. *Undosa*: Deutschlands erstes Wellenbad, eröffnet zu Beginn des 20. Jahrhunderts.

Ich ging auf den Steg und blickte übers Wasser. Am Horizont leuchteten die Gipfel der Alpen. Es war windstill und warm. Wieder ein schöner Augusttag. Als die erste Träne über meine Wange lief, wusste ich, dass es Zeit war, zu gehen. Aber wohin? Zurück in das Haus, wo niemand auf mich wartete?

Ich blieb, weinte und fütterte die Enten mit altem Brot. Sie liebten Vollkornbrot. Ich bildete mir ein, dass die Enten lächelten, wenn sie nur dieses blauweiße Papier sahen, das um die Brotreste geschlagen war. Wenn sie seinen weichen Raschelton hörten.

Lächelnde Enten, wild schnatternd, vollkornglücklich. Am Ufer die heulende blonde Frau.

So ging das nun schon einige Tage.

Ich musste an den Arzt denken. Weinen, hatte er gesagt, sei ein Fortschritt, ein Zeichen, dass ich dabei sei, wieder mit mir selbst in Berührung zu kommen.

Der DJ in meinem Kopf fuhr den Pfeifton wieder hoch.

Ich ging zurück zu der Stelle, wo ich den Mann getroffen hatte. Er war fort.

Ich setzte mich auf eine der weißen Holzbänke, schloss die Augen und ließ die Morgensonne mein Gesicht wärmen.

2

Als mir Dr. Glüsenkamp die Diagnose gestellt hatte, war ich entspannt geblieben, kühl und entspannt. Nur dieses Zittern, innen. Es erschien mir unpassend und ließ sich leicht falsch deuten, besonders von selbstgerechten Ärzten. Ging nicht in der Firma gerade die Berliner Sommergrippe um?

Das bisschen Pfeifen im Ohr. Ich war schockiert, dass es dagegen keine Pille gab. Das betrübte Gesicht der Arzthelferin, als ich dankend ablehnte, mich an einen Tropf hängen zu lassen, wie ein Unfallopfer, eine frisch Operierte.

Ich hätte, erklärte ich der Frau mit den Birkenstocks und dem weißen Poloshirt, nun wirklich Wichtigeres zu tun. 33 ungelesene Mails. Zwölf Messages. Sechs Anrufe in Abwesenheit. Drei versäumte Stand-ups. Ein Stragile Kick-off und zwei Product Reviews ohne mich.

Den halben Vormittag schon in dieser stickigen Praxis, und dann eine Einladung, stundenlang am Tropf zu hängen. Nicht nur einmal. Nein, täglich. Eine Woche lang.

„Aber Blut muss ich Ihnen abnehmen", insistierte die Arzthelferin.

Ich hasse Nadeln, die in Venen geschoben werden. Ich kann es nicht sehen. Nicht ertragen. Ich habe Angst, dass ich auslaufe. Dass all mein Blut durch eine Nadel fließt, und nur eine leere, bleiche Hülle von mir übrig bleibt.

Diese Kälte der Nadel.

Diese Verletzlichkeit.

Diese Melancholie.

„Beim Blutabnehmen wird mir übel. Mein Kreislauf …"

Die Schwester entschied, dass ich liegen sollte. Und dann sang sie die ganze Zeit ein schreckliches Lied, das mir in der kritischen Phase des Einstichs die Konzentration raubte.

„Kommen Sie, Frau Seitz, jetzt singen wir einen Refrain zusammen!"

War ich beim Kinderarzt?

Ich konnte mich überhaupt nicht auf die Nadel und das laufende Blut konzentrieren. Immer wieder dieser Refrain und ihre glockenhelle Stimme.

„Tonight the super trouper lights are gonna find me, shining like the sun."

„Fertig", sagte sie und hielt mir eine Schale Gummibärchen hin. Ich nahm ein rotes.

Ich dachte: Das nächste Mal lieber wieder im Sitzen mit gepflegter Ohnmacht.

Auch mein Vater fiel in Arztpraxen häufiger in Ohnmacht. Eine Familienempfindlichkeit. Wenn er wieder in die wirkliche Welt zurückkehrte, beschwerte er sich jedes Mal bei den Arzthelferinnen, dass sie ihn geweckt hätten.

„Ohnmachten sind Stippvisiten im Paradies", sagte er immer. „Mal sind sie so tiefblau wie der Abendhimmel, mal leuchtend rot wie die Morgensonne, mal sattgrün wie ein frisch gemähter Rasen."

Er war wirklich ein Kenner.

Meine Ohnmachten waren bislang weder bunt noch paradiesisch. Ich konnte mich einfach nicht erinnern. Vielleicht eine Frage des Alters. Mit dreißig standen einem die großen, farbigen und erinnerungswürdigen Ohnmachten wohl erst bevor.

Auf der Schwelle zum Treppenhaus hörte ich meinen Namen. „Frau Seitz, hätten Sie wohl noch eine Minute für mich", sagte Dr. Glüsenkamp mit überruhiger Stimme, als ob er mich gerade auf dem Fensterbrett seiner Praxis im fünften Stock Altbau entdeckt hätte. Ich wollte die Tür hinter mir zufallen lassen, vor das Haus laufen und laut schreien.

Als ich bei ihm saß, sah ich zum zweiten Mal an diesem Tag die Fotos seiner blassen Kinder, die trübsinnigen Erklärbilder an den Wänden, die verchromten Dinger, um Hals, Nase und Ohren zu inspizieren.

Mein Handy vibrierte in der Tasche. Jo, mein Geschäftspartner. Ich drückte ihn weg. Statt mich zu loben, sah mich Dr. Glüsenkamp mitleidig an. Er schwieg, schien auf etwas zu warten.

Ich war mit meinen Gedanken bei Jo. Ich hatte ihn nie zuvor weggedrückt. Was wollte er?

Jo und ich waren damals ein Tandem. Wir teilten uns die Geschäftsführung von Mijo, unserer Internetagentur in Berlin Mitte. Wir waren Entrepreneure. Er verantwortete Marketing und Finanzen, ich Technik und Produktentwicklung. Wir fühlten uns wie Steve Jobs und Steve Wozniak. Aber uns würde so leicht nichts auseinanderbringen, dachte ich damals.

Das Geschäft lief gut. „Skyrocketing", war Jos Wort.

Hinter uns lagen schnelle Jahre. Nie war Zeit, zurückzuschauen. Kaum war ein Ziel erreicht, sprinteten wir zum nächsten. Privatleben schien uns ein überholtes Konzept. Etwas für Menschen ohne Ambitionen, ohne Ideen, ohne Kreativität. Erfolg in der digitalen Welt erforderte nun einmal Besessenheit. Und wir waren besessen. Wir wollten die Welt verändern, Spuren hinterlassen. Warum, das fragten wir eigentlich nie. Wir taten es, weil wir es konnten. Die Streberin und der Spieler.

Bei uns galten andere Regeln.

Sei paranoid! Nur die Paranoiden überleben. Denke groß! Wir werden eine Delle ins Universum schlagen. Geh weiter! Fertig ist ein F...-Word – es ist immer Tag eins. Hinter jeden dieser Sätze machten wir ein, zwei, drei, hundert Ausrufezeichen.

„Frau Seitz“, sagte Dr. Glüsenkamp, „wie alt sind Sie? 30, oder?“ Das Alter stand vor ihm auf dem Monitor. Ich schwieg.

Dann sagte er: „Wie alt, Frau Seitz, wollen Sie denn werden?“ Vermutlich eine Fangfrage.

„Was glauben Sie, Frau Seitz, will Ihnen Ihr Körper mitteilen? Durch das Pfeifen im linken Ohr oder das Zittern jetzt? Durch die dunklen Augenringe? Durch den Schweiß auf Ihrer Stirn?“

Ich antwortete wieder nicht. Ich spürte, er wollte auf diese Fragen alles, nur keine Antwort. Ich musste an die Hörkammer denken. Die Schwester hatte Töne unterschiedlicher Frequenzen gespielt, und ich sollte einen Knopf drücken, sobald ein Ton zu hören war.

Äffchen Mia im Versuchslabor.

Der Anblick der Frequenzkurve – bestimmte Bereiche einfach weg. Gelöscht. Wie eine überflüssige Mail, ein Text, ein Programm. Ab in den Papierkorb.

Äffchen Mia beschädigt.

Mit 30 die erste große Verletzung.

Hörlöcher. Was für ein Wort!

„Sie mögen nicht mit mir sprechen, Frau Seitz? Ich werde trotzdem weiterfragen. Was glauben Sie, wie viele Menschen in so einem Zustand wie Ihrem in meiner Praxis die Therapie verweigert haben? Sparen Sie es sich, nicht zu antworten. Keiner hat die Therapie verweigert. Niemand. Nicht einer. Sie wären die Erste.“

„Aha“, sagte ich, mehr zu mir als zu ihm.

„Ein erstes Wort. Das ist schön, Frau Seitz. Wir sind also noch im gleichen Universum. Erlauben Sie mir, weiterzufragen. Wie viele Stunden in der Woche arbeiten Sie durchschnittlich? 60? Oder sind es 70? 80 vielleicht? Ich bin sicher, Sie zählen gar nicht."

Da hatte er recht. Schließlich war ich keine Angestellte mit Stempelkarte und Betriebsrat im Rücken, der für mein Recht auf Freizeitausgleich kämpfte, wenn ich drei Tage hintereinander fünf Minuten zu lange gearbeitet hatte.

Ich zwinkerte zustimmend.

„Und was gelingt Ihnen in dieser Zeit? Immer weniger, da bin ich sicher. Sie kommen jeden Tag ins Büro. Das ist selbstverständlich. Sie treiben sich an. Du musst doch nur das bisschen schaffen. Aber irgendwie schaffen Sie es nicht."

Dramatische Pause.

„Und für diese Unzulänglichkeit hassen Sie sich irgendwann. Der Masochismus beginnt. Der destruktive Zirkel. Vielleicht noch nicht jetzt. Vielleicht sind Sie auch noch leistungsfähig. Aber es wird schlechter werden, glauben Sie mir."

Ich schaffte in der Tat weniger. In alles, was ich tat, hatte sich eine Langsamkeit eingeschlichen. Fiel keinem auf, weil ich immer noch schneller war als der Rest. Aber mir, mir fiel es auf.

Manchmal den ganzen Tag müde.

„Wie viele Stunden machen Sie Sport in der Woche? Allzu viel Zeit bleibt Ihnen für Waldläufe, Radtouren oder einfache Spaziergänge nicht übrig."

Wieder ein Treffer. Warum sagte er das so vorwurfsvoll? Ich war in der Schule und während des Studiums eine gute Schwimmerin und Läuferin gewesen. Nur weil alle gerade den Fitnessgott anhimmelten, musste ich es doch nicht tun.

Endlich kam er zur Sache.

„Sie sind in Gefahr, Frau Seitz. Dieses Pfeifen ist Folge eines – in Ihrem Fall zum Glück nur leichten – Infarkts im

Ohr. Viele halten Tinnitus für eine Volkskrankheit und denken sich nichts dabei. Sie aber sollten das Pfeifen durchaus ernst nehmen."

Er machte eine kurze Pause und fragte: „Rauchen Sie eigentlich?"

Ich nickte.

„Das ist gefährlich. Das sollten Sie nicht tun. Sie dürfen das nicht auf die leichte Schulter nehmen. Dieses Pfeifen ist zugleich ein Zeichen für schlimmere Dinge, wenn Sie es ignorieren, genau wie Ihre düstere Verfasstheit ..."

Ich seufzte, vielleicht etwas laut.

Er beugte sich vor und sagte mit strengem Blick: „Bei einer hart arbeitenden Geschäftsfrau, die ansonsten körperlich gesund ist, wage ich zu sagen: Ihr Körper kann dieses Leben nicht mehr leben, ohne Schaden zu nehmen. Ich würde Sie gern für einige Wochen krankschreiben. Sie müssen sich entspannen. Sie brauchen dringend Ruhe."

Das klang nach Schlusswort. Ich stand auf.

„Vielen Dank", sagte ich, „ich muss jetzt wirklich gehen."

Er erhob sich ebenfalls und antwortete: „Wir werden uns eher wiedersehen, als Sie glauben, Frau Seitz. Sie werden zusammenbrechen, wenn Sie so weiterleben. Es wird keine zehn Tage dauern."

Ich suchte nach einer geeigneten Antwort, mir fiel keine ein. Ich dachte nur: Er hat dich genau verstanden. Er weiß, dass er dich nie wiedersehen wird.

Wenn ich zurückblicke, muss ich über meine Blindheit fast lachen.

:::

Ben hatte am Samstag Zeit für mich. Seine Frau war mit einer Freundin shoppen. Er holte mich, wie immer breit lachend, vom Frankfurter Hauptbahnhof ab. War er jemals matt? Irgendwas imprägnierte ihn scheinbar gegen Ohrensausen und Erschöpfung. Nur was?

„Du siehst nicht gut aus, Sweety. Du solltest weniger arbeiten."

Der Sex war maschinenhaft. Der anschließende Bummel am Mainufer verlief sehr sachlich und kühl. Wir waren wie ein altes Ehepaar. Er erzählte von seinem neuen Maserati Gran Cabrio – „schiefergrau mit korallenroten Sitzen, ein Traum" –, ich hörte kaum zu und fragte mich, was in der Welt ich eigentlich an ihm mochte.

Ben war galant. Das mochte ich. Dass er fast doppelt so alt war wie ich, hatte kein Gewicht.

Ich mochte sein Parfüm und seine weiche Haut und seine grenzenlose Aufmerksamkeit. Ich war verliebt in die Art, wie er mich anblickte. Wie einen Schatz, den er gerade eigenhändig ausgegraben hatte.

Eigentlich war er nicht mein Typ. Zum Glück. Das machte alles leichter.

Es gab aufregende Kurztrips. Weihnachtsshopping auf New Yorks 5th Avenue. Am Polarkreis mit Ski-Doos über zugefrorene Seen jagen. Auf seinem Anwesen in der Toskana war Sting unser Nachbar – leider nie zu Hause. In Singapur tranken wir Mai Tais im höchsten Pool der Welt, unter uns das nächtliche Lichtermeer und der Golf von Malakka. Keine üble Zeit für eine einfache Lehrertochter und Entrepreneurin.

„Wie oberflächlich du sein kannst", hatte meine Mutter einmal gesagt, als ich von den Reisen erzählte. „Neidisch?", hatte ich zickig geantwortet.

Wer war wohl jetzt auf mich neidisch?

Wer wollte dieses knabenblütenhafte Maseratigeplapper ertragen?

Erst kam ich nicht zu Wort. Später, als Ben langsam die technischen Daten ausgingen, streikte meine Stimme. Jedes Mal, wenn ich ihm von dem unerfreulichen Arztbesuch erzählen wollte, zog etwas meine Stimmbänder zusammen. Es kam nicht mehr als ein müdes Krächzen. Keine Worte.

Ben sagte: „Lass doch endlich das Berliner Start-up-Spielchen. Komm zu mir nach Frankfurt!"

Krächzen.

„Deine Stimme, Sweety, klingt ... als hättest du deine Stimmbänder grobkörnig angeschliffen. Wie auch immer: Ich habe eine schöne Wohnung für dich."

Krächzen.

„Keine Sorge, ich verdiene in einer Stunde mehr als du im Monat."

:::

Am Montag saß ich wieder in der Arztpraxis. Die Helferin begrüßte mich überfreundlich. Nachdem ich im Wartezimmer Platz genommen hatte, steckten ihre Kolleginnen und sie sofort die Köpfe zusammen wie intrigante Raben. Schau mal, die da im Wartezimmer. Lebt ein schnelles Leben. Nicht mal Zeit für Infusionen. Das hat sie nun davon.

Es war die schlimmste Nacht gewesen. Ständig anschwellendes Pfeifen im Ohr. Mein Kopf ein Kasino. Traumwach streifte ich von Tisch zu Tisch. Roulette. Blackjack. Würfel. Überall saßen die Kollegen und zockten, statt sich um ihre Projekte zu kümmern. Jo, mein Partner, stand als Croupier an jedem Tisch. Und er gewann immer.

Dreimal wechselte ich mein Nachthemd, nachdem es durchgeschwitzt war.

Am Morgen kam ich mir vor, als hätte jemand über Nacht meinen Körper mit Beton ausgegossen, meine Seele schwarz angestrichen, mein Herz gestohlen und meinen Verstand kurzgeschlossen.

Zum ersten Mal zeigte der Blick in den Spiegel eine andere Person. Sie sah zwar aus wie die Frau auf dem Passfoto, aber sie war es nicht mehr.

Ich bekam Angst vor mir.

Dr. Glüsenkamp verordnete mir Ruhe, Abstand und sanften Sport. Er schien mir fast einfühlsam, nachdem ich die magischen Worte ausgesprochen hatte: „Ich glaube, ich kann nicht mehr. Ich will, aber ich kann nicht mehr."

Er gab mir Pillen.

Er erwähnte auch das Wort „Psychotherapie", doch ich tat so, als hätte ich es nicht gehört. Worte, die mit Psycho begannen, waren mir nicht geheuer. Worte, die auf Therapie endeten, waren Worte für andere.

:::

Wenige Tage später kam ich in Starnberg an, es war Mitte August. „Nur ein Versuch", hatte Jo gesagt. „Du kannst ja jederzeit wieder abreisen, Mi."

Er hatte diese Manie, alle Namen abzukürzen. Ich hatte ihm einmal vorgeschlagen, mich M zu nennen, aber das lehnte er als James-Bond-Fan strikt ab. Es konnte für ihn nur eine M geben.

„Mi, du wirst sehen, der Ort besitzt Heilkräfte. Das Haus wirst du lieben! Ein Bach fließt durch den Garten. Es ist ein Doppelhaus. Die andere Seite bewohnt eine Dame, die ich nur einmal zu Gesicht bekommen habe. Praktisch nie da. Der Ort ist mär-chen-haft."

Jo ist einer der besten Verkäufer, die ich kenne. Ich fürchtete Schlimmstes. Wahrscheinlich war das Haus, das er sich als Wertanlage gekauft hatte, eine Bruchbude, der Bach ein Rinnsal und die ruhige Dame hatte eine Großfamilie mit ewig plärrenden Babys.

Ich hatte mich zum ersten Mal im Leben krankschreiben lassen.

:::

Mein Bild von Starnberg war nicht positiv. Ich erwartete Unternehmensberater, Playboys und Privatiers – ein Fleckchen Hochmut und Nichtsnutzigkeit mit Seezugang.

Als ich allein mit meiner Reisetasche am Bahnhof stand, fand ich zu meiner Verwunderung Jugendliche, Mütter mit Kindern, Touristen.

Ich ging zum Seeufer, das gleich hinter den Schienen lag. Es wurde viel Englisch gesprochen. Frauen mit Einkaufstaschen saßen auf Bänken und redeten durcheinander. Segelboote trieben in der Bucht. Ein großer weißer Dampfer legte tutend an und spuckte Touristen aus.

Ich konnte mich nicht entscheiden, ob ich den See schön oder einfach nur kitschig fand. Auf jeden Fall imposanter als erwartet.

„Ist nicht weit", sagte der Taxifahrer. Er klang ein bisschen enttäuscht.

:::

Das Haus, das Jo gekauft hatte, war dann doch recht schön. Es lag etwas außerhalb des Ortskerns, weiter zurück von der Straße. Neben dem Aufgang zur Haustür wuchsen Rosen. Die Nachbarin hieß Sofia Senf. „Yogatrainer" stand auf dem handgemalten Türschild. Im Garten befand sich ein Apfelbaum. Tatsächlich schlängelte sich ein romantischer Bach durch das Grundstück. Im Schlafzimmer unter dem Dach hörte ich das Rauschen.

Das Haus war hell und reduziert eingerichtet. Der Handyempfang wechselte von Zimmer zu Zimmer. Gut war er nie. Es gab W-LAN. Aber niemand schrieb mir Mails. Niemand rief an. Man hatte mich aus der Kommunikationslinie entfernt. Jo wollte es so. Er sagte, sonst würde ich nie gesund werden. Er führte in meiner Abwesenheit meine Bereiche, und ich vertraute ihm mehr als jedem anderen. Zuerst hatte ich protestiert, aber er sagte: „Wir probieren es mal eine Woche aus."

Ich war wie abgeschnitten von meinem digitalen Ich. Von den Sätzen mit den 100 Ausrufezeichen. Patientin Mia ging zum ersten Mal seit Jahren offline. Ich fühlte mich ein wenig jämmerlich und so allein wie noch nie in meinem Leben. Ohne Mijo war ich nur ein defektes Berliner Mädchen mit Pfeifen im Ohr, Schatten im Blick und feuchten Augen.

Ich hatte ganz vergessen, was für eine Dramaqueen ich sein konnte, wenn ich nicht mehr mitspielen durfte.

3

Ich öffnete meine Augen, vertrieb die Erinnerungen und blinzelte in die Morgensonne. Wieder ein schöner Sommertag. Die Enten vor dem *Undosa* schnatterten aufgeregt. Ein kleiner Junge mit schwarzen Locken stand vor mir und lachte mich an. Seine Mutter saß auf der Bank rechts neben mir. Sie war verschleiert. Ich lächelte zurück. Der Junge sagte etwas auf Arabisch zu mir. Ich strich ihm eine Locke aus der Stirn, stand auf und ging.

Nur eine Begegnung, der ich nicht weiter Aufmerksamkeit schenkte. Rückwirkend erscheint mir diese Szene wie ein vorsichtiges Zeichen für das, was kommen sollte. Ein flüchtiger Hinweis auf eine Welt, die ungeduldig auf mich wartete, während ich noch am See saß und meine Stimmungen wog.

Mein altes Ich war noch nicht zurückgekehrt, doch das Kasino in meinem Kopf war jetzt immer öfter geschlossen. Ich schlief besser. Ich konzentrierte mich auf das Rauschen des Bachs statt auf das Pfeifen im Ohr. Es machte mich müde, nahm mich mit in eine traumlose Welt.

Ich war ungeübt darin, mit mir allein zu sein. Ich fand mich öde. Niemand, mit dem ich Zeit verbringen wollte.

„Versuchen Sie loszulassen und einfach zu sein", hatte Dr. Glüsenkamp gesagt. „Genießen Sie das Hier und Jetzt." Ich hatte den Verdacht, er übte ebenfalls das Loslassen und wollte viel lieber Guru sein als HNO-Spezialist.

Ich holte frische Brezeln beim Bäcker. Als ich das Haus erreichte, stand in der Kieselauffahrt eine Frau mit langen roten Haaren. Sie war barfuß und trug ein schwarzes T-Shirt-Kleid. Sie stand mit dem Rücken zu mir und beugte sich zu einer weißen Katze, um sie zu streicheln. Als sie meine Schritte hörte, drehte die Frau sich um. Ihre Bewegung war sehr langsam, als wäre sie gerade aus einem tiefen Traum erwacht.

Sie lächelte. Aber es war nicht das glattgebügelte Starnberger Standardlächeln. Sie lächelte wie die Sphinx. Tief. Unergründlich. Ich bekam augenblicklich eine Gänsehaut im Nacken.

Ihre Aura – war sie eine Hexe?

„Nein“, sagte sie, „ich bin keine Hexe.“

Nicht schon wieder! Dieses unzensierte Sprechen, das wurde einfach nicht besser. Ich war mir bei jedem Wort sicher gewesen, es nur gedacht zu haben. Ich hatte keine innere Erlaubnis zum Sprechen gegeben. Heute früh ein paar Gedichtzeilen, jetzt eine kleine Beleidigung.

„Und wer sind Sie, erfrischend offene blonde Frau?“

Lippen öffnen. Sprecherlaubnis.

„Ich heiße Mia. Ich verbringe einige Tage in Jos Haus.“ Ich zeigte auf die Haustür hinter dem Rosenstrauch. „Wir arbeiten zusammen.“

„Dann sind wir Nachbarn. Ich lebe in der anderen Hälfte des Hauses. Mein Name ist Sofia.“

Sie hob die Katze hoch.

„Und das ist Schnee.“

Ich mochte zu der Zeit Katzen nicht besonders, fand sie unberechenbar. Man streichelte sie. Sie genossen es. Plötzlich bohrten sie einem die Krallen ins Fleisch.

„Du hast aber einen schönen Namen.“

Schnee fauchte, als ich näher kam. Sofia streichelte die Katze, bis sie sich wieder beruhigt hatte und setzte sie zurück auf den Boden.

„Er mag keine Fremden. Das wird sich bessern, wenn er Ihnen öfter begegnet ist."

„Wir werden sehen", antwortete ich.

„Darf ich auch offen sein, Mia?"

„Jaja", stammelte ich, überrascht von dieser Frage.

„Sie sehen erschöpft aus. Müde. Wie wäre es, wenn Sie morgen um sechs Uhr mit mir meditieren? Wir treffen uns auf meiner Terrasse. Bis dahin, Mia!"

Sie drehte sich um und ging ins Haus. Schnee folgte ihr mit erhobenem Schwanz.

:::

Ich stellte keinen Wecker. Warum sollte ich meditieren?

Ich war keine Buddhistin.

Ich war keine Yogatante.

Ich war eine Unternehmerin. Eine erfolgreiche Unternehmerin.

Doch etwas an Sofia zog mich an. Ihr Sphinxlächeln. Ihr hexenhaftes Aussehen. Kein alltäglicher Typ. Ich wusste nicht, wie das ging: Meditieren. Ich würde nur hingehen, wenn ich rechtzeitig wach war.

:::

Am nächsten Morgen erwachte ich um 5.45 Uhr. Es war helldunkel und sehr still. Noch kein Straßenverkehr, keine Stimmen. Vögel zwitscherten und der Bach rauschte.

Ich ging um das Haus herum und fand Sofia auf der Terrasse. Da stand die Figur eines indischen Gottes in einem Rad aus Feuer. Davor brannte eine Räucherkerze. Sofia deutete mir an, mich auf das rote Kissen vor ihren kleinen Altar zu setzen. Sie sprach kein Wort.

Ich setzte mich im Schneidersitz neben sie, legte, wie Sofia, meine Hände in den Schoß und schloss die Augen.

Wie ging das, Meditieren?

Noch vor wenigen Wochen hätte ich diese Idee lächerlich gefunden. Absurd. Zeitverschwendung. Wie konnte man auf der Überholspur sein, wenn man seine Augen schloss und rumsaß?

Pfeifen wie bei einer fragwürdigen Schiedsrichterentscheidung im linken Ohr, im rechten das Plätschern des Bachs. Ein Strom unzusammenhängender Gedanken rauschte vorbei. Ein Auszug:

Warum nur 14 Punkte, Schätzchen? Was hat Krankheit mit schlechten Noten zu tun? Nur schlaue Menschen werden krank. Dumme Menschen niemals.

To do 1: Liste verloren.

Wieso ist mein Kaffee nicht da, ist da jemand unterwegs gestorben?

To do 2: Liste suchen.

Was du in einem Monat verdienst, verdiene ich in einer Stunde, in einer Minute, einer Sekunde.

To do 3: Liste nirgendwo.

Wie ich Partys hasse, auf denen es Prosecco gibt, dieses blöde Zwischending zwischen Wein und Champagner.

To do 4: Liste neu schreiben.

Maseratisex auf korallenroten Ledersitzen. Sind die empfindlich? Ach, was. Spermaimprägniert, die kennen ihre Kunden.

To do 5: Liste zu kurz.

Sylter Sorgen. Meine Sandburg ist höher als deine, ist breiter als deine, ist gerade von einer Welle weggespült worden.

To do 6: Liste zu lang.

Philosophiestunde. Wir ertrinken in demselben Fluss,

wir ertrinken doch nicht in demselben Fluss. Wer hat das gesagt?

To do 7: Liste lässt sich nicht abhaken.

Nennen wir die Firma doch Mijo, das klingt so wie du und ich und ein paar Samurai.

To do 8: Liste abhaken.

Mia, die Gründerin der Herzen. In dieser Gründerehe waren wir zu zweit, irgendwann zu dritt. Wer war doch gleich die Dritte?

To do 9: Liste verloren.

Heldentum. Habt euch nicht so, nur noch 90 Minuten, dann haben wir 24 Stunden durchgearbeitet. Noch neun Stunden, dann sind wir fertig.

To do 10: Liste suchen.

Ich und mein Affe mit einem Traum und einer Pistole ...

„Mia?"

Ich war erschöpft vom Strom der Gedanken, auch etwas mitgenommen von der Räucherkerze am frühen Morgen, als Sofia mir die Hand auf die Schulter legte.

Die Sonne war aufgegangen. Auf dem Tisch dampfte Tee.

Sofia sagte: „Ich hoffe, es hat dir gefallen, Mia. Schmerzen deine Beine? Wenn man diese Sitzhaltung nicht gewohnt ist, können 30 Minuten lang sein."

„Sie sind wie abgestorben."

Sofia lächelte warm.

„Komm gerne jeden Morgen. Es wird dir guttun. Es wäre schön, wenn wir nicht reden. Bitte erzähle mir nichts von dir. Ich werde dir auch nichts von mir erzählen. Alles, was wir voneinander wissen werden, erfahren wir über unsere Meditation."

Ich nickte, ging davon aus, dass es für mich das erste und letzte Mal gewesen war.

„Eins noch", fügte sie hinzu. „Ich weiß, du glaubst, du

kommst nicht mehr. Du täuschst dich. Du täuschst dich über vieles."

:::

Ich ging von da an jeden Morgen zu Sofia. Wir meditierten 30 Minuten, tranken danach schweigend Tee, der nach Zitronengras schmeckte.

Ich kann mich genau an den zweiten Tag erinnern. Es war die schlimmste Meditation. Danach ging es bergauf. In meinem Kopf tobte wieder das Pfeifen. Es pulsierte unentwegt, mal heller, mal dumpfer, mal lauter, mal leiser. Mir schien, als wenn sich auf dem Kissen auf Sofias Veranda meine ganze Existenz auf dieses Pfeifen reduzierte. Jeder Gedanke, jedes Bild, jede Erinnerung, jedes Gefühl wurde von Pfeifen angekündigt, begleitet, abberufen.

In meinem Kopf herrschte Krieg.

Wenn ich das nicht abstellen konnte, würde ich mit Musik meditieren müssen. Oder anfangen, mir ernsthaft Sorgen zu machen.

„Dieses Pfeifen ist zugleich ein Zeichen für schlimmere Dinge, wenn Sie es ignorieren." Arztworte erschienen in Neonbuchstaben. Ich zog den Stecker, aber irgendein Partisan, der in einem Winkel meiner Seele Unterschlupf gefunden hatte, steckte ihn wieder heimlich in die Steckdose.

„Schlimmere Dinge." Was hatte Dr. Glüsenkamp mit „schlimmere Dinge" gemeint?

Ich war 30. Ich fing erst an. Ich war nie krank.

„Das ist ein Alarmton, Frau Seitz. Das ist nicht das freundliche Pfeifen der Kinder oder des Teekessels, das ist ..." Dr. Glüsenkamp hatte diesen Satz nicht zu Ende gesprochen. Ein billiger Trick, um ihn unheimlicher klingen zu lassen.

„Schlimmere Dinge." Das war doch nur Angstmache. Er wollte mich zu einem guten Patienten machen, einer ängstlichen Seele, die bei jedem kleinen Zipperlein in der Praxis vorsprach und dankend die Medikamente und den gelben Zettel entgegennahm.

Herr Doktor. Wie gut, dass es Sie gibt. Haben mich gerettet.

Tat ich nicht alles, was er verlangt hatte? Lebte leise und unaufgeregt in meiner Starnberger Blase. Schlief zehn Stunden am Tag. Verbrachte die meiste Zeit draußen und widerstand jeder Versuchung, mich in laufende Projekte einzumischen.

„Dieses Pfeifen ist Folge eines Infarkts im Ohr. Rauchen Sie, Frau Seitz?"

Ich hatte mich in Starnberg sogar für eine Rauchpause entschieden. Gegen meine neue Elektrozigarette konnte kein Arzt der Welt etwas einwenden. Kein Teer, kein Kohlenmonoxid, keine Blausäure.

„Sie müssen lernen, mit diesem Pfeifen in Ihrem linken Ohr zu leben. Es wird nie wieder ganz verschwinden. Es gehört jetzt zu Ihnen. Akzeptieren Sie das und lassen Sie sich davon nicht verrückt machen."

Das war mein schlimmster Gedanke. Dass ich nachhaltig kaputt war. Dass ich das nicht in den Griff bekommen würde. Dass ich diesen teuflischen DJ in meinem Kopf niemals wieder rauswerfen konnte.

Ich sehnte mich nach Stille. Absoluter Stille.

4

Am zehnten Tag sagte Sofia: „Ich sehe, es geht dir schon etwas besser. Du hast dein freundliches Gesicht wiedergefunden, Mia. Ich möchte dir gern jemanden vorstellen."

Ich hatte seit Tagen nicht mehr geheult. Ich fühlte mich aufgeräumter. Diese Anfälligkeit für Schwere, Drama, Selbstmitleid - vermindert, scheinbar verschwunden. Kaum zu glauben. Ich spürte zugleich, wie die dunkle Macht in einem der Hinterzimmer meiner Seele auf ihren nächsten Einsatz lauerte.

Um acht Uhr morgens stand Sofias Auto in der Auffahrt. Sie stopfte einen Teppich und vier Küchenstühle in den Kofferraum. Dann fuhren wir in eine schmale Straße, die entlang eines Hangs verlief. Links standen alte und neue Villen, rechts, an der hangabfallenden Seite, waren die Häuser weniger imposant.

Sofia hielt an der Straße und ging zu einer Pforte. Sie drückte den Griff auf der Innenseite hinunter.

„Die Klingel hat noch nie funktioniert", sagte sie.

In der Ecke mit den Mülltonnen stapelte sich der Müll auf einem Haufen. Es roch nach Fisch. Ich öffnete eine der Tonnen. Sie war leer.

Sofia zuckte die Schultern.

Der Garten hatte eine wilde Note, das fiel selbst mir auf. Der Rasen musste gemäht und - dringender noch - wieder einmal gesprengt werden. Im Gras lagen zwei Fahrräder.

Die Haustür stand offen, ein Mann lehnte im Türrahmen und rauchte. Er beobachtete uns.

Sofia rief einen Namen, den ich nicht richtig verstand.

Ein junger Afrikaner kam und lächelte freundlich. Sofia zeigte auf den geöffneten Kofferraum. Gemeinsam trugen wir die Stühle und den Teppich ins Haus. Wir schleppten alles in einen kahlen Raum im Erdgeschoss. Darin stand eine Frau, sie war klein und schmal. Ihre Haut war sehr dunkel, ihre Haare wunderschön wuschelig.

Mein Alter, schätzte ich.

„Like Tea?“, fragte sie und ging in einen Nebenraum.

Sofia schüttelte den Kopf.

„Ich muss gleich weiter. Aber du, Mia, trink du doch mit ihnen Tee.“

Ich wollte mich ihr anschließen, doch die Frau verharrte in der Tür und blickte mich erwartungsvoll an.

Sofia flüsterte: „Sie verstehen uns nicht. Leider. Es sind Flüchtlinge. Ein Ehepaar. Zwei von Hunderttausenden, die in diesem Jahr nach Deutschland gekommen sind, weil sie in ihrer Heimat in Lebensgefahr waren. Sie sind erst seit Kurzem in Starnberg. Sie kennen niemanden hier. Sie sind einsam.“

Der Mann und ich legten einen struppigen weißen Flokati unter den Tisch und stellten die mitgebrachten Stühle darauf. Die Frau brachte eine blauweiße Papiertischdecke und Pfefferminztee.

Ich fragte sie nach ihren Namen. Sie verstanden kein Wort Deutsch, wenige Worte Englisch und Französisch. Ich zeigte auf mich und wiederholte meinen Namen. „Mia. Mia. Mia.“

„Mia“, sagte die Frau und nickte. Der Mann lachte freundlich und sagte ebenfalls meinen Namen.

Ihr Name sei Almaz. Almaz, das klang für mich nach orientalischer Prinzessin.

Taye hieß der Mann.

Ich erklärte ihnen, dass ich aus Berlin komme. Berlin, das Wort kannten sie. Wenn ich sie richtig verstand, waren sie auf ihrer Reise auch dort gewesen, bevor sie nach Starnberg kamen. Sie stammten aus Eritrea. Ich hatte keine Vorstellung, wo in Afrika das war. Der Mann wiederholte mit weit aufgerissenen Augen eine Geste, als wenn ihm die Kehle durchgeschnitten werden würde. „No Muslim", sagte er.

Ich nickte und trank den Tee. Er erinnerte mich an meine Kindheit. Pfefferminztee, Mamas Allheilmittel gegen verdorbenen Magen und Erkältung und allerlei andere Zipperlein.

:::

Am nächsten Morgen meditierten Sofia und ich. Wir schwiegen. Danach fütterte ich meine Enten. Sie lachten mich an, ich lachte zurück. Keine Tränen mehr.

Am Nachmittag entdeckte ich ein weißes Mountainbike in Jos Garage. Ich fuhr zum Bäcker, kaufte Kuchen und fand mich wieder vor dem Gartentor in der kleinen Straße am Hang. Einige Männer saßen im Garten und rauchten, sie beachteten mich nicht.

Ich rief ihren Namen: „Almaz!"

Sie öffnete lächelnd das Gartentor.

Wir aßen den Kuchen und tranken Tee. Ich erfuhr, dass elf Flüchtlinge in dem Haus lebten, und dass Almaz und Taye seit drei Wochen hier waren. Sie mussten etwa zur gleichen Zeit nach Starnberg gekommen sein wie ich. Draußen schien die Sonne, es war dunkel in dem Zimmer und angenehm kühl.

Von da an fuhr ich fast jeden Tag mit Kuchen zum Haus der Flüchtlinge.

Almaz und Taye waren in ihrer Heimat als Christen verfolgt worden und mit einem Boot über das Mittelmeer nach Europa geflohen. Sie war 33 Jahre alt, er 27. Die beiden besuchten dreimal pro Woche Deutschstunden in der Gemeinde. Was lernten sie dort? Grammatik? Sie konnten, eingeschüchtert von all den Regeln, nicht einfachste Sätze sprechen. Sie taten mir leid.

Ich versuchte, ihnen Deutsch beizubringen, aber ich bin eine miserable Lehrerin. Ich komme aus einer Lehrerfamilie, doch dieses Erklärgen fehlt mir ganz und gar. Kein Talent, keine Geduld, keine Lust.

Wir entdeckten die Zeichensprache. Zählten an den Fingern ab. Zeigten auf Dinge. Es war mühsam.

Wir gelangten schließlich zu der Auffassung, dass wir Tee und Kuchen auch schweigend genießen konnten. Wir blickten uns verstohlen an und umarmten uns vorsichtig bei der Begrüßung und zum Abschied.

Almaz malte mit einem Kugelschreiber die hellen Quadrate der blauweißen Tischdecke mit Ornamenten aus. Sie wirkte traumverloren.

Taye schien mir wie ein großer schlaksiger Junge, unruhig, unsicher, unstet. Er schnitzte Holzfiguren und schenkte mir einen kleinen Elefanten.

Ich rauchte Schoko-Minze in meiner mattschwarzen Mystic. Ich ließ Taye probieren. Er blickte danach ähnlich begeistert wie ich nach meinem ersten Couscous mit Ziegenfleisch.

Almaz starrte die E-Zigarette an wie Teufelswerk. Sie nahm meine Hände in ihre, murmelte fremde Worte – sie klangen für mich wie Koseworte – und drückte meine Hände vorsichtig. Sie sah mir dabei in die Augen, ihr Blick war ernst. Mir schien, als wenn sie mir zuliebe Geister beschwören würde.

Sie waren rührend.

5

„Wie kommst du mit Jo aus?“, fragte mich Sofia überraschend eines Morgens nach der Meditation.

„Ich dachte, wir … egal … er ist wie ein Bruder für mich“, antwortete ich.

Sie zog die Augenbrauen hoch und sagte kein Wort mehr.

Dieser skeptische Blick ging mir den ganzen Tag nicht aus dem Kopf. Warum fragte sie das? Jo erkundigte sich jede Woche, wie es mir ging. Er schrieb Messages. Er schrieb, dass in der Firma alles bestens laufe. Ganz gleich, wie lange ich krankgeschrieben sei, ich solle mir so viel Zeit nehmen, wie ich brauchen würde.

Ohne Jo wäre ich nicht hier. Ohne Jo würde es mir nicht wieder so viel besser gehen. Ich hätte Sofia sagen sollen: „Jo ist der beste Partner der Welt.“

:::

Am nächsten Morgen nahm Sofia meine Hand und führte mich zur Straße. Wir bogen nach links ab, Richtung See, gingen dann den kleinen Berg hinauf. Ich war noch nicht dort gewesen, obwohl ich an der Abzweigung jeden Tag vorbeikam und mich oft genug gefragt hatte, was wohl dort oben war.

Wir gingen entlang einer hohen Mauer, vorbei an einer Kirche und einem kleinen Friedhof. Zur linken Seite öffnete sich der Blick auf ein Tal. Da unten musste auch Jos Haus sein. Ein paar Autos standen auf einem Parkplatz. Vor uns befand sich eine Brücke, die zu einem alten, weißen Gemäuer mit rotem Ziegeldach führte.

Hübsches Schloss, dachte ich.

„Ja, ein Schloss", sagte Sofia.

Zum Glück hatte ich sie dieses Mal mit meinem Gedankentext nicht beleidigt. Es ging voran.

„Finanzamt Starnberg."

„Gediegen."

Sofia führte mich nach rechts zur höchsten Stelle des Bergs. Dort stand eine einsame Bank. Der Blick war postkartig. Der See, die Bucht, der Ort, die Morgennebel in den Hängen am gegenüberliegenden Ufer, die Silhouette der Berge. Erste Sonnenstrahlen.

„Setz dich, Mia. Heute meditieren wir mit offenen Augen. Es ist einer der schönsten Orte am See, finde ich. Spüre die Kraft!"

Schweigend blickten wir in das Kitschbild vor uns. Vögel zwitscherten.

Zum ersten Mal, seitdem ich hier war, sehnte ich mich zurück nach Steinen, Beton, S-Bahnen, Bussen, Staus, Hupen, Menschenmassen. Nach Müll am Straßenrand, Graffitis, schlechtem Wetter, nach Meetings, Projektplänen, meinem Schreibtisch, meinen Kolleginnen, Kollegen. Ich sehnte mich nach der Stadt, ihrem Lärm, ihrer Gewalt.

War das ein Zeichen von Heilung, wenn man genug hatte von der heilen Welt?

Ich drehte mich zu Sofia.

„Warum hast du mich gestern nach Jo gefragt?"

„Was weißt du über Jo?", fragte sie zurück.

Ich erzählte ihr, wie wir uns im Studium kennengelernt hatten. Wie sehr ich ihn für sein Verkaufsgenie bewunderte. Wie gut wir uns ergänzten. Wie viel Spaß wir gemeinsam hatten. Wie wir als Tandem diese Firma gestartet hatten und seitdem auf einer Erfolgswelle surften.

Wieder zog sie ihre Augenbrauen hoch.

„Wir sind erfolgreich", wiederholte ich.

„Ah ja. Was weißt du denn von ihm als Mensch?"

:::

Diese Frage hielt mich fest. Ich hatte in den Meditationen geübt, leichter loszulassen. Nicht zu bewerten. Alle Dinge, die mir in der Meditation erschienen, anzusehen wie einen Film. Ich stellte mir immer vor, in einem Straßencafé *Unter den Linden* zu sitzen und die vorbeifahrenden Autos und die vorübergehenden Menschen zu beobachten. Ein Kommen und Gehen. Meine Gedanken und Gefühle bewegten sich wie diese Menschen und Autos. Ein Film. Ohne mich nicht da, aber doch weit weg von mir.

Jo kam mir immer wieder in den Sinn. Drei Bilder wiederholten sich ständig. Bilder aus diesem Sommer, unterlegt von einem pulsierenden Pfeifbeat.

Jo, wie er jeden Morgen zu mir kam und mir einen Kaffee brachte.

Jo, wie er eines Abends fast geduckt hinter seinem Notebook saß und, als ich sein Büro betrat, furchtbar erschrak und das Gerät zuklappte.

Jo, wie er in der Tür seines Glasbüros stand und seltsam lächelte. Er war der Einzige in der Firma mit einem Büro, ich saß direkt bei den Teams. Wegen der vielen Telefonate, sagte er. Aber jeder wusste, wie sehr sein Ego leiden würde, wenn er wie alle anderen im Großraum sitzen müsste. Ich lächelte zurück, aber er schien mich nicht zu sehen und reagierte nicht. Als ich mich umdrehte, sah ich jemanden Jos Lächeln erwidern.

:::

„Sagt dir der Name Sarah etwas?“, fragte Sofia nach unserer Morgenmeditation am nächsten Tag.

Ich zuckte zusammen. Sarah war eine meiner Projektmanagerinnen. Woher kannte sie den Namen?

„Das dachte ich mir“, flüsterte Sofia.

„Habe ich etwa während der Meditation gesprochen?“

„Nein, du warst ganz still.“

Sie machte eine Pause, trank einen Schluck Tee und löschte das Räucherstäbchen.

Sofia studierte jede meiner Bewegungen, während sie mit untergeschlagenen Beinen auf ihrer Yogamatte ruhte. Dann schlug sie den Gong. Das Zeichen, dass unsere Sitzung beendet war.

:::

Als ich an diesem Morgen die Enten fütterte, musste ich wieder heulen. Ben war so weit weg. Nicht ein einziges Mal hatte er vorgeschlagen, mich hier zu besuchen. Er schickte mir wie immer Selfies von seinen Businesstrips. Ewig lächelnd.

Ich sehnte mich nach jemandem, der keine Fragen stellte, der einfach nur da war und mich sein ließ. Der stärker war als jeder Mensch auf der Welt. Wie als Antwort auf meine Tränen schrieb Ben. „Wie geht es dir, Sweety? Ich vermisse dich. Frankfurt ist nicht das Gleiche ohne dich. Überlege ernsthaft, dich in Starnberg zu besuchen. Was meinst du?“

Wir kannten uns jetzt drei Jahre. Unsere Beziehung war locker. Er hatte Frau und Kinder, doch seine Familie langweilte ihn. Er brauchte von Zeit zu Zeit eine Frau, mit der er auf Augenhöhe reden konnte. Mich.

Das war natürlich eine fette Lüge. Es gab niemanden in diesem Universum, dem Ben Augenhöhe zugestand. Er fühlte sich überlegen. Er hatte etwas Geniales auf der schmalen Spur, auf der Geld zu mehr Geld, mehr Geld zu noch mehr Geld, noch mehr Geld zu Türmen von Geld wurde.

Manchmal war er ein einfühlsamer Liebhaber. Seine Frau war ziemlich klein. Wahrscheinlich wollte er nur auf Augenhöhe Sex haben. Und wenn schon. Ich wollte einen Mann, der mich charmant belog und mir halb egal war. Der mich mit Blicken hochhob. Wenn es sein musste, auch mal bis zur Sonne.

Bloß keine Liebe.

Was sollte ich auf seine Nachricht antworten?

Ich schrieb: „Wie wär es am Wochenende? Wir könnten segeln."

Im gleichen Moment bereute ich es. Das Alleinsein tat mir gut. Es ging mir besser ohne die Menschen, die noch vor Kurzem meine Welt gewesen waren. Andererseits konnte ich mich nicht ewig in Starnberg verkriechen. Es war schon September.

Ein Treffen mit Ben war ein guter Proof of Concept. War ich bereit für die Welt da draußen, für Ben, Jo und Sarah?

Ich musste immer wieder an Sofias Worte denken: Kannte sie Sarah?

:::

Kater Schnee stand in der Auffahrt. Er schlich um meine Beine. Ich ignorierte ihn.

Ich zog meine Reisetasche aus der Ecke hervor, startete mein Notebook.

Nach einigen friedlichen Wochen hatte ich diesen Morgen zum ersten Mal wieder geheult. Sarahs schönes Gesicht verfolgte mich, seitdem Sofia den Namen erwähnt hatte.

Ich wusste, es hatte wenig Sinn, Sofia zu fragen, wie sie auf diesen Namen gekommen war. Sie stellte Fragen, sie knüpfte Fäden. Nie sagte sie, was war. Nie wertete sie. Sie hatte erkannt, dass ich Hilfe brauchte. Sie half, indem sie mich sein ließ und einlud, Dinge mit ihr zu tun.

Während ich versuchte, mich an das Passwort zu erinnern, lösten sich meine Gedanken von Sofia und Sarah und machten einen Sprung zu meinen Eltern. Ihre kritischen Blicke auf mein Leben. An alles hängten sie ein Fragezeichen. Eine Note. Von morgens bis abends bekam ihre kleine Welt Zeugnisse ausgestellt.

„Zeug%nis+Wahn"

Falsche Eingabe.

Bevor ich nach Starnberg geflohen war, sahen sie in mir wenigstens die Musterschülerin. Burn-out. Tinnitus. Mit diesen Worten konnten sie nichts anfangen. Für sie gab es nichts, wogegen Arbeit nicht helfen konnte.

„muster§schü$ler%in_mi&a"

Falsche Eingabe.

Sie hatten ja so recht damit, hatte ich mein Leben lang gefunden. Ich war immer eine Fleißbiene gewesen, Notenstandard Einskomma, selbst in Fächern, die ich nicht leiden konnte, wie Chemie. Ein hübscher kleiner Bauchladen voller Abschlüsse und Diplome qualifizierte mich für das Arbeitsleben – auch wenn nie jemand danach fragte. Nicht einmal unsere Investoren.

Jetzt stand meine kleine Welt auf dem Kopf. Jetzt half es, nicht zu arbeiten. Ich genoss die heilende Kraft der Pflichtvergessenheit.

Meine Eltern klangen am Telefon zugleich besorgt um

mich und sich selbst. Was war das nur für eine Welt, in der die Tochter das eigene Lebensmodell nicht mehr bestätigen wollte? Sie litten darunter. Sie taten mir leid. Ich sagte am Ende jedes Telefonats: „Ich liebe euch. Ihr werdet sehen, bald bin ich wieder die alte Mia."

Ich brauchte drei Versuche, um das richtige Passwort einzugeben.

„1_rauf_mit_*chen"

Log-in.

Nur Jo und ich besaßen das Masterpassword. Wir konnten alle ausspionieren, wenn wir wollten. Mir ging es nur um eine Person. Sarah.

Ich durchsuchte ihre Mails nach meinem Namen. Keine Auffälligkeiten, nur die üblichen Projektsachen. Ich suchte nach „Jo". Sie tauschten mehr Mails aus, als ich erwartet hatte, schließlich hatten die beiden eigentlich nichts direkt miteinander zu tun. Keine auffälligen Inhalte – bis auf einen seltsamen Betreff: „STA-Projekt".

STA war das Autokennzeichen von Starnberg. Das Starnberg-Projekt?

Ich sortierte die Mails neu und fand insgesamt drei mit diesem Thema. Als ich die erste öffnen wollte, flog ich aus dem System. Ich versuchte, mich sofort wieder anzumelden, doch es gelang mir erst nach etlichen Versuchen. Als ich wieder nach dem STA-Projekt suchte, fand ich nichts. Die Mails waren verschwunden.

6

Ich sammelte gerade den Müll zusammen und warf ihn in die Tonnen, als ich Taye die Straße hochkommen sah. Er trug einen Radhelm und schob sein Fahrrad. Ich fragte ihn, warum er nicht fuhr. Wenn ich ihn richtig verstand, war es das erste Fahrrad in seinem Leben. Die Gemeinde, die es ihm geschenkt hatte, hätte sich vielleicht auch über diese Frage Gedanken machen sollen.

Ich versuchte, mich zu erinnern, wie ich Fahrradfahren gelernt hatte. Draufsetzen und losfahren – viel mehr war da nicht. Ich dachte mir, ich zeige es Taye am besten, indem wir Seite an Seite einfach die Straße hinunterrollen, dann hat er gleich ein bisschen Schwung.

Eine gute Idee. Nur das Konzept mit den Bremsen hätte vielleicht etwas mehr Ausführlichkeit verlangt.

Am Ende machte die Straße eine scharfe Linkskurve, geradeaus befand sich eine Treppe. Ungebremst hätte ich mich weder auf die Treppe noch auf die Kurve eingelassen. Wir hatten schon ganz schön Fahrt drauf.

„Bremsen! Brakes! Stopp!", rief ich.

Taye sah hilflos zu mir hinüber, geriet dabei ins Schlingern. Ich zeigte auf die Bremshebel. Doch er war zu abgelenkt damit, das Rad wieder unter Kontrolle zu bekommen.

Während ich im letzten Augenblick bremste, fuhr Taye geradeaus weiter. Er bremste erst auf der Treppe. Er zog am falschen Hebel, das Hinterrad hob sich, er flog über den Lenker. Ich schrie. Doch er rollte sich ab wie ein Stuntman und landete vor den Füßen einer Gruppe Senioren.

Taye erhob sich. Er blickte auf das Fahrrad, das auf der Treppe lag. Dann schien er zu tanzen und dabei lachte er ein ausgelassenes, ansteckendes Lachen. Er konnte gar nicht mehr aufhören. Die sorgenvollen Blicke der Senioren verschwanden, jetzt lachten auch sie.

Ich hatte mein Rad fallen gelassen und war die Treppen zu Taye hinuntergelaufen. Ich tanzte mit ihm und weinte vor Lachen.

Das war der letzte unbeschwert glückliche Moment in Starnberg.

Es schien mir fast ein bisschen schade, dass ich schon wieder Lust auf Berlin verspürte.

Zurück fuhren wir ganz langsam. Taye wirkte stolz, als die anderen im Garten uns Rad fahrend ankommen sahen. Er lachte immer noch.

Ich fragte Taye, wo Almaz sei.

Da verfinsterte sich sein Blick, sein Lachen erstickte. Wenn ich ihn richtig verstand, war Almaz beim Arzt. Ich fragte, warum, aber Taye konnte es nicht erklären. Er wirkte unruhig. Etwas stimmte nicht.

Wir tranken Pfefferminztee.

Einige seiner Mitbewohner saßen an diesem Nachmittag mit uns im Garten. Sie sangen. Einer von ihnen trommelte. Wir hörten schweigend zu und schauten in den Himmel. Ein Schwarm Wildgänse flog geräuschvoll Richtung Starnberger See.

:::

Am Abend rief ich Alex an, einen Kollegen. Hacken war sein Hobby. Er arbeitete immer sehr spät. Ich sagte ihm, ich hätte aus Versehen ein paar Mails gelöscht, ob er sie mir wiederbeschaffen könne.

„Mia“, sagte er. „Gib mir einen Moment. Hab gerade ein Projekt, das ich fertig machen muss. Bin ein bisschen spät dran.“

Dann machte er eine 20-minütige Pause, in der ich nichts als Tastaturgeklapper und Grunzen hörte.

„So, jetzt erklär mir die Sachlage!“

Er verstand sofort, dass es gar nicht meine Mails waren, kommentierte diese Unstimmigkeit aber nicht weiter.

„Schön von dir zu hören, Mia. Hoffe, es geht dir wieder besser. War ein ziemlicher Schock für uns. Aber keine Sorge, Sarah hat die Dinge gut unter Kontrolle.“

Sarah? Wollte Jo nicht meine Bereiche übernehmen?

Mir wurde übel.

Ich setzte mich an das Bächlein und durchsuchte den Sternenhimmel nach meinem Sternzeichen. Der Zwilling ist nur in den Wintermonaten zu sehen, das hatte mir einmal ein Freund erklärt. Ich dachte, wer weiß, vielleicht habe ich ja Glück. Aber ich konnte mich nicht finden.

:::

Am nächsten Morgen fand ich keine STA-Projekt-Mails in meinem Postfach. Alex hatte geschrieben: „Du musst dich täuschen. Es gibt keine Mails mit diesem Betreff.“

Sarah schien die Dinge wirklich gut unter Kontrolle zu haben.

Ich schrieb zurück: „Doch. Grabe tiefer. Ich dachte, du bist der Beste?“

Keine Antwort. Bestimmt hatte er wieder die Nacht durchgearbeitet und schlief bis Mittag.

Während der Meditation mit Sofia war ich abgelenkt. Vielleicht, dachte ich, hatte STA ja gar nichts mit Starnberg zu tun.

Bilder vom Einstellungsgespräch mit Sarah erschienen wieder und wieder. Ich hatte sie nach ihren Karrierezielen gefragt. Da hatte sie geschmunzelt und gesagt: „Ihr Job würde mir gefallen." Wir hatten beide gelacht damals, und ich hatte gedacht, die ist richtig.

Sie ist fünf Jahre jünger als ich, ein dunkler Typ mit kurzen Haaren und funkelnden grünen Augen. Sportlich, ehrgeizig, effizient, fleißig. Sie wusste immer, wann sie glänzen musste. Und sie besaß ein Gespür dafür, wann es reichte, sich durchzuschlängeln. Sie lief vor allem dann zu Höchstform auf, wenn ihre Arbeit von oben gesehen wurde. Im Halbdunkel der Alltagsarbeit nahmen ihre Tatkraft und ihre Detailversessenheit rapide ab.

Sarah kannte ich erst zwei Jahre. Sie bedeutete mir als Mitarbeiterin viel, als Mensch war ich ihr nie nähergekommen. Sie war einfach gut. Für meinen Geschmack allerdings zu berechnend. Auf Partys kam keine Nähe auf. Das mochte auch an mir liegen. Sie hielt mich für verschlossen, weil ich nicht ständig aus meinem Privatleben erzählte. Das war mir gleich.

Unser Verhältnis war gut, aber nie besonders eng. Ich war froh, dass es sie gab, und sie schien mit mir als Chefin gut zurechtzukommen.

Ihr Job würde mir gefallen.

„Ich spüre, du bist heute nicht bei der Sache, Mia", sagte Sofia.

Ich blickte ertappt zu Boden.

„Beantworte dir folgende Frage: Wem vertraust du?"

:::

Heute war Almaz da. Sie sah traurig aus. Sie wirkte noch dünner und kleiner als sonst. Sie lächelte gequält, als ich in der Tür stand. Ich fühlte mich unwillkommen, wollte instinktiv wieder gehen. Ich setzte mich auf eine Bank im Garten und wartete.

Almaz kam nach zehn Minuten mit Pfefferminztee. Sie kam allein. Sie setzte sich dicht neben mich und lehnte sich an mich. Ich legte meinen Arm um sie und flüsterte beruhigende Worte auf Deutsch. Als wenn ich mit einem Baby reden würde.

Almaz weinte.

Sie ging ins Haus und brachte einen grünen Schnellhefter. Sie schlug ihn auf und hielt ihn mir hin. Ich überflog den Text. Zwei Worte waren mit Magic Marker hervorgehoben. Akute Leukämie. Ich ließ den Ordner fallen und umarmte Almaz, so fest ich konnte.

Zwei Männer standen in der Tür und beobachteten uns.

Taye kam in den Garten und reichte uns Tempotaschentücher. Er wirkte verloren.

:::

Ich verbrachte den Abend mit einer Flasche Rotwein im Internet.

Alex hatte geantwortet, er durchforste gerade System-Back-ups. Da wäre jemand beim Löschen sehr gründlich vorgegangen.

Um 22 Uhr schrieb er: „Schau auf WhatsApp. Ich hab sie! Bist du sicher, dass du sie lesen willst?“

„Klar. Was ist los?“

„Sie sind böse verschlüsselt. Da hat jemand etwas zu verbergen.“

„Kannst du sie entschlüsseln?“

„Vielleicht.“

„Wie lange?“

„Lange."

„Komm schon."

„Jaja, Chef. Ab jetzt nichts mehr über den Firmenaccount, okay?"

„Sicher."

Verschlüsselte E-Mails kamen in unserer Firmenkultur nicht vor. Jo und ich standen für Transparenz. Wer sollte uns ausspionieren? Und wenn jemand es vorhatte, dann würde es ihm früher oder später sowieso gelingen.

Nur bei Kundendaten waren wir heikel. Aber das hier schien ein einfacher Mailwechsel wegen eines Projekts zu sein. Kryptosoftware unnötig.

Was taten Jo und Sarah hinter meinem Rücken? Was hatte es mit Starnberg zu tun? Intrigen waren neu in unserer kleinen Agentur. Warum ausgerechnet gegen mich?

Ich saß am kleinen Holztisch im Garten. Am Boden stand eine Räucherkerze gegen die Mücken. Schnee war auf den Apfelbaum geklettert, und ich sah seine Augen in der Dunkelheit blitzen. Er schien zu verstehen, dass ich ihn nicht mochte, und hielt Abstand. Fledermäuse waren in der Luft. Vielleicht wollte er eine fangen.

Ich recherchierte schon den ganzen Abend das Blutkrebsthema. Wenn ich das, was ich im Internet an Informationen fand, richtig verstanden hatte, dann hatte Almaz mir heute Nachmittag ihr Todesurteil gezeigt. Es sei denn, die Chemotherapie half oder es fand sich ein geeigneter Stammzellenspender. Oder beides.

7

Am nächsten Morgen sagte Sofia nach der Meditation zu mir: „Was ist dein Warum im Leben, Mia?“

Ich musste weinen, und sie nahm mich in die Arme, strich mir über den Kopf wie einem Kind und schwieg.

Ich sagte: „Ich wusste es einmal, aber jetzt weiß ich es nicht mehr.“ Ich dachte: Bitte, sprich mit mir, verflucht, sprich mit mir.

Vielleicht war es auch andersherum. So, wie sie mich ansah, war es wohl eher andersherum. Aber Sofia sprach kein einziges Wort.

Ich wusste nichts von ihr. Sie dagegen schien alles über mich zu wissen. Doch eine Hexe?

:::

Bei den Enten fand ich den alten Mann mit seinem Dackel. Ich hatte die beiden seit unserem ersten Treffen nicht mehr gesehen. Der Mann nickte mir zu. Dann sagte er leise und leicht: „Durch so viele Formen geschritten, durch Ich und Wir und Du. Doch alles blieb erlitten durch die ewige Frage: Wozu?“

Ich antwortete ihm: „Das ist eine Kinderfrage. Dir wurde erst spät bewusst, es gibt nur eines: ertrage – ob Sinn, ob Sucht, ob Sage – dein fernbestimmtes: Du musst.“

Die letzte Strophe sprachen wir im Duett: „Ob Rosen, ob Schnee, ob Meere, was alles erblühte, verblich. Es gibt nur zwei Dinge: die Leere und das gezeichnete Ich.“

Nach dieser Rezitation Schweigen.

Ich musste an Almaz denken. Ich fühlte mich plötzlich wie das Kind in dem Gedicht.

Wozu? Wozu nur?

Was für ein schwarzer Morgen.

„Verstehen Sie es?", fragte ich.

„Nein. Seitdem wir die letzte Strophe von Ihnen gehört haben, grübeln Giltram, mein Dackel, und ich über diese Zeilen. Sie sind uns ein Rätsel. Ein schönes, trauriges Rätsel."

Er blickte zu seinem Dackel. Der Hund begann, mit dem Schwanz zu wedeln und blickte sein Herrchen an, als hätte er jedes Wort verstanden.

„Vielleicht eine vorsichtige Annäherung. Es klingt für mich wie Abschied an die Frage nach dem Sinn. Nach Schicksalsergebenheit am Ende eines Lebens. Giltram und ich können das sehr gut nachvollziehen. Wir haben schon lange aufgehört, nach dem Warum zu fragen. Seitdem sind wir glücklich."

„Bin ich zu jung für all das?"

„Das dürfen Sie mich nicht fragen. Sie haben dieses Gedicht mir vorgetragen. Ich kannte es vorher nicht."

Ich nickte. Dann sagte ich: „Es mag sich seltsam für Sie anhören, aber ich kannte es auch nicht. Ich muss es in der Schule gelernt haben, vielleicht haben es mich meine Eltern gelehrt, als ich ein kleines Kind war – meine Eltern sind beide Lehrer. Vielleicht habe ich es in einer Zeitschrift gelesen oder auf einer Webseite und es mir eingeprägt wie ein Bild."

Ich fand das einigermaßen bestürzend, wie sich so ein Gedicht unbemerkt in meinem Gedächtnis einnisten konnte.

„Vielleicht war es in mir verschüttet."

„Ja, das mag sein. Es kommt aus der Tiefe."

„Aus der Tiefe des gezeichneten Ichs?“

Er schmunzelte. „Sind Sie denn gezeichnet?“

„Ja, das bin ich“, erwiderte ich. „Sie können es nicht sehen. Aber wenn Sie hören würden, was ich höre …“

„Ich habe es gleich gespürt“, sagte er. „Giltram, mein Dackel, auch. Sie sind eine ganz besondere Frau.“

:::

Almaz wirkte jetzt wieder gefasster. Wir setzten uns in den Garten wie am Vortag. Taye brachte uns Tee. Er setzte sich nicht zu uns, sondern sprach mit einigen anderen Männern, die im Flur standen. Wir schauten beide auf den Boden. Es roch nach Sommer und nach Müll, der sich wieder vor den Tonnen stapelte. Ich hielt ihre Hand.

Plötzlich sagte sie: „Bitte!“

Ich blickte sie an, verstand nicht.

Sie wiederholte: „Bitte!“

Sie ging ins Haus, und als sie zurückkam, hielt sie in ihrer Hand ein Foto. Es zeigte sie mit einem Mann. Beide blickten ernst in die Kamera.

Ich fand den Mann attraktiv und zugleich unheimlich. Seine Augen fesselten mich, als wenn sie mich in das Foto ziehen wollten. Ich versuchte mich auf Almaz zu konzentrieren, die auf dem Foto fast mystisch aussah, den Mund leicht geöffnet, den Blick in die Ferne gerichtet.

Almaz hielt in der anderen Hand einen Zettel, davon las sie die Worte ab.

„Gibril … mein Bruder … mein Leben.“

Ich verstand nicht gleich.

Sie wiederholte die letzten beiden Worte mit Tränen in den Augen: „… mein Leben.“

Als ich sie in meine Arme schloss, fühlte sie sich so dünn

und schutzlos an. So verloren und vergessen. Ich streichelte über ihren Kopf und wiederholte immer wieder: „Es ist gut, Almaz. Es ist gut."

Meine Gedanken tanzten auf der Stelle.

Was alles erblühte, verblich.

Mein Bruder, mein Leben.

Natürlich hatte ich sofort verstanden, wovon Almaz sprach. Stammzellentransplantation eines Verwandten. Ich hatte gestern Abend davon gelesen. Der Bruder konnte ihr Lebensretter sein, wenn es sonst keinen passenden Spender gab.

„Wo ist Gibril?", fragte ich. „In Eritrea?"

Sie schüttelte den Kopf.

„In Deutschland?"

Ich war mir nicht sicher, ob sie mich wirklich verstanden hatte. Ich blickte Hilfe suchend zu Taye. Gab ihm mit Händen und Füßen zu verstehen, dass wir jemanden benötigten, der übersetzte.

Einer der Männer, die bei ihm standen, schien mich besser zu verstehen. Er sprach ein paar Brocken Französisch.

Ich erklärte ihm, dass ich wissen wollte, wo Gibril wäre.

Er übersetzte, aber offenbar sprachen er und Almaz nicht den gleichen Dialekt. Es dauerte eine Weile, bis sie sich gefunden hatten.

„Afrika", sagte sie.

„Wo in Afrika?"

Wollte sie es nicht sagen oder wusste sie es nicht? Viele Worte gingen zwischen den beiden hin und her. Auch Taye mischte sich ein.

„Nordafrika. Marokko."

„Wo in Marokko?"

Nach einer Weile sagte Almaz: „Marrakesch."

„Marrakesch", wiederholte ich. „Was macht er dort?"

Sie suchten nach dem Wort, gaben recht bald auf und entschieden sich, es mir vorzuspielen wie in einer dieser TV-Shows. Taye hatte die Arme über den Kopf erhoben und machte komische Bewegungen mit den Fingern. Unter ihm hockte der andere, zappelte mit Armen und Beinen.

„Puppenspieler?"

Sie grinsten freudestrahlend. Ich ebenfalls. Dass ich erkannt hatte, was sie meinten. Dass ich dieses Wort kannte. Zu etwas war der Französisch-Leistungskurs doch gut gewesen. Wenn ich bedenke, was für einen Aufstand meine Eltern damals gemacht haben. Was willst du denn mit Französisch, Mia? Lerne Latein, das ist der Anfang!

Almaz schaute mich flehend an.

Ich ahnte, was sie von mir erwartete.

Vom Foto durchdrangen mich Gibrils Augen. Er saß aufrecht und war gekleidet wie ein Beduine. Sein Kopf war kahlrasiert, der Mund geschlossen, aber nicht ernst. Eher sinnlich, so schön waren die geschwungenen Lippen.

Gibril, der Puppenspieler.

:::

Auf dem Rückweg fuhr ich wieder zu den Enten. Ich hoffte, den alten Mann mit seinem Dackel zu treffen, doch er war nicht da. Die Enten lächelten mir freundlich zu, aber ich hatte kein Brot für sie. Ich fuhr mit dem Mountainbike die Seestraße bis nach Tutzing, setzte mich in eine Eisdiele und bestellte Spaghetti-Eis. Ich hatte es seit meiner Kindheit nicht mehr gegessen. Danach war mir übel.

Später ließ ich mich mit einem kleinen Boot auf die Roseninsel übersetzen. Ich liebte Rosen.

Die Insel war sehr klein. Rosen in allen Farben blühten. Es duftete betörend.

Ich setzte mich auf eine freie Bank und atmete den Rosenduft ein. Jugendliche schrien im Wasser, sie waren zur Insel geschwommen. Auf der Bank neben mir saß ein Mann mit Schnurrbart und bayerischer Tracht. Er blickte zu mir herüber und sagte: „Märchenhaft, nicht? Auf diesen Bänken saßen einst König Ludwig II. und Richard Wagner und Kaiserin Sissi.“ Er zeigte ans gegenüberliegende Ufer. „Dort drüben ist der Ludwig ins Wasser gegangen.“

Ich nickte. Jetzt wurde es opernhaft.

Das Glück mit der geliebten Cousine und dem verehrten Komponisten hier, da drüben der feuchte Tod. Ich nahm mir vor, an einem der nächsten Tage zu der Stelle zu fahren, an der Ludwig ins Wasser gegangen war, um von dort aus hier hinüberzusehen.

Noch dachte ich, ich hätte alle Zeit der Welt.

:::

Ich ging auf Sofias Terrasse, doch sie war nicht da.

Eine Message von Alex kam über WhatsApp. Er schrieb: „Konnte nicht alles knacken. Vielleicht kannst du damit was anfangen. ... auszeit ... morgenkaffee ... geduld ... Ist aus der ersten Mail. Arbeite noch an den anderen beiden.“

Drei Worte. Was sollte ich damit anfangen?

Nach meinem Verständnis von Verschlüsselung erschien mir das merkwürdig. Warum nur drei Worte. Ich dachte: Man entschlüsselt entweder ganz oder gar nicht.

„Wenn du den Schlüssel hast, müsste doch alles zu lesen sein.“

„Theoretisch.“

„Theoretisch?“

„Ja. Ist keine Standardverschlüsselung, sondern Marke Eigenbau.“

„Eigenbau?"

Er reagierte nicht. Ein Flackern von Misstrauen. Statt weiter zu fragen, erstickte ich es, indem ich mich den drei Worten zuwandte, die Alex mir geschickt hatte – Auszeit, Morgenkaffee, Geduld.

Auszeit und Geduld gehörten eigentlich gar nicht zum aktiven Wortschatz von Jo. Er war ungeduldig und always on. Und Teetrinker. Den Morgenkaffee brachte er nur einem Menschen – mir.

War das etwa eine Mail über mich?

Auszeit. Meine Auszeit?

Geduld. Meine Geduld?

Was hatte mein Morgenkaffee mit meiner Auszeit zu tun? In gewissem Sinne war das jetzt ja eine Auszeit.

Geduldig war keiner von uns.

Niemand in der Firma war so effizient wie ich, so fleißig – so dumm?

Lief da etwas Schlimmeres als Mijos erste Bürointrige?

Das Pfeifen in meinem Ohr schwoll an. Alles wurde Pfeifen. Das Rauschen des Bachs, das Singen der Vögel, das Streichen mit den Fingern durch die Haare.

Wem konnte ich vertrauen?

Was war mein Warum im Leben?

Ich schrieb Alex zurück: „Du schaffst das. Ein paar mehr Worte von der ersten Mail würden helfen. Von wann ist die Mail?"

„15. Juni 2015."

:::

Am Abend fuhr ich noch einmal zu Almaz. Niemand war im Garten. Gewitterwolken schoben sich über den See. Es wurde gerade dunkel.

Als ich an der Gartentür stand, sah ich im Haus gegenüber eine Frau durch das Fenster auf die Straße schauen. Sie konnte mich im Licht der Straßenlaterne erkennen. Als ich zurückschaute, verschwand sie.

Ein warmer Wind verwirbelte meine Haare. Die Blätter rauschten immer lauter. Im Haus ging ein Licht an, doch ich konnte nichts erkennen. Der Vorhang war zugezogen. Ich rief ihren Namen: Almaz. Almaz. Aber gegen Donner und den Wind kam ich nicht an. Am Horizont zuckten Blitze. Es würde jeden Moment zu regnen beginnen.

Ich öffnete das Gartentor. Die Haustür war verschlossen. Ich wollte klopfen, ein ungutes Gefühl hielt mich davon ab.

Ich ging um das Haus herum. Da waren Trommeln zu hören, Trommeln und monotoner Gesang. Die Luft knisterte. Ich bekam eine Gänsehaut am ganzen Körper. Ich wollte wieder zurück, doch etwas zog mich um das Haus herum. Hier war ich noch nie gewesen. Es musste das Wohnzimmer sein, Kerzenlicht flackerte in den Rhododendren. Der Gesang wurde lauter. Mein Magen krampfte sich zusammen.

Es war jetzt stockdunkel. Erste Regentropfen klatschten auf die Blätter. Ich schob meinen Kopf vorsichtig um die Ecke. Im Flackern der Kerzen sah ich ein bayerisches Wohnzimmer, an der Wand ein Hirschgeweih und ein ausgestopfter Raubvogel. Almaz lag am Boden, sie war fast nackt. Ihr Körper war bemalt. Um sie herum tanzten fünf Männer, darunter Taye. Einer der Männer schwenkte Weihrauch. Der Duft kroch durch die Ritzen der Terrassentür in meine Nase. Ein anderer Mann hielt ein lebendes Huhn in der Hand. Es baumelte an den Füßen, der Kopf hing nach unten. Zwei Männer trommelten wie in Trance. Almaz wand sich am Boden.

Die Männer tanzten schneller und schneller. In der Luft blitzte ein Messer. Ich schrie, doch der Schrei ging in einem

Donner unter. Als der Hühnerkopf gegen die Scheibe flog, erhellte ein Blitz das grausige Bild. Überall war Blut.

Die Trommeln schwiegen.

:::

Ich schoss durch den Regen. Das Mountainbike hatte weder Schutzbleche noch Licht. Ich merkte es gar nicht. Ich keuchte, mein Herz raste, meine Lunge brannte. Fast wäre ich mit einem 30-Tonner zusammengeprallt. Seine Hupe dröhnte durch Starnberg wie ein Nebelhorn.

Blitze zuckten am Himmel, und mit jedem Blitz erschien mir das Bild – das Hirschgeweih, die Klinge, die bemalte Almaz, der Weihrauchnebel, der Hühnerkopf.

Ich raste auf die Kiesauffahrt von Jos Haus, bremste zu stark und rutschte auf die Seite. In Panik sprang ich auf, rannte zur Tür, schaltete kein Licht ein und verkroch mich im Obergeschoss, dem Schlafzimmer. Ich kauerte hinter dem Bett, als wenn mir jeden Moment der Mann mit dem Messer auflauern würde. Ich hyperventilierte.

8

„Es ist dein Leben“, sagte Sofia. „Ich sehe, was ich sehe. Ich höre, was ich höre. Ich spüre, was ich spüre. Ich habe auch keine Antworten. Nur Fragen. Wirst du deiner Angst oder deinem Mut folgen? Gehst du vorwärts in Ungewisse oder zurück in die vertraute Welt, die dich krankgemacht hat?“

Sie schloss mich in die Arme, fester als all die anderen Tage.

„Hat sie es dir gesagt?“

„Almaz?“

„Ja.“

Ich senkte meinen Blick.

„Sie war geheilt. Jetzt, zwei Jahre später, schlägt die Leukämie wieder zu.“

„Sie sieht schlecht aus.“

„Bald wird sie in der Klinik sein. Hat sie dir von ihm erzählt?“

„Ja.“

„Sie ist noch so jung.“

Ich konnte kein Wort rausbringen und nickte stumm.

„Zurück zu dir. Wirst du deiner Angst oder deinem Mut folgen, Mia? Ich wünsche dir die Kraft, dich richtig zu entscheiden.“

Beim Fortgehen rief Sofia meinen Namen.

„Mia, sie waren zusammen hier, Jo und Sarah. Ein ganzes Wochenende. Sie haben über dich gesprochen.“

Sie senkte ihren Kopf, als wenn sie überlegte, ob sie weiterreden solle.

„Konntest du hören, worüber sie gesprochen haben? Bitte, Sofia, es ist wichtig. Haben sie das Starnberg-Projekt erwähnt? Haben sie von mir gesprochen? Sofia, bitte …"

Sofia antwortete nur: „Wer bist du, Mia? Wer bist du?"

Es waren die letzten Worte, die ich für lange Zeit von ihr hören sollte.

:::

Später saß ich benommen bei den Enten, ging ruhelos am Seeufer auf und ab, setzte mich schließlich im *Undosa* auf den Steg und betrachtete die Berge. Mein Rock war sofort nass, es hatte die ganze Nacht geregnet. Dampf stieg vom Land auf, und der See war glattgebügelt. Ein schwarzer Spiegel. Ich konnte mein Gesicht im Wasser sehen.

Ich hätte mir gern zugelächelt. Aber ich verzog nur meinen Mund und sah für einen Augenblick aus wie der irre Joker aus „The Dark Knight".

Heute war nicht mein Tag.

Ich hatte kaum geschlafen. Mir fehlte jede Ruhe. In der Nacht hatte ich, einem Instinkt folgend, alle Nespressokapseln in den Müll geworfen. Ich traute Jo keinen Millimeter mehr.

Ich weiß nicht, wie oft ich mein Handy in die Hand genommen und auf Jos Nummer gestarrt hatte. Es wäre falsch gewesen. Hier handelte es sich um ein Problem, das nach körperlicher Präsenz verlangte. Nicht, weil ich das Bedürfnis hatte, ihn zu schlagen. Ein wenig vielleicht. Vielmehr, weil es anders einfach nicht ging.

Nie, nicht auch nur ein einziges Mal, war es mir bis dahin gelungen, ein größeres Problem mit einer Mail oder einem Anruf zu klären. Ich brauchte dazu Nähe. Sonst fehlte mir das Gefühl für die Situation und das Gegenüber. Als wenn nicht der Geist, sondern in Wirklichkeit der Körper das Problem lösen würde.

Ich stellte mir Dr. Glüsenkamp vor. „Ja, Frau Seitz, Aggression ist gut, sie führt uns zu uns selbst, vielleicht auch ein bisschen über uns hinaus. Passen Sie auf, dass es beim Vorsatz bleibt, sonst müssen Sie vielleicht bald aus anderem Grund behandelt werden."

Jo würde niemals eine Frau schlagen. Mich schon gar nicht. Er machte mir auf eine andere Art Angst.

Diese Scheinheiligkeit.

Dieses Intrigante.

Diese Attentätermentalität.

Ich musste jetzt nach Berlin, um Jo zur Rede zu stellen. Die wenigen Worte, die Alex geschickt hatte, ergaben für mich zumindest so viel Sinn, dass Sarah und er sich gegen mich verschworen haben mussten. Die Firma war mein Leben, wie konnten sie es wagen? Ich musste ihren Plan vereiteln, meinen Platz im Leben verteidigen.

Was hatte Sofia gesagt? Sie waren ein Wochenende gemeinsam in Starnberg gewesen, in meinem Haus? Waren Jo und Sarah ein Liebespaar?

Dieser Blick von Jo, der mir in meinen Meditationen immer wieder begegnet war. Dieser Blick, der nicht mir gegolten hatte, sondern Sarah. Dieses Erschrecken, als ich sein Büro betreten hatte. Wie ein auf frischer Tat Ertappter. Der tägliche Morgenkaffee. Von wegen Fürsorge!

Mir fiel ein, wie Dr. Glüsenkamp mich auf einen Blutwert angesprochen hatte. Er hatte gefragt, ob ich Medikamente nehmen würde und sich überrascht gezeigt, als ich verneinte. Genau genommen hatte er mich angesehen wie eine arme Lügnerin, wie jemanden, der etwas verbergen wollte.

Ich hatte nur gegähnt und gedacht, er solle sich nicht so aufspielen. Er hatte mir vorgeschlagen, noch einmal Blut abzunehmen, um die Werte genau zu überprüfen. Was für eine Antwort hatte er wohl auf so eine Frage erwartet?

Dann waren mir die Sätze rausgerutscht: „Piksen Sie nicht ständig in mir herum. Bringen Sie mich wieder in Form." Er hatte ziemlich verschnupft reagiert. Dem rot angelaufenen Gesicht nach zu urteilen, war er kurz davor gewesen, mich aus seiner Praxis zu werfen.

War ich vergiftet worden? Wie hätte ich das wissen können?

Ich würde Dr. Glüsenkamp, wieder in Berlin, alles erklären. Oder er mir.

:::

Auf keinen Fall wollte ich noch einmal in das Flüchtlingshaus am Hang zurück. Dieser Voodoozauber erschien mir wie kitschiger Horror. Im nächsten Augenblick hatte ich wieder große Angst um Almaz. Sie hatte nicht erwähnt, dass sie schon einmal an Leukämie erkrankt und geheilt worden war. Es war nicht wichtig. Das Jetzt zählte. Und jetzt war Almaz in Lebensgefahr. Voodoo würde sie nicht retten.

Weihrauch und geköpfte Hähne – dagegen war mein lieber Dr. Glüsenkamp mit seinen Infusionen und warmen Worten nahezu fortschrittlich. Almaz brauchte eine Stammzellenspende von der genetisch richtigen Person. Ihrem Bruder. Doch der war in Marrakesch, weit weg, unerreichbar. Wie konnte das sein? Selbst wenn er kein Handy besaß, irgendein Freund oder Bekannter hatte doch immer Internet oder ein Telefon.

Wie konnten sie sicher wissen, dass er sich in Marrakesch aufhielt, und ihn dennoch nicht erreichen? Versteckte er sich dort? Vor wem? Vermuteten sie nur, dass er in Marrakesch war? Waren sie irgendwie zerstritten, und sie traute sich nicht, ihn um Hilfe zu bitten? War er vielleicht eine Gefahr für sie?

Ein Puppenspieler. Gab es denn noch Puppenspieler?

Ich ging ins Haus und packte meine Sachen. Ich hinterließ Sofia einen Zettel im Briefkasten mit meiner Telefonnummer. „Danke", stand darauf. Ich legte den Schlüssel wieder hinter die Regentonne. Ein Taxi brachte mich zum Bahnhof. Ich wollte die Bahn nach München nehmen und von dort nach Berlin fliegen, um Jo zur Rede zu stellen.

Als die S-Bahn in den Bahnhof rollte, ergriff mich plötzlich eine furchtbare Wehmut. Ich zitterte, wie ich beim ersten Arztbesuch gezittert hatte. Das Pfeifen in meinem linken Ohr drang bis in die linke Gehirnhälfte, die Heimat klaren Denkens und rationaler Entscheidungen.

Als sich die Türen der Bahn öffneten, befand ich mich schon wieder auf den Treppen zum Fußgängertunnel, der zur Straße und zum Taxistand führte.

:::

Taye saß auf der Bank im Garten und sah mich erstaunt an. Almaz begann zu weinen, als sie mich erblickte. Es waren Freudentränen. Sie fiel vor mir auf die Knie und sagte immer wieder das eine Wort.

„Danke. Danke. Danke."

Sie wischte sich die Tränen aus dem Gesicht und reichte mir das Foto von sich und ihrem Bruder. Sie gab es mir mit beiden Händen wie etwas sehr Kostbares. Auf der Rückseite stand ein Name: Gibril. Darunter die Worte: Djemaa el Fna. War das eine Adresse?

Wie konnte ich ihr nur erklären, dass alles ein furchtbares Missverständnis war? Ich wollte nach Berlin, nicht nach Marrakesch.

Almaz sprang auf und rief Taye zu sich. Sie erzählte ihm, was sie glaubte, was passieren würde. Auch er warf sich zu meinen Füßen nieder und murmelte Dinge, die ich als Dankfloskeln interpretierte.

Ich überlegte fieberhaft, wie ich den beiden in Zeichensprache erklären konnte, dass es ein Irrtum war. Ich wollte mich doch nur verabschieden.

Da nahm sie die schwarzrote Kette mit dem kleinen Goldstück – natürlich Fake, lackiertes Metall oder Plastik – von ihrem Hals und Taye hob seine Frau sanft an den Hüften hoch, damit sie mir die Kette umlegen konnte. Beide verneigten sich, die Hände vor der Brust.

„Talisman", sagte Almaz. Taye nickte.

Ich konnte nicht sprechen. Bilder von schönen Nachmittagstees im Schatten einer alten Eiche rasten durch meinen Kopf. Der Schnellhefter mit der Diagnose. Ihr weinendes Gesicht. Der fliegende Hahnenkopf, das blitzende Messer.

Und jetzt dieses Glück in den Gesichtern der beiden. Zum ersten Mal, seitdem ich sie kannte, strahlten Almaz' Augen wie kleine Sonnen.

Almaz schloss ihre Arme um mich, ihre kleinen Hände streichelten über meinen Rücken, ihr Mund murmelte fremde Worte. Sie legte ihren Kopf sanft an meine Brust. Ihre Hände fanden den Weg zu meinem Kopf, sie massierten sanft meine Ohren, meine Stirn, meine Lippen.

Es war mir peinlich, so in den Armen einer Frau zu stehen, noch dazu in den Armen der Frau, die sich gerade Hoffnungen auf etwas machte, das ich nicht erfüllen konnte, das ich nie erfüllen würde. Aber ich konnte mich nicht losreißen. Ich sank tiefer und tiefer in ihre Arme. In eine Welt, die so fremd war und doch so vertraut. In Almaz' Armen war ich ein Kind. Ein Kind, das Sicherheit bekam, Wärme, Ruhe. Ein Kind, das gerettet wurde.

Wie lange standen wir dort? Ich konnte es nicht sagen.

Die Umarmung fühlte sich intensiver an als jede Umarmung zuvor. Mein Körper glühte. Zugleich war ich erfüllt von einer tiefen Ruhe. Diese Umarmung schien mir zu sagen, dass alles gut war und nie wirklich anders sein würde, solange ich mich an diesen einen Moment erinnern konnte, an die Wärme und die Ruhe und die sanften Berührungen von Almaz.

Zum Abschluss strich sie mir mit einem Zeigefinger entlang der Stirnfalte über meiner Nase. Ich drehte mich um und rannte zu dem Taxi, das auf mich wartete. Ich bat den Fahrer, mich zurück zum Bahnhof zu bringen. Ich lief durch den Tunnel zu meinen lachenden Enten, für die ich beim Bahnhofsbäcker Brot gekauft hatte.

:::

Neun Uhr, ein Samstag. Mein ruhiger Ort am See war Treffpunkt von Touristen und Einheimischen. Im *Undosa* füllten sich bereits die Tische. Die Enten machten einen Ausflug. Ich setzte mich auf eine weiße Holzbank, stellte die Tasche neben mich und schloss meine Augen.

Es war zu viel.

Ich befühlte die Kette. Sie war kühl. Sie war ein Teil von Almaz.

Ich dachte an Sofia und die gemeinsamen Meditationen. Die weise Sofia. Verbunden mit mir durch Schweigen und rätselhafte Anspielungen. Ich dachte an Almaz. Die arme Almaz. Ebenfalls verbunden mit mir durch Schweigen – und ein furchtbares Missverständnis.

Wer bist du? Ich war Mia, die Seele von Mijo, Berliner Entrepreneurin, die sich am Starnberger See erholte. Was gab es denn da zu fragen? Sie wusste es doch.

Wirst du deiner Angst oder deinem Mut folgen? Was bildete Sofia sich ein? Was hatte das mit Angst oder Mut zu tun?

Es gab einfach Dinge, die getan werden mussten. Meine berufliche Zukunft, mein Leben. Wie konnte ich, jetzt, wo ich Jos und Sarahs Intrige auf die Schliche gekommen war, untätig zusehen? Die Gründe waren noch dunkel, aber Alex würde die Mails übers Wochenende entschlüsselt haben.

Zeit, auf den Tisch zu hauen.

:::

Ich weiß nicht, wie lange ich dort gesessen hatte, als ich spürte, wie sich jemand dicht neben mich setzte. Ich sah ihn an, ohne ein Wort zu sprechen. Ich wusste, er kannte die Antwort.

Seine Augen waren freundlich, wie die des Dackels, der auf seinem Schoß saß.

„Ist es Zufall, dass wir uns treffen?"

„Glauben Sie an den Zufall?"

„Ich glaube an Planbarkeit."

„Haben Sie unsere Begegnungen geplant?"

„Nein."

„Haben Sie Ihre Tage in Starnberg geplant? Wir spüren, Sie sind nicht von hier."

„Ich bin aus Berlin. Ich habe meine Tage in Starnberg nicht geplant. Es ging nicht, es …"

„Was haben Sie geplant von dem, was Sie in Starnberg erlebten?"

„Nichts. Gar nichts."

„Was lernen Sie daraus?"

„Sie stellen viele Fragen. Ich mag Ihre roten Chucks und Ihren Dackel."

„Danke.“

Noch viel lieber mochte ich seine heisere Stimme. Das zu erwähnen schien mir irgendwie zu intim.

„Mein Leben ließ sich planen. Jetzt nicht mehr.“

„Sie wollen wissen, was zu tun ist. Darum sitzen Sie hier. Giltram und ich sollen es Ihnen sagen. Ein alter Mann und ein altes Tier. Sie kennen meinen Namen nicht. Ich weiß nicht, wie Sie heißen. Wir wissen nichts voneinander. Nur ein Gedicht und eine Bank am Ufer des Sees verbinden uns. Und wir sollen Ihnen sagen, was zu tun ist?“

Mir war mulmig. Ich fürchtete, jeden Moment schrecklich weinen zu müssen. Auf keinen Fall durfte ich in die traurigen Augen des Dackels sehen. Ich starrte auf den Boden und nickte.

„Ja. Sagen Sie es mir.“

Er erhob sich. Sein Dackel schüttelte sich und wedelte freudig mit dem Schwanz.

„Sie wissen es doch selbst“, sagte der alte Mann, bevor er ging. „Ertrage dein fernbestimmtes: Du musst.“

Zweiter Teil: Berlin

9

Die Landschaft flog an mir vorüber. Wiesen, Weiden, Wälder, verschwommen, als hätte jemand die Scheibe mit Vaseline eingestrichen. Bald darauf verwischte Vorstädte. Planegg. Gräfelfing. Lochham. Was für seltsame Namen.

Der Zug füllte sich.

Ein Mädchen mit Zöpfen und enormen Schneidezähnen hielt mir ein Taschentuch hin. Ich trocknete meine Augen und schnäuzte. Das Mädchen lächelte verstohlen. Es hatte Sofias Augen.

Am Ostbahnhof nahm ich die S8 Richtung Flughafen.

Als endlich keine Tränen mehr kamen, fiel mir das schrille Pfeifen auf. Ich drückte mir die Hände auf die Ohren, schloss die Augen und schrie stumm. Die Menschen in der Bahn blickten erschrocken zu mir. Niemand sagte ein Wort.

„Habe ich gerade ...?“, fragte ich den Mann, der mir schräg gegenübersaß.

Er nickte. „Sie haben.“ Nach einer Pause ergänzte er: „Sollte ich mir Sorgen um Sie machen?“

„Ich fürchte ja“, lächelte ich gequält.

„Der arme Junge hat sich furchtbar erschrocken.“

Er zeigte auf einen Knirps mit einer Silvestertröte, der hinter mir saß. Nur ein Kinderinstrument. Jetzt war wieder Stille.

Konnte es sein, dass ich das Pfeifen im Ohr einfach vergessen hatte? Existierten solche Zustände nur, weil sie Aufmerksamkeit bekamen? Waren sie immer anwesend, bei mir, bei allen Menschen? Waren wir alle umstellt von Krankheiten, die nur darauf warteten, wahrgenommen zu werden?

Es gab dieses Experiment mit dem Gorilla, der vor einem Fahrstuhl herumhüpfte, und niemand sah ihn, obwohl er da war. Ein Coach hatte Jo und mir das Video gezeigt und uns vorher instruiert, genau auf den Basketball zu sehen, mit dem eine Gruppe Menschen vor dem Fahrstuhl spielen würde. Es gab zwei Teams mit jeweils drei Mitgliedern. Jeder von uns sollte gedribbelte und geworfene Ballwechsel zählen. Während wir fleißig zählten, hüpfte dieser Gorilla durchs Bild, und weder Jo noch ich sahen ihn.

Der Gorilla war da und doch nicht da.

Der Coach brachte uns ein neues Wort bei: Unaufmerksamkeitsblindheit. Wenn dieses Wort existierte, dann bestimmt auch ein anderes: Unaufmerksamkeitstaubheit. Ich hatte das Pfeifen in meinem linken Ohr ausgeblendet. Aber jetzt, wo ich darüber nachdachte, wie das wohl funktionierte, war es immer noch nicht zurück.

Mir fehlte die Zeit, mich darüber zu wundern, meine Gedanken rasten. Was sollte ich tun? Wie konnte ich jemand anderen retten, wenn ich mir selbst verloren ging? Mein Leben, alles, wofür ich in den letzten Jahren so hart gearbeitet hatte – bald entrissen von einem falschen Freund und seiner Gespielin.

Erst mein Leben in Ordnung bringen, danach alles tun, um Almaz zu retten, das war die richtige Reihenfolge.

:::

„Wohin soll es gehen“, fragte die Frau am Ticket Counter.

Ich schwieg.

„Was ist Ihr Ziel?“

Ich konnte nicht sprechen. Meine Stimmbänder erzeugten lediglich trockenes Krächzen.

„Ich verstehe Sie nicht."

„Berlin", antwortete ich mit ätherischer Flüsterstimme. „So bald wie möglich Berlin."

Ich bekam erst einen Flug am Abend und verkroch mich in der hintersten Ecke der Business Lounge mit Kartoffelsalat, Weißwürsten und frisch gezapftem Bier. Nach dem dritten Bier rollte ich mich in meinen Lesersessel ein und schlief.

:::

„Geht es Ihnen gut?"

Als ich meine Augen öffnete, hatte sich die Lounge in eine Kantine verwandelt. Es klirrte und klapperte unaufhörlich, es roch nach gebratenem Leberkäse. Menschen wuselten durch die Reihen auf der Suche nach freien Sitzplätzen.

Hatte da nicht jemand etwas gesagt?

„Entschuldigen Sie, dass ich Sie geweckt habe."

Die Stimme gehörte zu einem besorgt blickenden Mann im Sessel links von mir. Er sah gut aus, bis auf den schmalen Schnurrbart.

„Sie haben im Schlaf mit den Beinen getrampelt und gestöhnt. ‚Almaz, Almaz', immer wieder dieses Wort."

:::

Als ich zum Gate ging, klingelte mein Handy.

„Wo bist du, Sweety? Hast du meine Message nicht bekommen? Sei so lieb und gib mir entweder die Adresse oder hol mich vom Bahnhof ab."

Bens Stimme klang überzuckert. Er war gereizt.

Ich stotterte: „Ben, ich habe dich ganz vergessen … Ich … Es tut mir leid, aber wir können uns heute nicht sehen."

„Was, was meinst du? Du hast mich doch gebeten …"

Ich unterbrach ihn: „Wir können uns heute nicht sehen."

Jetzt lachte er.

„Entschuldige, Boarding. Die Bordkarte ist auf dem Handy. Warte, ich muss nur kurz den QR-Code über den Scanner halten."

„Boarding? Guter Witz."

„Findest du?"

„Ich liebe deinen Humor, Sweety. Ich warte bei einem Bier im Restaurant gegenüber vom Bahnhof. Hol mich einfach ab."

Er legte auf.

Ich schaltete mein Handy in den Flugmodus. Ben tat mir leid, aber ich konnte nicht alle Probleme auf einmal lösen.

Wenn es stressig wird, dann nicht alles gleichzeitig machen und sich verstricken, sondern immer schön eins nach dem anderen. Das war meine goldene Regel. Stress vertrug keine Parallelaktionen, sondern erforderte schrittweises Vorgehen. Pech für Ben, dass er weiter hinten auf der Agenda stand. Dass ich ihn vergessen hatte.

3A war mein Sitzplatz. Zur entscheidenden Schlacht seines Lebens flog man nicht Economy, ganz gleich, was es kostete. Ich schlief während des Starts. Ich schlief eigentlich immer im Flugzeug, kaum hatte ich mich angeschnallt.

Über den Wolken ließ ich mir eine *Bunte* geben und trank ein Glas Champagner aus einem hässlichen Lufthansa-Kelch. Ich fand ein Foto von Ben und seiner Frau mit der Gastgeberin einer Benefizveranstaltung. Sie sahen gut aus.

Ich hätte mir gewünscht, wenigstens ein bisschen eifersüchtig zu sein.

10

Mein Arbeitsplatz war aufgeräumt, genau wie ich ihn hinterlassen hatte. Ich strich mit der Hand über die helle, leicht angeraute Schreibtischoberfläche. In der Schublade lag der Stoffpinguin, den mir ein Softwarehersteller geschenkt hatte. Er hatte gelbe Füße, einen gelben Schnabel, ein dickes weißes Bäuchlein und trug ein Schild um den Hals: Happy Birthday, Mia.

Ich musste an die Nächte denken, die ich hier einsam gearbeitet hatte. Die letzten Kollegen waren vor Mitternacht gegangen, nachdem wir uns Pizza bestellt hatten. Vor mir stand eine Flasche Bier oder ein Glas Rotwein. Ab Mitternacht erlaubte ich mir auch das Rauchen am Schreibtisch. Das gab der Situation noch mehr Lässigkeit.

Ich klebte am Bildschirm und hackte mit 300 Anschlägen pro Minute in die Tastatur.

Weiter, immer weiter.

Noch diese zehn Mails.

Noch dieser Projektplan.

Noch dieses eine Angebot.

Ich konnte nie ein Ende finden, war stolz darauf, immer die Letzte zu sein.

Am nächsten Morgen begrüßten mich Kollegen stets mit der gleichen Frage: Na, Mia, wie lange gestern?

Ich winkte lachend ab und sagte: 0.31 Uhr. Oder 1.24 Uhr. Oder 3.55 Uhr. Oder: 9.22 Uhr.

Durchgemacht?

Jaja. Einer muss den Laden am Laufen halten.

Lachen und anerkennendes Grummeln.

Ich liebte es. So machte Arbeit Spaß. So machte Leben Spaß.

Nie würde ich das hier aufgeben wegen einer Intrige. Niemals!

Mein Blick fiel auf einen Pultordner. Lauter unvollendete Projekte.

Ich dachte an die letzten Monate, die Zeit vor Starnberg. Wenn ich meine Schreibtischleuchte ausschaltete, um endlich heimzugehen, war es immer öfter so, als wenn ich meine ganze Existenz in Dunkelheit tauchte. Kein Glück, keine Freude, über das, was geschafft worden war. Immer zu wenig.

Nur die Angst vor der Dunkelheit.

Der Nacht.

Der Stille.

Der Einsamkeit.

Der Leere.

Als wenn ich außerhalb des Büros erblindet wäre. Die Sorge, dass ich nur kostbare Zeit verschwende, wenn ich nicht hier sitze und arbeite. Ich war schließlich der Motor von Mijo. Und dieser Motor war kein lahmes Dieselchen. Es war ein Rennmotor, immer auf Hochtouren. Wenn dieser Motor ausfiel, dann würde die Firma stillstehen.

:::

Auf Sarahs Schreibtisch lag ein schwarzes Notizbuch. Ich zögerte einen Moment. Sollte ich es öffnen? Doch dann sagte ich mir: Es ist Krieg, Sweety. Keine falsche Zurückhaltung.

Ihre Kinderhandschrift. So schrieb doch keine erwachsene Frau! Soweit ich Sarahs Aufzeichnungen entziffern konnte, drehte sich alles um vertraute Projekte oder Kunden. To-do-Listen, Ideen, Projektskizzen, Stichworte für Protokolle, Mind Maps unserer Kunden und ihrer Konkurrenten. Keine einzige Erwähnung des STA-Projekts. Was hatte ich erwartet? Vielleicht eine kleine Spur. Einen Hinweis. Einen Wink.

Jos Büro war abgeschlossen. Das kümmerte mich wenig, ich hatte ja den Generalschlüssel. Dachte ich. Das Schloss war ausgetauscht worden. Deutlicher konnte mir mein lieber Jo nicht zeigen, dass da etwas lief.

Was war mit dem Wachmann, kam er auch am Wochenende? Er würde mir die Tür zu Jos Büro öffnen, ohne Fragen zu stellen. Wir hatten hier nachts schon so viele Zigaretten gemeinsam geraucht. Er vertraute mir.

Während ich die Nummer der Sicherheitsgesellschaft suchte, die für unser Gebäude verantwortlich war, hörte ich plötzlich Schritte im Treppenhaus. Schnelle Schritte, die die Treppen hocheilten.

Ich fühlte mich wie eine Diebin, die jeden Moment ertappt werden würde.

:::

Jo rannte durch die Schreibtischreihen zu seinem Büro. Sein typischer Laufschritt, der alle in seiner Nähe nervte, weil keiner mithalten konnte, ohne dabei albern auszusehen.

Ich hatte mich hinter die Kanban-Boards meiner Produktteams zurückgezogen. Jo merkte nichts. Von vorn lächelten die Gesichter der Teammitglieder, deren Porträts auf Magneten klebten und auf Tasks verteilt waren. Keine üble Tarnung für die lauernde Partnerin, unfreiwillig in die Rolle der Gegenspielerin gedrängt.

Nur in Jos Büro brannte Licht. Ich erhob mich und spähte hinüber. Durch die Glaswände konnte ich ihn dabei beobachten, wie er eine mobile Festplatte an seinen Rechner anschloss. Dann verschwand er hinter dem Bildschirm.

Ich sollte ihn jetzt sofort zur Rede stellen. Ihn fragen, was für eine Schweinerei da lief. Doch kaum hatte ich mich aus meiner Deckung begeben, hörte ich wieder Schritte im Treppenhaus, dieses Mal langsamer. Der Klang der Absätze war härter. High Heels.

Ich verschwand wieder hinter der Wand und lauschte gebannt in die Dunkelheit.

„Ich ... ich konnte keinen Parkplatz finden."

„Schon gut", erwiderte Jo leicht genervt. „Hier ist die Festplatte. Vergiss das Buch nicht und den Stick."

Er durchwühlte jetzt seine Schränke von oben nach unten. Auch Sarah durchkämmte ihren Container.

Schublade auf.

Schublade zu.

„Das Buch habe ich. Keine Ahnung, wo dieser dämliche USB-Stick ist."

„Schau zu Hause nach. Du hast doch das meiste von daheim aus gemacht. Aber finde ihn! Wenn er in falsche Hände gerät ... das stelle ich mir lieber nicht vor."

„Ich finde ihn schon. Mach dir keine Sorgen, Jo."

„Gut. Ich hab's auch gleich."

„Ich verstehe nicht, warum sie schon kommt", sagte Sarah mit wütendem Unterton.

Ich sah ihr hübsches, gebräuntes Gesicht im Licht der Schreibtischlampe. Auch sie wirkte angespannt. Ihre Bewegungen hatten etwas Hastiges.

„Niemand wird unsere Mi je verstehen, die ausgebrannte, strebsame Lehrertochter."

Sarah lachte gekünstelt.

„Sie ist ... so einfältig. Ich weiß nicht, wie du mit so einer so lange ..."

„Das lass mal meine Sorge sein. Ist ja auch bald vorbei“, sagte Jo, während er die Tür zu seinem Büro abschloss, unter dem Arm ein blauer Pultordner.

„Sie ist klug, sie ist tough, sie ist immer da, wenn du sie brauchst. Ohne Mi hätte ich das hier niemals aufbauen können.“

„Was wird das jetzt: ein Loblied?“

„Sie ist nicht einfältig. Sagen wir doch lieber: Wir sind gerissen.“

„Wenn du meinst. Wo ist sie jetzt, Jo?“

Jo tippte auf seinem Handy.

„Nicht online. Das letzte Signal kam von MUC, Münchens Flughafen. Das war vor drei Stunden.“

„Sie könnte irgendwo hingeflogen sein. Vielleicht hat sie das schöne Starnberg gelangweilt, und sie fliegt nach New York, um sich ein Broadway-Musical anzusehen.“

„Sie hat Burn-out, Sa. Hast du schon mal von Leuten mit Burn-out gehört, die ins Musical gehen? Sie braucht Ruhe.“

„Und die findet sie in Berlin. Logisch.“

„Ich glaube, sie ahnt etwas.“

„Meinst du, sie kommt am Montag? Vielleicht geht es ihr ja wieder gut.“

„Wäre ihr zuzutrauen.“

„Herrlich. Dann machen wir ihre Tage zur Hölle.“

„Ja“, nickte Jo.

„Was für ein Spiel!“, rief sie wie ein kleines Kind.

Sarah küsste Jo auf den Mund. Dann entledigte sie sich geschickt ihrer High Heels, ihres Rocks und ihres Shirts, bis sie in silberner Reizwäsche vor Jo stand.

„Kannst du dich erinnern? Du ziehst dich gut an, hast du ganz am Anfang mal zu mir gesagt.“

„Und?“

„Ich habe gelächelt, richtig?“

„Du lächelst doch immer."

„Ich habe gelächelt und gedacht: Dieser Satz, dieses letzte Wort braucht zwei neue Buchstaben – dann bin ich am Ziel. Dann sind wir beide das Dream-Team – du und ich."

„Du ziehst dich gut … aus."

Sarah nickte und dreht sich auf der Stelle. In ihrer silbernen Reizwäsche sah sie aus wie eine Darstellerin in einem Weltraumporno, falls es so etwas gab. Sie stieß eine Schreibtischlampe um.

„Hoppla … nichts passiert. – Und jetzt ersetzen wir das nächste Wort in diesem Satz, das dritte: Du ziehst …"

Sie nestelte am Reißverschluss seiner Chinos. Kein übler Moment, um sich erkennen zu geben, dachte ich. Vielleicht noch ein paar Sekunden abwarten.

„Genug, Sa, wir sollten gehen", sagte Jo kühl. „Zieh dich an, Sa." Nach einer Pause fügte er hinzu: „Ich habe noch eine Flasche Bordeaux im Keller – wenn du Lust hast."

:::

Nachdem die Schritte im Treppenhaus verhallt waren, verließ ich meine Deckung. Den Besuch bei Mijo hatte ich mir anders vorgestellt.

Meine Gedanken rasten. Was wollten die beiden? Was für ein Spiel spielten Jo und Sarah? Was verbarg sich hinter dem Starnberg-Projekt, außer der Idee, mich auszuschalten?

Ich zitterte vor Wut. Warum hatte ich nicht auf den Tisch gehauen und den beiden erklärt, dass ihr Spiel aus ist? Emotional einwandfrei. Rational betrachtet vielleicht nicht das klügste Vorgehen. Selbst bei günstigster Einschätzung meiner Chancen sah es noch düster für mich aus. Nichts hatte ich in der Hand. Nur Vermutungen.

Sie hätten alles abgestritten und mich ausgelacht. Ach, Mia, und was träumst du sonst so in Starnberg? Eine zweite Chance hätte ich nicht bekommen.

Ich wollte mich akklimatisieren, bevor ich am Montagmorgen auf die große Runde treffen würde. Mich freuen, zurück im Spiel zu sein. Bereit, Jo nächste Woche den Teufel auszutreiben. Ich hatte gehofft, Beweise zu finden. Doch die wurden gerade beseitigt, was auch immer sie bewiesen. Nur ein USB-Stick war noch flüchtig.

Sie wollten meine Firma stehlen, mein Leben. Ich war ihr naives Opfer. Arglos. Unfähig, die Zeichen zu sehen. Unfähig, sie zu stoppen. Das Einzige, was ich tun konnte, war zu warten, bis ich wusste, worum es ging. Bis ich endlich Beweise hatte.

:::

Ich setzte mich im Schneidersitz auf das Industrieparkett, schloss meine Augen und begann zu meditieren. Um mich herum war vollkommene Ruhe. Es duftete nach Putzmittel. Zitrone, nein Grapefruit. Meine Gedanken kreisten um Jo.

Ich kannte Jo seit neun Jahren. Wir hatten fast ein Drittel meiner Lebenszeit gemeinsam verbracht. Allein eine Firma zu gründen, hätte ich mich niemals getraut. An seiner Seite fiel es mir leicht. Jos Optimismus schien grenzenlos. Immer wenn es eng wurde, sagte er: „Das kriegen wir schon hin, Mi." Und er hatte immer recht behalten.

Es gab keinen zweiten Menschen, dem ich so sehr vertraute. Nie kam ich auf die Idee, seine Bereiche bei Mijo zu kontrollieren. Er stellte mir sowieso jeden Monat ausführlich die Zahlen vor, ich brauchte gar nicht danach zu fragen.

Vertrauen, hatte ich im Studium gelernt, war ein System zur Reduktion sozialer Komplexität. Vertrauen vereinfachte. So klang es richtig gut. Vertrauen bot die Möglichkeit, andere zu manipulieren und zu hintergehen. Das lehrte die Praxis.

Jo hatte Macht über mich, vielleicht, ohne es zu wollen, ohne es zu wissen. Ich hatte vergessen, wie stark diese Macht war, wie klein ich in seiner Nähe werden konnte.

Zu jedem Menschen musste es Gegenmenschen geben. Menschen, denen man mit einer Mischung aus Freude, Respekt und Furcht begegnete. Jo war so ein Gegenmensch, mein Gegenmensch. Ich bewunderte ihn für alles, was ich nicht war, nicht sein konnte, nie sein würde.

So sehr ich ihn für seine Intrige verachtete, ich konnte nicht umhin, mich spontan zu freuen, wenn ich seine Stimme hörte, seine Bewegungen sah und das freche Blitzen seiner eisblauen Augen.

Du bist Jo und er ist Mia, flüsterte mir eine innere Stimme zu. Das klang logisch holprig, aber ich fühlte, dass es so sein musste. Wenn wir nicht den anderen in uns tragen würden, wir wären nie ein Wir geworden. Wir wären aneinander vorübergegangen und ewig Fremde geblieben. Wir hätten nie zusammen studiert, wären nie Freunde geworden, hätten nie eine Firma gegründet.

Jo war mein Schatten. Ich war Jos Schatten.

Das Geheimnis unseres Erfolges war zugleich das Geheimnis unseres Untergangs. Er wollte seinen Schatten loswerden. Das klang wie ein billiger Schlagertext. „Nun werd ich meinen Schatten los, komm, Sarah, greif mir in die Hos."

Ich war umgeben von Kitsch. Selbst in der Meditation.

Dass es in meinem Kopf nicht mehr pfiff, zum ersten Mal, seit ich meditierte, bemerkte ich an diesem Abend im Office von Mijo nicht. Geheilt und doch nicht geheilt. So eng der Blick.

Als ich meine Augen wieder öffnete, sah ich Jo klarer und mich selbst wie durch Nebel. Ich holte mir eine Flasche Bier aus dem Kühlschrank und setzte mich an meinen Schreibtisch. Nachdem ich die verräterische Standortfreigabe der Freunde-App deaktiviert hatte, rief ich Alex an.

11

Die Luft in meiner Wohnung war schwül und muffig. Ich riss alle Fenster auf und genoss das nächtliche Gemurmel der Großstadt. Hierher gehörte ich. Was war das sanfte Rauschen des Bachs gegen das dynamische Rauschen des Verkehrs?

Ich öffnete das Bier, das ich mir von Mijo mitgenommen hatte, und las meine Nachrichten.

Ben hatte dreimal geschrieben. Verärgert hatte er sich in einem Hotel einquartiert, offenbar ein paar Sterne unter seinem Standard, weil Starnberg nahezu ausgebucht gewesen war. Maseratifahrer gezwungen, in Landgasthof unterster Kategorie abzusteigen. Zimmer direkt über der Metzgerei. Blutgeruch. Albträume. Ein Drama!

Da war eine Nachricht von Jo. Scheinheilig fragte er, wie es mir in Starnberg gehen würde. Es gab noch eine dritte Nachricht. Sie war von Almaz: „Welcome to Marrakesch.“ Dazu ein Smiley und ein Herz.

Ich antwortete auf keine der Nachrichten.

:::

Die Müllabfuhr riss mich aus den Träumen. Es war Montagmorgen. Ich hatte den Sonntag komplett verschlafen.

Neun Anrufe auf meiner Mailbox, acht von Ben, einer von Alex.

Ben tat mir ein wenig leid, aber ich war nicht in Erklärlaune. Ich war mir sicher, er würde über dieses verlorene

Starnberg-Wochenende hinwegkommen. Vielleicht war es ganz gut so, er würde sich meiner nicht zu sicher sein.

Alex nuschelte irgendetwas von versautem Wochenende und meiner Schuld – gar nicht so viel anders als die Texte von Ben. Am Schluss der Nachricht sagte er: „Mia, mach gleich mal den Test. Ich glaube, wir sind sehr ähnlich, du und ich. Gib einfach „Aspergertest“ bei Google ein. Ich habe 39 Punkte. Ruf mich an, wenn du deine Punkte weißt.“

Aspergertest?

Klang wie eine Liebeserklärung. Der Hacker schenkt keine Blumen. Stattdessen: Mach doch mal den Aspergertest. Wirst sehen, wir sind aus einem Holz. Du und ich.

Den letzten Psychotest hatte ich in meiner Jugend gemacht. Wie attraktiv bist du wirklich? Meine Erinnerung daran war blass. Keine Bestwerte.

Bei Intelligenztests war ich eher vorn. 150 zeigte die IQ-App. Manchmal gab ich damit an, indem ich wie zufällig die App öffnete, wenn ich mit jemandem auf den Bildschirm meines Handys schaute. Dann ergab sich etwa folgender Dialog:

Was ist denn das für eine App, Mia?

Pardon, Verwechslung. Das ist ja die IQ-App.

Moment, zeig mal. Heißt das, du hast 150?

Äh, ich weiß gar nicht so genau. Ach, doch. Da steht es ja.

Donnerwetter.

Ja. Weißt du, IQ wird überbewertet.

:::

Und jetzt um 6.30 Uhr Aspergertest. Wie autistisch sind Sie denn so? Ich musste lachen. Alex hatte einen Knall. Aber ich wusste, was passierte, wenn man das, worum er bat, nicht ernst nahm. Dann wurde er zur Auster.

Asperger – das war mal eine andere Art der Meditation. Es lenkte mich ab von der Entscheidung, ob ich heute ins Office gehen würde oder nicht. Ob ich offen die Dinge ansprechen sollte oder verdeckt operieren.

Ich machte mir einen Nespresso, setzte mich im Schneidersitz auf das Sofa und googelte. Es gab jede Menge Tests, Englisch und Deutsch. Ich entschied mich für den ersten Link, der angezeigt wurde. Wenn Google ihn oben platzierte, musste er etwas taugen.

Der Test enthielt 50 Statements oder Fragen mit jeweils vier Antwortmöglichkeiten: stimme eindeutig zu, stimme ein wenig zu, stimme eher nicht zu, stimme überhaupt nicht zu.

Ich dachte bei den meisten Fragen nicht lange nach, andere lähmten mich, weil es keine eindeutigen Antworten gab.

„Ich mache Sachen lieber allein als mit anderen."

Eher nicht. Ich war Teamarbeiterin. Über die Freizeit konnte ich wenig sagen.

„Ich höre oft leise Geräusche, die andere nicht hören."

Erschreckend eindeutig ja. Machte mich mein Hörsturz zum Autisten?

„Mir macht es keinen Spaß, Romane zu lesen."

Ohne nachzudenken ja. Daran hatte meine Mutter mir mit ihren besserwisserischen Interpretationen nachhaltig den Spaß verdorben. Auch mein Elternhaus schien mich Richtung Asperger zu treiben.

„Ich verstehe Pointen bei einem Witz oft als Allerletzte."

Leider eindeutig ja. Ich hasste Witze, die Pointen waren mir vollkommen gleichgültig. Wieder nicht die ideale Antwort, fürchtete ich.

„Mir fällt es schwer, mich in andere Personen hineinzuversetzen."

Das hing von den Menschen ab. Manchmal waren sie transparent für mich, manchmal undurchsichtig. Ich hatte geglaubt, ich könnte in Jos Innenwelt blicken. Oder in meine eigene.

„Ich plane Sachen, die ich unternehmen will, immer sehr gründlich."

Ja und nein. Ich war für Projekte verantwortlich – mit Nachlässigkeit kam man da nicht weit. Aber ich plante agil, in kleinen Schritten und mit überschaubarem Risiko. Eine neue Gründlichkeit, die Traditionalisten alles andere als gründlich erscheinen musste. Wo machte man da nur das Kreuzchen?

„Ich kann mich gut an Geburtstage erinnern."

Aber ja. Auch an Telefonnummern und Kontonummern. Eine harmlose Frage, so schien es. Aber garantiert mit gefährlicher Unterströmung.

„Mir fällt es leicht, Rollen- oder Fantasiespiele mit Kindern zu spielen."

Mal mehr, mal weniger. Vielleicht aus Mangel an Erfahrung. Es hing auch von den Kindern ab, vom Thema des Spiels. Eine schwierige Frage.

Mein Puls schoss in die Höhe, bevor ich die Schaltfläche mit der Aufschrift „Punktezahl ausrechnen" drückte. Ich dachte: Bitte jetzt nicht noch Asperger!

24 Punkte. Dem grammatikalisch fragwürdigen Begleittext entnahm ich zwei Hinweise: „Asperger begann bei 32, die „normale" Kontrollgruppe lag im Durchschnitt bei 16.

Ich fand meinen Wert noch okay. Um Alex machte ich mir Sorgen. Auch mit seiner Einschätzung von mir qualifizierte er sich selbst deutlich für Asperger. Er tat mir leid. Hoffentlich würde er nicht traurig sein über meine schwache Punktzahl. Ich brauchte ihn, um an den Inhalt der verschlüsselten Mails zu kommen.

:::

„Hab ich dich geweckt?"

Alex murmelte Rätselhaftes. So richtig glücklich schien er nicht, meine Stimme zu hören.

„Soll ich später wieder anrufen, so in fünf Minuten?"

„Chefefef, bin gleich so weit."

Für die nächsten zehn Minuten war ich stiller Zeuge seiner Morgentoilette. Seine Verdauung schien mir exzellent.

Ich saß in einem kleinen Straßencafé, trank einen grünen Tee, hatte gerade den Appetit auf mein Croissant mit Honig verloren und beobachtete die Fußgänger.

„Bin weiter."

„Erzähl!"

„Erst deine Punkte."

„Was schätzt du denn?"

„42."

„Mehr als du?"

„Du bist die Chefin."

„Ich muss dich enttäuschen, nur 24."

„Sicher, dass du alle Fragen ehrlich beantwortet hast?"

„Bin ich."

„Asperger ist keine Schande."

Was sollte ich darauf antworten?

„Asperger ist ... eine Auszeichnung."

Dazu fiel mir noch weniger ein.

„Schade. Ich dachte, wir wären genau auf einer Wellenlänge", sagte Alex.

„Wirklich schade. Aber wir können doch trotzdem auf einer Wellenlänge sein. Meinst du nicht?"

Brummeln am anderen Ende der Leitung.

„Können wir noch über die Mails sprechen."

„Klar. Gib mir nur zwei Minuten, mich von dem Schock zu erholen."

Schock?

„Okay Mia, das Leben geht weiter. Die zweite Mail enthält nur eine Liste. Unsere großen Kunden. Im Anhang eine Reihe Dateien, ebenfalls verschlüsselt. Ich konnte sie nicht öffnen. Sie heißen wie die Firmen."

„Das bedeutet, das STA-Projekt handelt von unseren größten Kunden?"

„Sieht so aus, Mia."

„Wie genau heißen die Anhänge?"

„Dossier. Das ist der Name."

„Du musst sie öffnen, wenigstens eins."

„Es wird eng ..."

„Du machst das schon."

„Mia, ich habe auch noch einen normalen Job."

„Ach."

„Was heißt ‚Ach'?"

„Melde dich doch krank. Schreib Sarah gleich eine Mail, dann ist Ruhe."

„Direkt mit Jo zu reden, ist für dich keine Option, oder? Dann kann ich mir die ganze Arbeit sparen."

„Denk doch mal nach, Alex! Was sollte wohl dabei rauskommen? Jo würde alles abstreiten."

„Was hält mich davon ab, Jo und Sarah zu sagen, dass du mich nötigst, als Spion für dich zu arbeiten?"

„Nichts. Bis auf dein unendliches Vertrauen in mich, gewonnen durch meine große Güte bei all deinen verschwitzten Deadlines und meinen Mut, dir immer wieder den Arsch zu retten und die Schuld auf mich zu nehmen."

„Das ist alles? Würde sagen, das ist aufgebraucht mit dem, was ich die letzten Tage für dich getan habe, während du dich in Starnberg erholt hast."

„Vielleicht."

„Was soll das jetzt heißen?"

„Das soll heißen, du hast doch kapiert, dass da was gegen mich läuft. Und du willst wissen, was? Du willst es aufklären, so wie ich. Nicht weil du in mich verliebt bist oder so, sondern weil du einen Gerechtigkeitsfimmel hast. Und im Namen der Gerechtigkeit sind wir in dieser Sache ein Team."

„Wie kommst du darauf, dass ich in dich verliebt bin?"

„Der Asperger-Test?"

„War doch nur Spaß", hüstelte er.

„Ich habe außerdem gesagt, du bist nicht in mich verliebt."

„Und du, bist du auch nicht in mich verliebt?"

Ich schwieg.

„Schon gut. Du hörst heute Abend von mir."

Es war das längste Gespräch, das ich je mit Alex geführt hatte. Er war ein gerechtigkeitsliebender Nerd, und er war in mich verliebt. Er konnte gar nicht anders, als mir zu helfen. Ich war mir an diesem Berliner Morgen so sicher, dass Alex alles für mich tun würde. Ich lag falsch. Ach, Asperger!

:::

Ich entschied mich, erst ins Office zu gehen, wenn ich bessere Karten hatte. Die würde Alex mir bis zum Abend geliefert haben.

Eine Message von Jo kam. „Ich mache mir Sorgen, weil du dich nicht meldest. Alles okay?"

Wie rührend!

Kurz darauf eine zweite Message von ihm: „Hat dich eigentlich die Frau von der Behörde erreicht damals? Rief gleich an, nachdem du weg warst."

Frau? Behörde? Was für ein billiger Trick war das jetzt, um mich zum Rückruf zu bewegen? Wenn es sich um etwas Wichtiges handelte, dann würde die Frau sich schon wieder melden. Und vielleicht fiel Jo dann ein, ihren Namen zu notieren.

:::

Taye schickte ein Foto von Almaz. Es zeigte sie in einem Krankenhausbett. Eingehüllt in eine rote Decke. Sie blickte ängstlich in die Kamera, wie ein in die Ecke getriebenes Tier.

Ich konnte meinen Blick nicht von dem Bild losreißen. Das Mädchen, mit dem ich geschwiegen und gelacht hatte. Deren Augen strahlen konnten wie Sonnen.

Sie fehlte mir.

Almaz war die Freundin, die ich nie gehabt hatte. Bald würde es sie nicht mehr geben. Wie hatte ich sie einfach verlassen können, um mein Leben zu retten? Was würde mein Leben noch wert sein nach ihrem Tod?

Dritter Teil: Marrakesch

12

Das Flugzeug war fast voll, als ich in München mit einigen neuen Passagieren zustieg. Eine kleine Maschine. Sie kam aus Moskau. Ich fühlte mich wie ein später Gast auf einer Party. Es roch nach Wodka. Mein Sitz voller Krümel und feucht. Jemand hatte seinen Drink verschüttet.

Berlin. München. Casablanca. Marrakesch. An Direktflüge war als Spontanbucher nicht zu denken.

Sechs Tage hatte ich mir gegeben. Sechs Tage, um den Bruder von Almaz zu finden und ihn nach Deutschland zu bringen. Ich würde eine Woche später anfangen zu arbeiten. Ich hatte noch keine Beweise gegen Jo und Sarah. Ich würde die Wartezeit effizient nutzen. Wenn ich ihn nach Ablauf der sechs Tage nicht gefunden hätte, würde ich mich wieder um mich selbst kümmern. Das war der Deal, den ich mit mir abschlossen hatte.

In Casablanca drei Stunden Aufenthalt in einer unterkühlten Halle. Der Mann, der im Flugzeug vor mir gesessen hatte, wollte mich auf einen Kaffee einladen. Ich lehnte ab. Es handelte sich um einen allein stehenden Lehrer, das roch ich aus jeder seiner verschüchterten Bewegungen, seinem unsteten Blick, seinem falschen Lachen.

„Reisen Sie allein?“

Ich blickte über meine Schulter, flüsterte: „Zu zweit. Schizophren.“

„Schön. Haha. Ich reise allein.“

„Ich sehe.“

„Wie lange bleiben Sie in Marrakesch?“

„Sechs Tage."

Ich vermied jede weitere Gegenfrage, in der Hoffnung, dass er dann seinen Kaffee allein trinken würde.

„In welchem Hotel wohnen Sie?"

Ich zuckte die Schultern.

„Sie wissen nicht, in welchem Hotel Sie wohnen?"

Ich zuckte noch einmal die Schultern. Ich hatte den Namen des Hotels vergessen und keine Lust, die Hotel-App zu öffnen und nachzusehen.

„Ist es in der Medina oder außerhalb?"

Medina? Er wusste offenbar mehr über Marrakesch als ich.

„Wo ist Ihres?"

Ich biss mir auf die Zunge.

„In der Medina. Mittendrin. Die Altstadt soll ja ein fürchterliches Labyrinth sein. Eng und düster. Keine Hausnummern. Keine Straßennamen. Es gibt nicht einmal eine zuverlässige Karte. Die Taxis können da nicht mehr fahren. Hoffentlich finde ich es."

In seinen Augen glomm Abenteuerlust. Es wurde wirklich Zeit, ihn loszuwerden.

Ich lächelte ihn an und fragte: „Was glauben Sie, wohin will die Katze fliegen?"

Vor mir saß, mitten in der Transithalle, eine weiße Katze, die eine Verwandte von Schnee hätte sein können. Sie war sehr dünn, und ich gab ihr von meinem Salamisandwich, das ich am Münchener Flughafen gekauft und zu essen vergessen hatte.

„Sie können doch nicht ... da ist überall Polizei ... es ist bestimmt verboten."

Der Mann ging. Endlich.

Am Starnberger See war ich auch einmal darauf hingewiesen worden, dass es falsch und verboten sei, die Enten zu füttern. Als wenn ich schlimme Dinge getan hätte. Ganz schön übergriffig.

Zum ersten Mal in meinem Leben dankte ich einer Katze für ihr Erscheinen. Ich nannte sie Schnee II.

Schnee II setzte sich auf einen Mauervorsprung und begann, sich zu putzen. Das Tier schnurrte dabei. Dann schlief es ein. Sein Fell leuchtete in der Nachmittagssonne.

:::

Der Flug von Casablanca nach Marrakesch dauerte 30 Minuten. Als wir landeten, sah ich eine Gebirgskette, die zum Greifen nah schien.

Es dauerte eine Weile, durch die Passkontrolle zu kommen. Hunderte Leute befanden sich vor mir in der Schlange. Interessanterweise standen Touristen und Einheimische gemeinsam an. Die große Gleichbehandlung, ausgerechnet in einem Königreich. Das gefiel mir.

Ich stellte mir vor, wie der König vor mir anstand, und ich ihn fragte, ob er mir bei der Suche nach dem unbekannten Bruder namens Gibril helfen könnte. Zumindest ein Tipp für Marrakesch-Neulinge. Wo würden Sie suchen, Exzellenz?

„Excel-quoi? Je ne comprends pas", sagte die dunkelhäutige Schöne im Tigerlook vor mir und hob ihre übergroße Sonnenbrille.

Mir fiel vor Schreck kein geeigneter französischer Satz ein. Ich stammelte nur „Excusez, Madame" und tat so, als hätte ich gerade eine wichtige Message erhalten.

In den Kabuffs der Einwanderungsbeamten sah ich, wie sich die kleinen weißen Zettel, die jeder Tourist bei der Einreise ausfüllen musste, stapelten. Der Beamte schrieb etwas auf meinen Zettel. Er tippte etwas auf seiner Tastatur.

Er stempelte. Er schrieb wieder etwas auf den Zettel. Er blickte mich prüfend an. Er sprach zu einem anderen Beamten, der den Stapel Zettel abholen wollte.

Alle Leute, die vor mir gestanden hatten, waren zu weißen Zetteln geworden. Der Beamte legte meinen Zettel ganz nach oben und bedeutete mir und dem Kollegen zu gehen.

Ich dachte, wie schade, dass ich nicht wenigstens etwas Klitzekleines auf den Zettel gemalt hatte. Vielleicht eine Katze. Schnee II aus Casablanca. Ich hätte den Beamten bestimmt ein Lächeln entlockt.

Während ich da stand, beobachtete und Gedanken nachhing, fiel mir auf, dass das Pfeifen noch nicht zurückgekehrt war. Ich traute der Sache nicht. Bestimmt gab es einen Terminus dafür. Dr. Glüsenkamp würde ihn kennen. Oder war ich tatsächlich … Ich scheute mich, das Wort zu denken. Bloß nicht das Schicksal herausfordern.

:::

Meine Tasche musste ein mitleidiger Flughafenangestellter längst vom Gepäckband genommen haben. Sie lag zusammen mit einigen Koffern auf dem Boden.

Die Empfangshalle war riesig. Ein Stadion. Ein Spatz flog zwitschernd über mich hinweg. Dutzende Männer mit Schildern, auf denen Namen standen, warteten auf Fluggäste. Mein Name befand sich nicht darunter. Ich hielt nach dem Taxistand Ausschau, da stand plötzlich ein Mann vor mir, bärtig, schmal, etwa meine Größe. Er trug einen schwarzen Kaftan.

„Madame Seitz?“

Er hielt ein Schild mit meinem Namen hoch.

Ich nickte.

„Mademoiselle.“

:::

Die Luft war warm und roch angebrannt. Mittlerweile war es dunkel geworden.

Auf dem Weg zum Parkplatz wurde ich ständig angesprochen. Obwohl der Fahrer mit meiner Tasche direkt neben mir lief, schien man davon auszugehen, dass ich dringend ein Taxi oder einen Taschenträger brauchte.

„Ihr Kaftan ist sehr schön", versuchte ich das Schweigen zu überbrücken.

„Danke. Das ist eine Djellaba. Gibt es auch für Frauen. Sie sollten sich eine kaufen. Ich kann Ihnen den besten Markt sagen ..."

„Danke", unterbrach ich ihn. „Aber dieser Stil steht mir nicht."

„Sind Mademoiselle da sicher?"

„Das bin ich."

Im Auto wurde ich plötzlich müde und beschloss, meine Suche erst am nächsten Tag zu beginnen. Trotzdem zeigte ich dem Fahrer Gibrils Bild.

Er schüttelte den Kopf. Er komme aus Agadir und sei neu in Marrakesch, erzählte er mir. Er kannte auch mein Hotel nicht. Es lag außerhalb der Stadt, und er konnte die Abzweigung nicht finden. Er versuchte, sich durchzufragen. Ich verstand nicht, was er mit den Pförtnern der anderen Hotels redete, aber auch sie schienen mein Hotel nicht zu kennen. Sie sagten meist zwei Worte: Google Maps.

Aus irgendeinem Grund schien das keine Option.

An einer Tankstelle fand er einen Mann, der das Hotel zu kennen meinte. Wir folgten seinem Auto zu einer Abzweigung, die mitten in die Wüste zu führen schien. Von da an ging es auf einer Holperpiste weiter. Wir fuhren langsam.

„Sie beabsichtigen nicht etwa, mich zu entführen, oder?"

Er lächelte und antwortete: „Aber selbstverständlich. Ich entführe Sie in ein Märchen aus 1001 Nacht. Es hat fünf Sterne und Pool."

Als wir ankamen, schlief ich.

Das Hotel war von hohen Mauern umgeben. Es hatte eine riesige Tür, mehr ein Tor, einige Meter hoch und breit. Dahinter sah es aus wie in einer New Yorker Bar. Spärliches Licht, elegante graue Sofas mit runden roten Tischen. Ich musste einen Moment warten, bis der Hotelangestellte Zeit für mich fand. Ich legte mich auf eins der Sofas und schlief wieder ein.

„Madame Seitz!"

Sah ich wirklich so verheiratet aus? Warum konnten sie mich nicht einfach schlafend auf mein Zimmer tragen?

Noch fünf Tage bis zum Rückflug.

:::

„Wo ist eigentlich Marrakesch?", fragte ich unschuldig den Kellner beim Frühstück.

Er führte mich über die Terrasse zum Pool und zeigte mit ausgestrecktem Arm in eine Richtung.

„Wie weit ist es?"

„Zwanzig Minuten. Ein Shuttlebus bringt Sie hin."

Ich nahm mein Notebook, setzte mich auf eins der Poolbetten, surfte zu Webseiten über Marrakesch. Die Morgensonne schien auf mein Gesicht. Die Palmenblätter raschelten im Wind. Es war ein schöner Tag. Ich fühlte mich so glücklich wie lang nicht mehr. Ich schwebte in diesem Moment über allem.

In meinem Ohr herrschte immer noch Stille.

„Du siehst viele Dinge nicht", hatte Sofia gesagt. Was,

wenn ich blind oder taub für das geworden war, was in mir vorging? Der Gorilla vor meinen Augen. Nicht da. Doch da.

Mein Hotel umschloss mich wie eine Blase. Ein Garten mit einer Ansammlung von Bungalows im Bauhausstil.

Das Licht war sanft, der Himmel endlos blau, die Welt hinter hohen Mauern verschwunden.

Ich stellte mir vor, wie der Gorilla vor den Mauern ungeduldig auf- und abging. Ein Wartender.

Der Kellner brachte mir Pfefferminztee in einer Kanne wie aus Aladin und die Wunderlampe. „Berber Whiskey", sagte er lachend und schenkte in hohem Bogen ein, sodass sich auf der Oberfläche Schaumkronen bildeten. Er erklärte mir, dass die Berber und die Araber sich Marokko teilten. Viele Berber lebten in den Bergen, er selbst war einer von ihnen.

Der Poolboy reichte mir ein Handtuch und stellte den Sonnenschirm in die richtige Position. Das Wasser im Pool gluckste leise. Schwarze Vögel trällerten gleitende Laute, die fröhlich die Tonleiter rauf- und runtereilten. Ein weicher Wind streichelte meine Haut.

Hätte ich gewusst, dass dies die einzigen Minuten waren, die ich in dieser Hotel-Oase zubringen würde, hätte ich mich bemüht, den Augenblick zu verlängern.

:::

Ich hatte Respekt vor der Suche nach Gibril. Es schien mir fast unmöglich, Almaz' Bruder ohne eine genauere Adressangabe zu finden. Marrakesch war eine Millionenstadt.

Djemaa el Fna hieß der zentrale Platz der Altstadt. Gibrils Adresse. Meine Internetrecherche hatte ergeben: Djemaa el Fna, das hieß übersetzt Platz der Toten. Im Mittelalter, als der Platz seinen Namen bekam, ein rauer Ort. Zu der Zeit wurden die Köpfe der Hingerichteten auf langen Stangen zur Abschreckung als „Sultans-Orangen“ so lange zur Schau gestellt, bis die Geier alles Fleisch gefressen hatten. So entstanden klingende Namen.

Zugleich war der Platz Station für Karawanen und Händler. Hier trafen sich Araber, Berber und Schwarzafrikaner. Salz, Seide, Gold, Elfenbein, Leder und Gewürze wechselten auf dem Djemaa el Fna ihre Besitzer.

Der Platz hatte gerade den Travellers' Choice von *TripAdvisor* gewonnen. Doch er war umstritten. Toller Platz, schrieben einige. Touristenfalle, meinten andere.

Der Platz war mir egal, solange ich Almaz' Bruder dort finden würde.

Und wenn ich ihn dort nicht finden würde – was dann? Hinter dieser Frage lauerten weitere Fragen.

Sollte ich zur Polizei gehen? Einen Detektiv beauftragen? Wie würde ich ihn überhaupt von Marrakesch nach Deutschland bringen, wenn er hier untergetaucht war? Wie einfach war es für Marokkaner oder afrikanische Gäste in Marokko, nach Europa zu reisen? Was, wenn die Bürokratie ihm keinen Zettel genehmigen würde?

Wie war ich nur auf die Idee gekommen, ich könnte Almaz retten? Wie konnte sie mir vertrauen, all ihre Hoffnung ausgerechnet an mich knüpfen?

:::

Im Autoradio liefen lautstark Club Hits aus einer anderen Ära. Der Fahrer sang alle mit.

„I am everyday people – yeah.“

Arrested Development hatte ich schon Ewigkeiten nicht mehr gehört. Der Song schmeckte nach Jugend.

Der schwarze Shuttlebus bummelte über eine staubige

Landstraße. Am Innenspiegel ein Wunderbaum. Vanille. Leere Straßencafés mit weißen Plastikstühlen zur Linken, rechts Fußgänger, Mopedfahrer und Menschen, die warteten. Das Atlasgebirge weich gezeichnet am Horizont. Da vorn irgendwo Marrakesch.

Um mich herum saß eine Gruppe fröhlicher Italiener, die Frau neben mir hatte schon in Deutschland gelebt, in Köln.

„Woher kommst du?"

„Aus Berlin."

„Berlin ist beeindruckend. Köln ist besser. Diese Stimmung!"

Ich fand Köln schrecklich. Hässlich und amüsierwütig.

„Warst du schon mal in Marrakesch?"

„Nein."

„Es ist der Wahnsinn. Wir reisen morgen ab. Zehn Tage haben wir in diesem Wahnsinn zugebracht."

„Wahnsinn?"

„Du wirst es selbst erleben. Es gab Leute im Hotel, die waren einmal da und nie wieder. Andere, die fuhren jeden Tag rein und kamen erst spät wieder ins Hotel zurück. Entweder es packt dich, oder ... ist auf jeden Fall mehr Köln als Berlin."

Sie schmunzelte.

Nun ja. Das mochte jeder anders empfinden.

In den letzten Jahren war ich bis auf die Kurzurlaube mit Ben und einige Businesstrips wenig gereist. Keine Zeit für große Urlaube. Im Studium war ich häufiger allein gereist. Je näher wir Marrakesch kamen, desto höher schlug mein Puls.

Nach fünfzehn Minuten erreichte der Shuttlebus ein Stadttor. Dahinter erwartete uns eine andere Welt. Tumult in den Straßen. Sie wirkten ein wenig schmal für das Leben, das sich hineinzwängte.

Der Verkehr in Marrakesch folgte keinem erkennbaren Gesetz. Es war wie auf einer Party. Autos, Busse, Mopeds, Eselskarren, Radfahrer, Pferdekutschen, Fußgänger – ein Schmelztiegel der Mobilität.

„Der Spaß geht los", lachte die Italienerin.

Ich fragte den Fahrer wie er jemanden auf dem Djemaa el Fna finden würde. Er unterbrach seinen Gesang und zwinkerte: „Lass dich treiben."

13

An zweispännigen Pferdekutschen vorbei ging ich zum Djemaa el Fna. Es stank bestialisch nach Pferdeurin. Ich war in der Sekunde, in der ich den Boden von Marrakesch betreten hatte, umringt von selbst ernannten Guides. Nein, danke, war für sie keine Antwort. Sie schienen an mir zu kleben.

„Vorsicht, Madame, passen Sie auf, wo Sie hintreten!"

Ich hatte bei dem Versuch, einem Zweispänner auszuweichen fast ein Loch im Boden übersehen. Es führte direkt in den Abwasserkanal.

„Mademoi…"

Man würgte mich ab.

„In Marrakesch immer rechts gehen."

„Gut zu wissen, danke."

Die anderen Touristen wirkten erfolgreicher darin, die Guides abzuschütteln. Wie machten sie das nur?

„Vollkommen gratis, Madame. Wirklich. Ich bin vom Hotel."

Meinem misstrauischen Blick begegnete er fröhlich lächelnd.

Interessanterweise gingen meine Verfolger vorweg. So konnten sie all die anderen Guides, die sich mir ebenfalls anbieten wollten, besser aus dem Weg räumen.

Doch sie schienen Augen im Hinterkopf zu haben. Sobald ich stoppte, stoppten auch sie und drehten sich besorgt um.

Wir hatten den Platz fast erreicht. Ich fand, es war jetzt genug.

Ich stoppte, blickte von einem meiner Begleiter zum

nächsten und sagte: „Ich habe eine ansteckende Krankheit. Ich an eurer Stelle würde Abstand halten."

Sie lachten.

„Madame besitzen Humor."

Ich hustete mitleiderregend und spuckte auf den Boden.

Sie tuschelten verunsichert auf Arabisch.

Ich tat so, als ob ich eine Pille nehmen würde.

„Wir wünschen Madame noch einen schönen Aufenthalt in Marrakesch. Fantastische Souks finden Sie in dieser Richtung."

Jeder zeigte mit dem Finger in eine andere Richtung. Fast hätte ich gelacht. Später sollte ich rausfinden, dass jeder von ihnen recht hatte. Die Souks, die Basare von Marrakesch, umgaben den Platz wie ein gigantisches Labyrinth.

„Danke", sagte ich, nicht sicher, ob auch nur einer von ihnen noch zuhörte. Sie boten ihre Dienstleistungen längst neuen Kunden feil.

Ich ging direkt auf den Platz und verabschiedete mich von der Idee eines schnellen Sucherfolgs. Platz schien mir auch nicht die angemessene Bezeichnung. Der Djemaa el Fna war eine riesige Fläche. Darüber schien ein Himmel zu schweben, der zu dem Platz gehörte. Ein strahlend blaues Dach, unter dem eine Menschenmenge zitterte.

:::

„Hallo, hallo!"

Ein kleiner Mann mit einem riesigen bunten Hut, rotem Kaftan und Metallschalen, die an Gurten auf seiner Brust befestigt waren, sprang mir fröhlich klappernd in den Weg.

Ein Clown? Ich musste lachen. Er lachte mit. Er stellte sich als Wasserverkäufer vor. Ich sagte ihm, dass ich gern

Wasser kaufe, das nächste Mal. Aktuell sei ich nicht durstig. Ich zeigte ihm das Foto. Er betrachtete es ernsthaft und mit großer Ruhe.

Auf Deutsch sagte er: „Ein schöner Mann ist er, blonde Frau. Nehmen Sie sich in acht vor schönen Männern."

„Kennen Sie ihn?"

„Viele kenne ich. Viele kenne ich nicht", rief er und sprang zum nächsten potenziellen Kunden.

„Was ist mit ihm?", rief ich dem Wasserverkäufer nach.

Er schien mich längst vergessen zu haben.

Ich ging einige Schritte in Richtung einer Melodie, gespielt auf einer orientalischen Flöte. Da saß ein Schlangenbeschwörer, und vor ihm erhob sich eine Kobra. Als ich näher kam, zwinkerte er mir zu, ich solle mich setzen. Ich entschied mich, lieber stehen zu bleiben, bevor sich die schwarze Kobra für mich interessierte.

Während ich überlegte, wie wohl Tierschützer dieses Schauspiel beurteilen würden, bekam ich von hinten zwei kleinere Schlangen umgehängt. Ein anderer Schlangenbeschwörer, der gegenübersaß, war so freundlich.

„Foto! Foto!", rief er.

Die Schlangen fand ich ganz hübsch. Nur vor der Kobra hatte ich Respekt. Die milchigen Augen, dieser breite Hals, ihr Zischen – das Tier war mir unheimlich. Ich nahm die Schlangen wieder ab und gab sie dem Mann dankend zurück. Ihre Körper fühlten sich weich und zugleich fest an.

Ich zeigte ihm das Foto von Gibril. Seine beiden Schlangen schienen mehr Interesse daran zu haben als er selbst. Ihre Zungen spielten mit dem Foto. Vielleicht hielten sie es für etwas Essbares.

Er schüttelte den Kopf.

Ich wandte mich wieder dem Flötenspieler zu. Mittlerweile hatte die Kobra ihren Kopf hoch erhoben, und ich hatte mich an ihre Anwesenheit gewöhnt. Mehr Menschen versammelten sich, die meisten, um Fotos zu machen. Als ich mich zu dem Flötenspieler hinunterbeugte, um ihm das Foto zu zeigen, rempelte mich jemand von hinten an. Ich verlor das Gleichgewicht. Im nächsten Moment lag ich zwischen dem Flötenspieler und seiner aufgebrachten Kobra.

Die Fotografen schrien kurz auf, dann gaben sie sich der Magie des Motivs hin und fotografierten die blonde Frau am Boden mit der verstimmten Schlange, deren Performance gestört worden war. Das Tier richtete sich noch höher auf, wackelte seltsam mit seinem Kopf hin und her und stieß Zischlaute aus.

Ich war wie gelähmt. Die Kobra und ich starrten uns an. Ihre milchigen Augen – war die Schlange am Ende blind?

Ich kam mir vor wie in einer Filmszene, die ich schon einmal gesehen hatte. Die Kobra, das am Boden liegende Opfer. In dem Moment, als ich dachte, sie hätte sich wieder beruhigt, stieß die Kobra zu. Sie zielte genau auf meinen Hals. Ich schloss die Augen und erwartete den Biss. Die Menschen schrien. Ein einzelner Flötenton hing in der Luft.

Doch der Biss kam nicht. Kurz vor meinem Hals stoppte das Tier seinen Angriff, als wäre es gegen eine unsichtbare Wand gestoßen, die mich schützte.

Jetzt begriff ich: Das war kein Zwischenfall, sondern Teil der Performance.

Chapeau!

Diese Kobra verstand sich meisterhaft aufs Dramatische. Ich hatte mich schon den qualvollen Gifttod sterben sehen, gelähmt am ganzen Körper. Oder, falls das Tier keine Giftzähne mehr besaß, zumindest mit Blutvergiftung in einem Armenspital um die Ecke.

Doch die Schlange zog sich zurück.

Ich blickte in die Gesichter. Wer von denen hatte mich

gestoßen? Der übergewichtige Amerikaner? Die lächelnde Japanerin? Der Araber mit den blitzenden Augen, ein Komplize des Flötenspielers?

Der Flötenspieler deutete dem Tier, im Korb zu verschwinden. Erst nachdem der Deckel drauf war, wagte ich es, mich zu erheben.

„Je suis désolé“, sagte der Mann immer wieder. Jetzt erst fiel mir sein gelber Turban auf. Er gab ihm etwas Blumiges.

„Schon gut, ich habe noch mal Glück gehabt. Sehen Sie mal die Gänsehaut, ich hatte Todesangst.“

„Die Schlange ist immer friedlich, niemals greift sie an.“

„Hat ja auch nur so getan. Täuschend echt den Angriff simuliert. Wie haben Sie das dem Tier nur beigebracht?“

Ich zeigte ihm das Foto.

Seine Hand zitterte, als er es betrachtete. Ich schrieb es der Kobraszene zu. Meine Hand war erstaunlich ruhig.

„Es tut mir leid“, sagte er.

Mittlerweile war ein Mann aufgetaucht, der dem Flötenspieler Angst zu machen schien. Er erkundigte sich nach dem Vorfall, fragte mich, ob es mir gut gehe.

„Ja“, sagte ich. „Nichts passiert.“

„Der ganze Platz wimmelt von Polizisten in Zivil“, tuschelte eine deutsche Touristin hinter mir. Ob sie mir helfen könne.

Ich winkte ab: „Danke, es geht mir gut.“

:::

Die Sonne stand jetzt tief, mein Schatten war viele Meter lang. Am Ende meines Schattens saß ganz allein eine Frau. Sie sah besonders aus, ich konnte meinen Blick nicht von ihr lassen. Die Frau trug eine leuchtend rote Djellaba mit schwarzen Ziernähten. Um Kopf und Hals ein helles, dezent gemustertes Tuch. Sie hatte ein sehr schönes Gesicht.

Nicht die schrille Schönheit aufgedonnerter Araberinnen, sondern eine leise, dezente Schönheit. Alles an ihr wirkte natürlich. Die vollen Lippen. Die hohen Wangenknochen. Die gerade Nase. Die dunklen Schatten unter den Augen, die nicht nach Stress oder Schlafmangel aussahen, sondern nach vornehmer Schwermut. Alles in ihrem Gesicht war weich. Es gab nichts Hartes, keine Kanten. Ich schätzte, sie war in meinem Alter.

Ich trat näher an die Frau in Rot heran und wollte an ihr vorbeischlendern. Doch ich musste sie zu lange angesehen haben. Als ich nur wenige Meter von ihr entfernt war, sprang sie auf mich zu, in der rechten Hand eine Art Spritze.

„Bienvenue“, hauchte sie.

Ihre Stimme war beschwörend tief. Die Frau duftete wie eine Blume. Wie Jasmin. Süßlich und intensiv.

Noch bevor ich irgendetwas dagegen unternehmen konnte, hielt sie meine linke Hand und begann mit der Spritze freihändig Arabesken zu malen. Sie schrieb, vom Zeigefinger aus, mit orange-brauner Farbe den Arm hoch.

Ich war so überrumpelt, dass ich die ganze Zeit kein Wort herausbrachte. Da stand diese Schönheit, hielt meine Hand und malte eine Hennaranke auf meinen Arm. Ich fand Tattoos grauenhaft. Und ich fand allein schon die Idee bizarr, dass eine Fremde meine Privatsphäre im Nu auslöschte. Trotzdem gelang es mir nicht, meinen Arm wegzureißen, so gebannt war ich von ihrer Arbeit. Ihrem Duft. Ihrer Aura.

Sie war konzentriert, geradezu versunken in die Bögen, die sich auf meinem Arm hochrankten. Den Weg schien sie sich zu ertasten, ihre Augen waren geschlossen.

„Wie ist der Name deines Freundes?“, fragte sie mich.

Ich stammelte: „Gi-Gi-Gibril.“

Da hielt sie inne, als wenn ich ein geheimes Codewort

gesprochen hätte. Sie sah mich aus ihren umschatteten Augen an, als wollte sie einen Blick in das Blaubartsche Zimmer meiner Seele werfen. Dann schrieb sie weiter – seinen Namen, dachte ich. Für mich unleserlich, in arabischer Schrift.

„Du kannst mir geben, was du willst“, sagte sie, nachdem sie ihr Tattoo vollendet hatte. „400 Dirham, gib mir 400 Dirham.“

400 Dirham entsprachen fast 40 Euro. Der Preis schien mir überzogen.

„Es ist besonders“, entgegnete ich. „Ich hatte noch nie so ein Tattoo. Aber ...“

„Du kannst mir auch die Kette geben ... das ist eine sehr schöne Kette.“

Sie streckte ihre Hände nach der Kette aus, als wollte sie diese im nächsten Moment von meinem Hals reißen.

„Ich würde sie gern einmal umlegen.“

Ich drückte meine Hand auf die Kette.

„Unverkäuflich.“

„Wie schade. Woher hast du diese Kette?“

„Sie ist ein Geschenk.“

„Ein Geschenk“, murmelte die Frau in Rot. „So ein schönes Geschenk.“

Ihre langen, mit Henna bemalten Finger tasteten sich wie die Beine einer Spinne über meinen Hals. Die Kette berührten sie nicht, sie umzitterten sie nur.

Ich bekam eine Gänsehaut und ging einen Schritt zurück.

Sie tat, als wenn nichts gewesen wäre, und setzte mich erneut in Kenntnis von ihren Preisvorstellungen.

„Du kannst mir geben, was du willst“, wiederholte sie. „Normalerweise 400 Dirham. 300 Dirham. Mindestens.“

Ich drückte ihr 200 Dirham in die Hand. Das schien mir immer noch teuer für die wenigen Minuten Arbeit. Arbeit, um die ich sie nicht gebeten hatte. Sie murrte, aber ich konnte in ihrem Gesicht ein Lächeln erkennen.

Ich zog das Foto aus der Tasche und hielt es ihr hin.

„Wissen Sie, wo ich ihn finde?“

Sie betrachtete das Bild lange.

„Wer ist diese Frau?“, fragte sie.

„Es geht nicht um die Frau, sondern um den Mann.“

„Wer ist diese Frau?“, wiederholte sie mit tiefer Stimme.

„Es sind Geschwister. Ich suche ihn.“

„Wer bist du?“, fragte sie jetzt.

„Was tut das zur Sache?“

„Woher weißt du, dass er hier ist?“

„Sie hat es mir gesagt.“

„Er ist nicht hier. Du verschwendest deine Zeit.“

„Er heißt Gibril.“

Ich erschrak, als ich diesen Namen aussprach. Jetzt musste sie denken, dass Gibril und ich ein Paar waren.

„Ich habe Kunden“, sagte sie.

Ein Touristenpaar stand vor ihren beiden Kissen und besah sich die in Plastikfolie eingeschweißten Kärtchen, die verschiedene Muster für Henna-Tattoos zeigten.

Während sie zurück zu ihren Kissen ging, rief ich: „Sie kennen ihn. Habe ich recht? Sie kennen ihn.“

Die Frau in Rot entgegnete sanft: „Du verschwendest deine Zeit, blonde Frau. Du verschwendest deine Zeit.“

Der Jasminduft hing noch einige Sekunden in der Luft, dann war ich wieder allein.

14

Ich fand einen Tisch in der ersten Reihe der Dachterrasse des *Café de France*. Von dort aus konnte ich das Geschehen auf dem Platz genau beobachten. Dahinter die flachen Dächer Marrakeschs mit Tausenden von Satellitenschüsseln. Am Horizont das Atlasgebirge.

Man servierte mir Minztee aus Aladins Wunderlampe. Als ich das Teeglas in die Hand nahm, bemerkte ich, dass ich zitterte. Ich bestellte ein Glas Wein. Der Kellner wies mich darauf hin, dass in diesem Café kein Alkohol ausgeschenkt wurde. Die Religion. Ich ließ mir Zigaretten und einen Aschenbecher bringen und rauchte mit geschlossenen Augen.

In Gedanken sah ich mich von hier oben aus in einer Traube von Guides auf den Platz kommen. Ich sah mich mit dem Wasserverkäufer reden, die Schlangen, die mir um den Hals gehängt worden waren, zurückgeben, das Foto von Gibril zeigen.

Ich sah mich am Boden liegend vor der hoch aufgerichteten Kobra mit den milchigen Augen, und ich folgte in Gedanken den Zeichen, die sich meinen Arm emporrankten. Geschrieben von einer Frau, die, mit geschlossenen Augen betrachtet, in Flammen zu stehen schien.

Ich sah mich über den Platz laufen, zu diesem Café, vor dem viele Touristen standen.

Ich folgte wie mit einer Kamera meinen gehetzten Bewegungen durch das Restaurant auf der Suche nach der Treppe, sah mich die steilen Stufen hochfliegen, hektisch durch die Menschen auf der Terrasse manövrieren und in den klebrigen Plastikstuhl fallen.

War ich hysterisch?

Nachdem die verlogene Hennamalerin zurück zu ihrem Platz gegangen war, hatte mich ein Gefühl grenzenloser Einsamkeit überwältigt.

Ich war falsch hier.

Ich gehörte nicht hierher.

Noch nie in meinem Leben hatte ich mich so sehr als Außenseiterin gefühlt.

Alle schienen zu lauern. Die Männer mit den Affen. Die am Boden hockenden Frauen mit den Broten. Der Mann mit den gelben Backenzähnen vor sich im Glas.

Ihre klebrigen Blicke, ihr vulgäres Grinsen, ihre rätselhaften Worte.

Jeder wollte mich in seinen Bannkreis ziehen. Mir etwas, was mich nicht interessierte, zu absurden Preisen verkaufen. Sein Spiel mit mir spielen. Mich zum Teil seiner grotesken Show machen.

Es war eine Jagd. Und ich war das Opfer.

Kinderlachen riss mich aus meinen Gedanken. Am Nebentisch saß eine englische Familie mit einem kleinen Mädchen. Die Frau machte Fotos von ihrer Tochter und sie sprach über das besondere Licht in Marrakesch. Ihre Stimme war melodisch.

Kreischen.

Hinter mir saß eine Gruppe ungeniert fröhlicher Frauen, die auf das Abendessen warteten. Schwäbische Freundinnen. Sopranstimmen, überkippend. Mir sprechet alles außer Hochdeutsch.

Ich glaube, es war das erste Mal im Leben, dass ich mich über Schwäbisch gefreut habe. Es hatte etwas von Heimat. Ich war nicht mehr allein.

:::

„Entschuldigung“, hörte ich eine sanfte Frauenstimme auf Englisch fragen, „ist hier noch frei?“

Blonde, lange Haare, zum Pferdeschwanz zusammengebunden. Sommersprossen auf einer hübschen Nase. Stahlblaue Augen. Ein schwarzer, langer Rock und eine bestickte Bluse. Die Frau war einige Jahre älter als ich und stellte sich als Carol vor.

„Sie sind gerade angekommen, oder?“

Ich hob meinen Blick und sah Carol fragend an.

„Der Schock. Ich sehe es in Ihren Augen.“

Ich lächelte, so gut ich konnte.

„Und ich sehe es in Ihrem Lächeln. Sie lächeln wie jemand, der ein Autounglück überlebt hat. Zögerlich. Ihrer selbst nicht sicher.“

Sie konnte in mich hineinsehen. So nah. Zugleich vornehm distanziert. Wenn sie „You“ sagte, dann meinte Carol „Sie“. Nach dieser Überdosis Nähe tat mir das sehr gut. Ich liebte ihren melodischen Südstaatenakzent.

„Als ich das erste Mal über diesen Platz ging – das ist schon einige Jahre her –, da kam ich mir vor wie auf der Flucht. Das ist kein Platz, den man besichtigt. Das ist ein Lebewesen, das nach dir greift. Auf dem Forum Romanum besichtigst du alte Steine, auf der Akropolis besichtigst du alte Steine, in Marrakesch triffst du auf alte Seelen.“

„Ich verstehe nicht. Ich bin übrigens Mia. Ich komme aus Berlin.“

„Ganz einfach, Mia aus Berlin, wenn du auf diesen Platz kommst, hast du eine unsichtbare Zeitschleuse passiert. Das sind keine modernen Menschen. Sie sind wie ihre Väter und die Väter ihrer Väter. In Disneyland wäre dieser Platz von einer Mauer umgeben, über den Toren stünde geschrieben: Achtung, andere Welt. Sei wachsam. Doch hier regiert der Schock. Auf einmal ist alles anders."

Ich schmunzelte. Disneyland. Schöner Vergleich.

„Bei mir kam der Schock erst später, als ich hier oben saß. Da unten war ich so … gebannt."

Carol nickte.

„Wie bei einem Unfall."

„Ja."

„Jedenfalls, Mia: Hier fehlen die Signale. Du kommst an und – bamm! – triffst du auf dieses unverschämte Wesen Djemaa el Fna."

Ich erzählte ihr, was ich erlebt hatte und schloss: „Ich bin nicht zimperlich. Aber es war vielleicht etwas viel für eine Stunde."

Sie lachte. Bei dem Teil mit der Kobra war sie ernst geworden.

„Ja, Mia, das war etwas viel. Hüten Sie sich vor den Schlangen. Ich stand einmal bei einem Schlangenbeschwörer. Er erklärte mir, wie harmlos seine Tiere seien, und schon verbiss sich eine Schlange in seine Hand. Sein Gesicht war schmerzverzerrt, und er hatte seine liebe Not, seine Hand von der Schlange zu befreien. Diese Tiere sind angriffslustig und gefährlich."

„Da habe ich wohl noch einmal Glück gehabt", sagte ich.

„Ja, das haben Sie. Bleiben Sie denn länger in Marrakesch, Mia?"

„Sechs Tage."

„Das ist nicht lang, aber Sie werden sich an Marrakesch und den Djemaa el Fna gewöhnen."

„Woher dieser Optimismus?"

„Ich bin Amerikanerin."

„Und, haben Sie sich an Marrakesch gewöhnt?"

„Ich habe aufgehört, alles persönlich zu nehmen. Als ich hierherkam, eine blonde Frau wie Sie, allein wie Sie, da war es der Horror. Der Djemaa el Fna, ein Hexenkessel. Eine Frau trank kochendes Wasser aus einem Topf. Ein Mann hielt sich ein rot glühendes Messer auf die Zunge. Es zischte wie ein Steak, das in eine heiße Pfanne gelegt wird. Danach warf er sich auf einen anderen Mann und leckte dessen nackten Bauch ab, den er zuvor mit einem Pulver bestreut hatte. Ekelhaft."

Carol machte eine Pause und sah kopfschüttelnd zu Boden.

„Stechende Blicke aus schwarzen Augen, die jeder meiner Bewegungen folgten. Aufdringliche Personen. Ganz Marrakesch schien an meinen Fersen zu kleben. Eine Hetzjagd. Ich verkroch mich im Hotelzimmer. Ich rief tränenüberströmt zu Hause an. Ich beschloss abzureisen und packte meinen Koffer."

Carol zündete sich eine meiner Zigaretten an und inhalierte tief, bevor sie fortfuhr.

„Ich wollte nicht gehen, ohne mir noch einmal den Ort meiner Niederlage anzusehen. Ich wusste, dass ich am Abend die Stadt verlassen würde. Das gab mir Ruhe und Sicherheit. Ich wollte mich nur verabschieden von diesem schrecklichen Ort. Ein letztes Mal diesen Bodennebel von Wahnsinn aufsuchen. Doch der Wahnsinn war auf einmal verflogen. Das Monstrum Djemaa el Fna zeigte mir sein freundliches Gesicht."

„Ich überlege, seitdem ich in diesem Café sitze, ob ich in die nächste Maschine steigen soll", sagte ich.

„Bleiben Sie, Mia! Bitte bleiben Sie!"

Sie legte ihre Hand auf meine Hand, drückte sie sanft. Dann beugte sie sich vor und sprach mit gesenkter Stimme, als wenn sie ein Geheimnis mit mir teilen wollte.

„Am Tag meiner Abreise beobachtete ich die Schreiber und die Geschichtenerzähler, die Wahrsagerinnen und Wunderdoktoren. Auf einmal waren sie ganz normale Menschen, nur aus der Zeit gefallen. Sie verhielten sich wie vor hundert, zweihundert, fünfhundert Jahren. Ich fand ein Lächeln für jeden einzelnen, und bekam von jedem ein Lächeln zurück. Niemand verfolgte mich mehr. Wir hatten uns gegenseitig akzeptiert, wie wir waren, La Place und ich. Seitdem lebe ich hier unter den freundlichsten Menschen der Welt."

„Klingt ermutigend. Aber was kann ich daraus lernen?"

„Lassen Sie es mich so sagen: Ein Täter kann nur Täter sein, wenn das Opfer bereit ist, Opfer zu sein."

Sie nahm eine neue Zigarette.

„Als ich das letzte Mal auf den Platz ging, war ich kein ängstliches Opfer mehr. Ich sagte mir: Ihr könnt mich mal, gleich bin ich sowieso weg. Diese Haltung schien jeder sofort zu verstehen. Man stürzte sich auf andere und ließ mich in Ruhe."

Wir lachten, während wir einige Opfer von unserem Tisch aus beobachteten. Der Platz schien sich einen Spaß daraus zu machen, Wertvorstellungen und Privatsphären zu sprengen. Alles auf Angriff.

Du machst ein Foto. Sofort kommt das fotografierte Wesen und hält die Hand auf. Du gibst Geld. Es ist zu wenig. Endloses Lamentieren. Du gibst mehr Geld. Du schaust den Affen länger an, schon ist der Affe bei dir. Wieder das Fotospiel. Du steckst deine Nase in einen Kreis Menschen und fragst dich, was die da wohl machen, und schon hast du eine Angel in der Hand und fischst nach Coca-Cola-Flaschen, obwohl du Coca-Cola nicht ausstehen kannst und Angelspiele schon gar nicht. Du überlegst, was wohl die Frauen auf dem Boden machen, und schon hast du ein Hennatattoo zum Mondscheintarif. Du staunst und zahlst.

„Ich bin sehr froh, Sie getroffen zu haben, Carol“, sagte ich. „Sie kamen genau im richtigen Moment. Dieser schöne blaue Himmel hat Sie geschickt.“

Sie lächelte. Unten auf dem Platz winkte ihr ein Mann mit Sonnenbrille und Anzug zu.

Als sie sich erhob, zeigte ich Carol Gibrils Foto.

Sie zwinkerte mit ihren stahlblauen Augen: „Du brauchst nicht zu suchen, Mia. Nicht du findest ihn, er wird dich finden.“

Sie schob mir ihre Visitenkarte über den Tisch. Carol Garcia. Psychologin.

„Ruf mich bitte an, wenn du meine Hilfe benötigst, Mia. Es war schön, dich kennenzulernen. Ich wünsche dir viel Erfolg.“

Carol legte einen Geldschein auf den Tisch und verschwand.

:::

Ich trank meinen Tee, der längst kalt war und bitter. Meine Hand zitterte nicht mehr.

Das Henna-Tattoo brannte auf meiner Haut. Ich durfte es nicht berühren, damit es nicht verwischte, so viel wusste ich von einer Freundin, die sich solche Tattoos machen ließ.

Nicht weit vom Café versammelten sich jetzt Trommler. Dazu wurde gesungen und getanzt.

Drei Moscheen waren um den Platz gruppiert, die größte von ihnen etwa dort, wo der Hotel-Shuttle mich abgesetzt hatte. Ich hatte sie vorhin gar nicht wahrgenommen.

„Das ist die Koutoubia-Moschee“, sagte der Kellner. „Es ist die größte in Marrakesch. Das Minarett ist 77 Meter hoch. Die Moschee ist aus dem Jahre …“

„Sie reden wie ein Reiseführer", unterbrach ich ihn. „Und sprechen wunderbar akzentfrei Französisch."

Er lächelte.

„Sie schmeicheln mir. Viele Marokkaner sprechen gut Französisch. Auch Ihr Französisch ist bemerkenswert."

„Ich hatte gute Lehrer."

„Sie sagten, ich rede wie ein Reiseführer. Das war ich tatsächlich einmal. Weil Sie gleich danach fragen werden, wollte ich Ihnen noch sagen: In wenigen Minuten ruft kein iPod zum Gebet, auch wenn es alle Touristen glauben mögen. Es ist eine echte Stimme."

„Dann muss der Muezzin jeden Tag mehrmals auf diesen hohen Turm steigen?"

„Ja, das muss er. Fünf Mal am Tag. Als Ungläubige dürfen Sie das Wahrzeichen unserer schönen Stadt leider nicht betreten, sonst würden Sie sehen, wie der Muezzin den Turm auf seinem Esel erklimmt."

„Ich kann es mir vorstellen", lachte ich. „Ungläubige dürfen nicht in die Moschee, aber Esel schon."

„Ja, so ist es", entgegnete der Kellner und folgte dem Ruf eines amerikanischen Pärchens, das die Rechnung verlangte.

Ich zweifelte am Wahrheitsgehalt seiner Aussage. Esel in Moscheen. Vielleicht war das so etwas wie ein Touristentest. Wer das glaubte, bekam auch die Fantasierechnung.

In diesem Moment riefen die Muezzins zum Gebet. Erst vom rechten Turm, dann von der Koutoubia-Moschee, schließlich vom Turm gegenüber dem *Café de France*.

Alles schwieg plötzlich. Die Trommeln. Die Flöten. Die Gesänge. Auch das Marktgeschrei verstummte.

Da war etwas in der Luft, das fasste mich an, das berührte meine Haut, meine Eingeweide, meine – nennen wir es ruhig Seele. Nie zuvor hatte ich den Gesang der Muezzins gehört. Nie zuvor war ich in einen islamischen Staat gereist. Ich hatte ja keine Ahnung.

Als die Gebete vorüber waren, stampften die Trommeln weiter. Es wurde langsam dunkel. Auf dem Platz bildeten sich Gruppen, die um verschiedene Künstler standen. Die Musiker konnte ich erkennen, aber ich konnte nicht sagen, was die anderen machten. Unten strahlten jetzt Lichter, Dampf stieg auf. Es roch nach Barbecue. Menschen saßen auf Bierbänken.

Dann kam die Dunkelheit.

:::

Als ich zur Toilette gehen wollte, fiel das Licht im hinteren Teil des Restaurants aus. Auf der Terrasse bemerkte das niemand, doch die Gänge waren stockfinster. Der Kellner gab mir, Entschuldigungen murmelnd, eine Toilettenrolle und stellte einige Kerzen auf den Boden, um den Weg zum Treppenhaus und den Toiletten zu markieren. Ich leuchtete ihm mit dem Handy.

Es gab einen Raum mit Waschbecken und Spiegel, vom Flur abgetrennt durch eine Pendeltür. Dort befanden sich zwei Toiletten. Ich bat den Kellner um eine Kerze und stellte sie auf den Boden.

Die Kerze flackerte. Ich leuchtete lieber gar nicht erst mit dem Handy, um die Hygienesituation genauer zu erfassen. Es hätte sich sowieso nicht ändern lassen.

Mein Magen war in Aufruhr. Der Minztee kam hier stark gezuckert, so dass ich meine Verfassung nur mit dem Wort „blümerant" einigermaßen zutreffend beschreiben kann. Das Aroma der marokkanischen Toilette trug nicht zur Besserung bei. Nachdem ich eine Isolationsschicht Toilettenpapier auf den Sitz gelegt hatte, fürchtete ich eine Ohnmacht.

Ich legte meinen Kopf auf die Knie, atmete so ruhig mir möglich war ein und aus.

Geschirr zerschellte auf dem Steinboden, aufgeregte Stimmen waren aus dem Restaurant zu hören. Schritte, sie stoppten genau vor meiner Tür.

„Occupé“, rief ich. Besetzt.

„Der, den du suchst, ist gekommen“, hörte ich eine Männerstimme sagen.

„Wo ist er?“

„Auf dem Platz.“

Als ich aus der Toilette herauskam, war der Mann verschwunden. Oder hatte ich ihn mir nur eingebildet? Ich war mir nicht sicher.

15

Als ich wieder auf dem Djemaa el Fna stand, fühlte ich mich noch etwas schwindelig.

Mir schien, alle Augen waren wieder auf mich gerichtet. Ich erinnerte mich an die Worte von Carol. Wer nicht als Opfer auftritt, der ist akzeptiert.

Ich stellte mich zu den Trommlern. Das monotone Schlagen beruhigte meinen Magen. Zugleich bekam ich eine Gänsehaut. Was war das nur auf diesem Platz? Es schien, als würde die Vergangenheit mich rufen, nicht meine Vergangenheit, sondern die, die in uns allen schlief. Die Trommeln sprachen zu der Mia, die die Sahara durchquert hatte. Die mit Karawanen nach Marrakesch gereist war. Die zugesehen hatte, wie auf dem Djemaa el Fna Köpfe abgeschlagen worden waren. Die Dschinns aus Wunderlampen befreit hatte und sich wünschen durfte, was sie wollte.

Faszinierend, wie so ein bisschen Getrommel die Persönlichkeit weitete.

War ich noch Mia aus Deutschland oder längst Mia, die Märchenfigur aus 1001 Nacht? Berlin und Starnberg schon so weit weg.

Ich streifte durch die grell erleuchteten Garküchen. Jede hatte eine Art Türsteher, fast wie die Stripklubs auf der *Großen Freiheit*. Diese Typen sprachen die Touristen direkt an, indem sie ihnen die Namen von Hollywoodstars gaben, denen sie ähnlich sahen.

„Hallo Bruce Willis“, rief einer auf Englisch einem glatzköpfigen Touristen zu, der Arm in Arm mit seiner Frau durch die Garküchen bummelte. „Bruce, wie geht es dir? Hast du Hunger auf erstklassige Tajine? ... Komm, Bruce!"

Irgendwo rechts von mir ein Doppelgänger von George Clooney.

„Cameron. Cameron Diaz." Jetzt winkte man mir zu. Ich reagierte nicht, doch mein Name wanderte mir voraus von Stand zu Stand.

„Cameron Diaz, welcome! Magst du leckere Lammspieße vom Grill? Komm zu uns! Hier sind wir!"

Cameron war klasse. Aber sie hatten mich verwechselt. Ich war die zweite Drew Barrymore! Ich sah schon als kleines Mädchen aus wie Drew in E.T. Ich hätte, bis auf die braunen Augen, ihre Doppelgängerin sein können. Ich konnte lachen wie sie, schmollen wie sie, sexy sein wie sie.

Drew war einfach süß! Es gab dieses Interview mit Johnny Carson, wo sie ihre Schneidezähne herausnahm und auf den Tisch vor Carson legte. Großartig. Da war sie sieben Jahre alt, trug ein pinkfarbenes Kleid und eine Schleife im Haar.

Was für ein Sonnenschein!

Ich war wie sie eigentlich unauffällig, aber ansprechend anders. Ich hatte nie einen Film gedreht und sie nie eine Internetfirma gegründet. Wenn ich mir eine ihrer Rollen hätte aussuchen dürfen, dann *Charlys Angels*. Ich wollte schon immer gern ein Engel sein.

Ich rief zurück: „Drew Barrymore!"

„Drew who?"

Man war hier einfach nicht auf mich vorbereitet.

:::

Der Platz hatte seinen Charakter verändert. Ich fand ihn jetzt wilder und ausgelassener. Wo sollte ich suchen? Ich konnte die Gesichter der Menschen kaum mehr erkennen.

Ich machte zwei Runden über den Djemaa el Fna, doch ich hatte das Gefühl, nach jeder Runde ginge ich über einen neuen Platz. Alles war hier ständig in Bewegung und blieb doch am gleichen Ort. Ich irrte durch verschiedene Schichten eines Bildes, das immer wieder übermalt wurde.

Ich stellte mich an einen der vielen Orangensaftstände, trank einen Becher frisch gepressten Saft und beobachtete das Treiben. Große Geländewagen mit Menschentrauben auf den Trittbrettern. Überladene Mopeds. Altmodische Fahrräder. Geschmückte Pferdekutschen und triste Eselskarren. Alles lief und fuhr kreuz und quer wie Schlafwandler. Trotzdem schien jeder auf die anderen zu gucken. Der Verkehr floss.

Da fiel mir etwas auf.

Mitten auf dem Platz hatte sich eine Gruppe gebildet, die ständig wuchs. Bald hatte ich das Gefühl, diese Gruppe bildete das Zentrum des Platzes. Ich ging näher heran. Einige Dutzend Menschen waren bereits dort versammelt, und während ich versuchte zu erkennen, was passierte, kamen mehr und mehr. Bald befand ich mich mittendrin im Publikum.

Die Leute lachten manchmal. Dann wieder waren sie ganz still, und ich konnte in der Mitte jemanden auf Arabisch reden hören. Der Kreis schien noch zu wachsen. Von außen kam sanfter Druck.

Wurden alle Menschen auf dem Platz magnetisch in diesen Kreis gezogen?

Ich hielt mein Handy am ausgestreckten Arm hoch und machte Fotos vom Inneren des Kreises. Zu dunkel, ich konnte nicht viel erkennen. Nur so viel: In der Mitte stand ein Mann, sein Gesicht war blau. Er trug einen dunklen Kaftan und gestikulierte wild.

Der Druck nahm zu. Keine Veranstaltung für Menschen mit Platzangst.

Seine Stimme flog über unsere Köpfe, sie klang tief und freundlich. Langsam und gleichmäßig breiteten sich die Worte über uns aus wie ein Nebel. Dann sprachen andere, ein Junge, eine Frau. Es klang wie ein Hörspiel.

Die Menschen um mich herum seufzten, manche weinten. Was geschah hier?

Ich hielt mein Handy wieder hoch und machte Fotos. Der Kreis um den Mann mit dem blauen Gesicht hatte sich eng um ihn zusammengezogen. Der Junge und die Frau saßen am Boden zu seinen Füßen.

Wie konnten alle so seelenruhig bleiben, als würden sie entspannt für sich stehen? Mensch lehnte an Mensch und trotzdem kein Gefühl von Panik. Wo fing ich an, wo hörte ich auf?

Etwas in den Worten machte aus den Vielen eins.

Ich fragte die Frau neben mir, wer das sei, der Mann im Zentrum mit dem blauen Gesicht.

„Sein Name ist Gibril."

Inzwischen war es 19 Uhr. Als die Stimme des Muezzins anhob, schwieg Gibril. Alle begannen zu beten. Nachdem von den drei Türmen die Botschaft verkündet worden war, gingen die Menschen auseinander. Ich versuchte, so schnell wie möglich in die Mitte des Kreises zu gelangen, zu Gibril.

Ich hatte ihn gefunden, gleich am ersten Tag. Ich war ein wenig stolz.

:::

Gibril war fort.

Ich fragte eine Frau, wo er hingegangen wäre. Sie zeigte in Richtung des *Café de France*. Da meinte ich, ihn zu erkennen. Er trug eine Kapuze und entfernte sich mit schnellen Schritten.

Ich folgte ihm, konnte ihn aber nicht einholen, dafür waren viel zu viele Menschen unterwegs. Gibril betrat einen Basar. Rechts und links waren Läden. Sie verkauften Lampen, Sneakers, Gewürze.

Mopeds schossen durch die engen Gassen. Die wenigen, die mit Licht fuhren, blendeten mich so sehr, dass ich meine Hände vor die Augen halten musste.

Alte Männer mit Handwagen kamen mir entgegen. Ein Eselskarren parkte mitten auf dem Weg. Der dösende Esel war weiß und ausgezehrt. Fliegen umschwirrten seinen Kopf. Ich bildete mir ein, dass er traurig blickte, aber was wusste ich von Eseln?

Es war unmöglich, dem Mann, den ich für Gibril hielt, zu folgen. Dafür lief er zu schnell. Er bog mehrmals ab, dann verschwand er im Gewirr der Gassen, die vom Djemaa el Fna wegführten.

Ich drehte mich wie ein Brummkreisel auf der Stelle, schaute in die Gesichter der Händler, der Kunden, der Bettler.

Augen aus schmalen Sehschlitzen starrten mich an wie ein verirrtes Tier. Manche Sehschlitze waren vergittert.

Kinder grinsten und streckten fordernd ihre Hände aus.

Wo war er?

Wo war ich?

Ich hatte keine Ahnung, in welche Richtung ich gehen sollte. So irrte ich durch die Gassen und kam nirgendwohin. Ich fand weder ihn, noch fand ich raus aus dem Labyrinth der Waren. Alles sah immer wieder gleich aus. Es gab nichts zur Orientierung – keine Hausnummern, keine Hinweisschilder, keine Straßennamen. Und wenn es sie gab, dann war es unmöglich für mich, sie zu erkennen oder sie zu lesen. Nicht einmal der Himmel war zu sehen oder vielleicht der hohe Turm der Koutoubia-Moschee.

Ich hielt an und lehnte mich an eine Mauer. Sie war warm. Ich schloss die Augen und atmete tief ein und aus. Es duftete nach Gewürzen. Ich erkannte Safran. Und Kümmel. Anis, Zimt, Koriander.

Wenige Schritte entfernt befand sich ein Gewürzladen. Die bunten Pulver waren zu kleinen Bergen aufgetürmt. Ich stellte mir vor, wie ein Windstoß durch den Markt fuhr, und die gelben und roten Pulver alle Menschen färbten. Wie ich safrangelb durch das Labyrinth lief und den Ausgang suchte.

Dass ich Gibril an diesem Abend noch finden würde, schien mir ein absurder Gedanke.

:::

„Kann ich Ihnen helfen?"

Der Besitzer des Gewürzladens stand freundlich lächelnd vor mir. Ich fragte ihn, welchen Weg ich nehmen musste.

„Das hängt zum guten Teil davon ab, wohin Sie gehen wollen", antwortete er.

„Ich ... es kommt mir nicht darauf an, wohin."

„Dann kommt es auch nicht darauf an, welchen Weg Sie nehmen."

„Wichtig ist nur, dass ich *ihn* finde", schloss ich und zeigte dem Mann das Bild.

Unmöglich zu sagen, ob er ihn kannte oder nicht. Sein Blick war freundlich, aber ausdruckslos. Vielleicht war ich auch benebelt vom Duft seiner Gewürze.

Der Mann zeigte mit dem Finger nach rechts. Also ging ich dorthin.

Es war keine gute Idee.

Statt Läden waren bald rechts und links der Straße hohe Mauern, und ich teilte mir den Weg mit ein paar ausgehungerten Katzen. Es wurde stiller in der Gasse. Ich hörte Mopeds, aber ich konnte nicht sagen, aus welcher Richtung. Ich hörte auch Autos. Eine Straße! Doch wo?

Die Gassen schienen kein Ende zu nehmen, und wenn ein Weg rechts oder links abzweigte, dann war er noch enger, noch dunkler.

Am Himmel hing ein halber Mond. Die Luft roch stark angebrannt.

Ich musste an meine Ankunft denken und den Fahrer, der das Hotel nicht gleich gefunden hatte. „Google Maps" war die Antwort. Aber mein Handy hatte hier miserablen Empfang, die Übertragung der Kartendaten dauerte ewig. So ging ich auf gut Glück weiter.

Im Licht einer Laterne sah ich am Ende der Straße drei Männer und ihre Schatten. Sie lehnten an der Wand und starrten in meine Richtung. Eigentlich ein schönes Bild. Zwei von ihnen rauchten mit langsamen Bewegungen, der dritte hockte am Boden.

Die Gasse war schmal, gerade mal breit genug für ein Fahrrad und zwei eng an die Wand gepresste Menschen. Fensterlose Mauern zu beiden Seiten.

Ich lächelte mutig und ging direkt auf die Männer zu. Keiner lächelte zurück.

Meine innere Stimme flüsterte: Dreh um, lauf!

Ich stoppte, riss meinen Blick von den drei Männern los und drehte mich um. War da etwas hinter mir? Ich konnte nichts erkennen.

Ich drehte mich zurück zu den Männern. Der Hockende war jetzt aufgestanden, die anderen hatten sich von der Wand gelöst. Sie bewegten sich auf mich zu.

Lauf, Mia, lauf!

Ich rannte in die Dunkelheit. Die Schritte hinter mir wurden schneller.

Am Ende der Gasse löste sich plötzlich eine Gestalt aus der Finsternis. Ich winkte, rief: „Helfen Sie mir, bitte!“

Die Gestalt trug eine dunkle Djellaba mit spitzer Kapuze. Ich konnte das Gesicht nicht erkennen. Die Hände waren vor dem Körper verschränkt und in die glockenförmigen Ärmel geschoben. Das Wesen schimmerte wie Stahl in dieser dunklen Gasse.

Auf einmal Stille hinter mir. Ich hielt an, drehte mich um und sah in die erschreckten Gesichter der drei Männer. Einer von ihnen zischte etwas auf Arabisch. Dann verschwanden sie in einer Seitengasse.

Auf einer Mauer sah ich eine Katze im schwachen Mondlicht spazieren. Ihren Schwanz hatte sie hoch erhoben. Sie blickte zu mir hinunter.

Erleichtert drehte ich mich zu der Gestalt in der Djellaba. Uns trennten nur noch wenige Meter. Ich konnte das Gesicht unter der Kapuze immer noch nicht erkennen. Die Umrisse des Wesens erschienen mir sehr weich. Eine Frau?

Erleichtert wollte ich ihr danken, da öffnete sie die verschränkten Arme und ich sah etwas in ihrer Hand blitzen.

Die Katze fauchte trocken und verschwand.

16

Als ich wieder zu mir kam, lag ich auf einem weichen Sofa und sah lauter kleine Lichtpunkte über die Zimmerdecke tanzen. Ein Spatz saß auf einer Vitrine und sah mich mit schiefem Kopf neugierig an. Er schien mir etwas mitteilen zu wollen, aber meine Welt hatte noch keinen Ton. Ich erkannte die aufgeregten Mundbewegungen eines Mannes, der sich über mich beugte. Um mich herrschte wohlige Stille.

Der Mann half mir, mich aufzurichten und gab mir ein Glas Wasser zu trinken. Langsam kehrte meine Erinnerung zurück.

„Oh, thank you very much for that lovely dinner."

Die schwere Holztür, die sich direkt neben mir geöffnet hatte. Ein älteres Pärchen, das hinaus auf die Stufe zur Gasse getreten war. Rosenduft wehte aus der Tür. Drinnen war es hell und freundlich.

Der Mann, der die Tür geöffnet hatte, lächelte mir zu, und ich schlüpfte hinein. Auf der Schwelle drehte ich mich um und sah die Figur in der Djellaba wieder in die Finsternis der Gasse eintauchen.

„Guten Abend", sagte eine freundliche Stimme. „Willkommen im Riad *Zaira*. Suchen Sie ein Zimmer, möchten Sie bei uns zu Abend essen oder was können wir für Sie tun?"

Den Mann schätzte ich so alt wie mich selbst. Er ging hinter einen dunklen Holztresen, auf dem eine Marmorplatte lag. Darauf standen eine gerahmte Urkunde von *TripAdvisor* und eine Vase mit Callas.

„Bitte entschuldigen Sie. Ich habe mich verlaufen. Diese Figur da in der Gasse – etwas blitzte in ihrer Hand, ein Messer."

Der Mann schaute mich prüfend an.

„Ein Messer? Das ist eigentlich eine sichere Gegend …"

Den entscheidenden Teil seiner Ausführungen hatte ich leider verpasst. Nur langsam war der Ton wieder zurückgekehrt. Ich erkannte Besorgnis in seiner Stimme.

Es war mir so unangenehm. Erst platzte ich in sein schönes Hotel, dann diskreditierte ich das Viertel und fiel in Ohnmacht.

Ich blickte in einen Innenhof. Ein kleiner Brunnen. Geschirr klapperte, jemand spielte ein orientalisches Zupfinstrument. Weich und entspannt.

In meiner Ohnmacht hatte ich Sarah und Jo getroffen, ganz zufällig, beim Bummeln *Unter den Linden*. Sie taten erst so, als wenn sie mich nicht sehen würden. Dann stürzten sie plötzlich auf mich zu und redeten auf mich ein. Dabei färbten sich ihre Gesichter grüner und grüner. Ich hörte nicht zu und sagte nur ein einziges Wort: Verräter.

Dann wurde ich aus meiner Ohnmacht gerissen.

Der Hotelbesitzer – er stellte sich als Omar vor – ignorierte meine Bitte, ein Taxi zu bestellen. Man brachte mir den dritten Pfefferminztee des Tages.

„Bitte nicht süßen", konnte ich gerade noch intervenieren, als der Zucker in die Kanne gekippt werden sollte.

Es kamen Schälchen mit marokkanischen Vorspeisen. Salate mit Möhren, Kichererbsen, Linsen, Auberginen. Erfrischend, ein bisschen scharf. Ich hatte plötzlich Riesenhunger. Aß alle Vorspeisen, wischte die Schälchen mit dem flachen weißen Brot aus. Harcha nannte es der Kellner, als er mir lächelnd Nachschub brachte.

Er stand die ganze Zeit vor dem Raum, in dem ich saß,

wartete nur auf ein Zeichen von mir. Mein persönlicher Kellner. Er hatte ein dickliches Gesicht, warme Augen mit etwas hängenden Lidern und ein überwältigend freundliches Lachen.

Der Raum war länglich. An der langen Wand ein durchgehendes Sofa, an den Enden zwei niedrige Esstische. Ich saß auf einem Sitz-Pouf. Rot, Blau und Gold waren die dominanten Farben in dem Raum. Jedes Kissen, jeder Pouf, jeder Teppich, jeder Vorhang besaß ein eigenes Muster oder eine Vielfalt davon.

Nicht mein Stil.

Durch die perforierten Lampenschirme aus Metall fielen Tausende Lichtpunkte auf die Wände. Ich kam mir vor wie in einem Kinderzimmer.

Der nächste Gang bestand aus Fisch im Tontopf mit Tomaten und diversen Kräutern. Tajine, sagte der Kellner. Als Nachspeise folgten ein Mandelkuchen und wieder Tee.

Ich konnte mich gar nicht erinnern, irgendetwas bestellt zu haben, doch das Essen tat mir gut.

Zum Tee sank ich in die weichen Kissen des Sofas und rauchte die Mystic. Ich schloss die Augen und befand mich wieder in der dunklen Gasse vor dem Hotel.

Die Männer lehnten an der Wand, der Dritte hockte. Was wollten sie von mir? Warum stoppten sie plötzlich und liefen fort? Etwas musste sie von ihrem Plan, eine verirrte Frau zu erschrecken, abgebracht haben. Etwas, das hinter mir stand.

Was war das für ein Wesen? Hatte es mich verfolgt oder war unsere Begegnung reiner Zufall gewesen? Sollte das Messer für mich bestimmt gewesen sein? Vielleicht weil ich jemanden suchte, der nicht gefunden werden wollte. Jemand, der Gestalten um sich hatte, die ihn schützten.

Wer war Gibril? Was war das für ein Puppenspiel auf

dem Djemaa el Fna? Wie konnte Gibril mit Worten so viele Menschen anziehen?

:::

Ich ging in den Innenhof zu dem Musiker. In der Mitte plätscherte ein Brunnen, im Wasser trieben rote Rosenblätter. Der Duft erinnerte mich an den Rosenstrauch vor Jos Haus in Starnberg. Jeden Morgen hatte ich den Duft eingesogen, bevor ich zur Meditation gegangen war. Hatte mit der Hand über die weichen Rosenblätter gestrichen.

Ich war der einzige Gast. Als ich den Kellner fragend ansah, zeigte er mit dem Finger auf die steile Treppe.

„Die anderen sind auf der Dachterrasse."

Ich fragte den Musiker, was für ein Instrument er spiele und ob er vielleicht Lust habe, zu singen. „Marokkanische Laute", sagte er und begann zu singen. Sehr schön. Vielleicht etwas zu melancholisch für meinen Geschmack.

Ich hielt meine Hände in den Brunnen. Das Wasser war weich und warm. Das Plätschern vermischte sich mit der Musik. So beruhigend. Ich sah mein Gesicht im Wasser. Meine blonden Locken. War ich hübsch? Attraktiv? Ich wusste es nicht. Sollte ich den Musiker fragen oder den Kellner? Sie würden es vielleicht missverstehen.

Wie ich wohl verschleiert aussehen würde? Mein Teint war dunkler, meine Augen waren braun, meine Haare würde niemand sehen. Vielleicht würde man mich für eine Araberin halten. Vielleicht würde man nur über meine Verkleidung lachen. Ich schloss meine Augen und strich mit den nassen Fingern über mein Gesicht. Erst später, als ich im Bett lag, merkte ich, wie schön dieser Moment gewesen war. Keine Zeit, keine Fragen, nur meine nassen Finger auf meinem Gesicht.

Bilder huschten vorbei. Mia, die mit dem Fahrrad im Regen durch Starnberg raste. Mia, die in der Schule ein Lied sang, ein altes deutsches Lied von einem Brunnen und einem Lindenbaum. Mia in Marrakesch, in einem Haus, das wie ein Traum hinter einer Mauer lag, an einem Brunnen. Dem Brunnen der Vergangenheit. Der Gegenwart. Der Zukunft. Dem Rosenbrunnen.

:::

„Darf ich fragen, woher Sie kommen?“, fragte der Kellner.

„Berlin. Ich bin Deutsche.“

„Ich habe einen Vetter, der lebt in Deutschland. Die Stadt heißt Hannover.“

„Waren Sie schon dort?“

„Nein. Ich war noch nie außerhalb Marokkos.“

„Sie müssen Ihr Land sehr lieben.“

„Oh ja. Aber selbst wenn ich verreisen wollte. Unser König sieht es nicht gern, wenn wir das Land verlassen.“

„Ich verstehe. Ist er ein guter König?“

„Der beste“, sagte er und ging mit mir in einen Nebenraum. Dort hing ein Foto des Königs.

„Sein Name ist Mohammed.“

Das Foto zeigte ihn vor dem Thron stehend. Er trug einen grauen Anzug, ein weißes Hemd und eine dunkle Krawatte. Die Arme hatte er seitlich an den Körper gelegt, seine Augen waren Schlitze, seine vollen Lippen geschlossen. Seine Figur ließ vermuten, dass er ungern Einladungen zu Banketts ausschlug.

„Was mögen Sie an ihm?“

„Er ehrt die Tradition und ist zugleich offen für Neues. Er liebt sein Volk. Sie wissen doch, in welches Unglück viele Staaten Nordafrikas nach dem Arabischen Frühling getaumelt sind. Marokko geht es dagegen gut. Wir sind ein stabiler Staat. Das haben wir unserem König zu verdanken."

„Trotzdem lässt er Sie nur ungern verreisen. Ist er misstrauisch? Hat er Angst, dass Sie vielleicht nicht zurückkommen? Oder wollen andere Länder Sie nicht aufnehmen?"

Der Kellner blickte sich um, bevor er zu sprechen begann. Da war niemand, nur der Lautenspieler.

„Wie geht es Ihnen in Deutschland? Es soll ein Paradies sein. Es gibt Arbeit und Reichtum und Freiheit."

„Ich lebe gern in Deutschland. Ich kann dort so sein, wie ich bin."

„Dann müssen Sie eine glückliche Frau sein."

Ich senkte den Blick. Plötzlich hatte ich einen Kloß im Hals. Dieser Kellner war so freundlich und offen. Wie konnte ich ihn anlügen? Aber die Wahrheit war zu kompliziert. Ich entschied mich für einen Mittelweg.

„Ich habe eine Firma, und sie läuft sehr gut."

„Was für eine Branche?"

„Es ist eine Internetagentur. Sie heißt Mijo."

„Das ist aufregend. Und wenn Sie Urlaub machen, wohin fahren Sie?"

„Ich mache nicht viel Urlaub, es gibt immer eine Menge zu tun. Aber es gab schöne Kurzreisen – nach Singapur, Lappland, New York."

„Haben Sie eine Familie?"

„Nein."

„Mögen Sie keine Kinder? Ich habe drei kleine Mädchen, sie sind schöner als die Sonne, der Mond, die Sterne."

„Doch, ich ..."

„... sie sind mein Lebensglück."

„Das freut mich für Sie."

„Sind Sie verheiratet?"

„Nein, ich warte noch auf den Richtigen."

„Meine Eltern haben meine Frau ausgesucht. Vor unserer Hochzeit kannte ich sie nicht."

„Warum haben Sie sich Ihre Frau nicht selbst ausgesucht?"

„Mein Großvater hat auch meine Mutter ausgesucht. Sein Großvater meine Großmutter."

„Sie sind ein freier Mann. Wie können Sie das zulassen?"

„Ich gehe mein Leben in Spuren. Ich bin sicher, Ihre Freiheit macht Sie glücklich. Mich würde sie nicht glücklich machen."

Ich hielt das für einen guten Schlusssatz.

:::

Ich wurde plötzlich furchtbar müde und bat ihn, mir ein Taxi zu bestellen. Doch er holte nur seinen Chef. Omar erkundige sich nach meinem Wohlbefinden und sagte resolut: „Sie fahren heute Abend nirgendwo mehr hin. Sie sind mein Gast."

Mir fehlte die Kraft, zu widersprechen.

Mein Zimmer befand sich im ersten Stock. Es war schlicht und duftete nach frischen Orangen. Ich fand ein Baumwollhemd, eine blaue Djellaba und ein Kopftuch auf dem Bett. Ich schlief sofort.

Noch vier Tage bis zum Rückflug.

:::

Vor Sonnenaufgang erwachte ich vom Ruf des Muezzins. Ich zog die Djellaba über und ging auf die Dachterrasse. Während ich über die Dächer von Marrakesch blickte, lauschte ich den Rufen der Muezzins. Etwas darin berührte mich, ich glaubte, es sogar körperlich zu spüren, unter der Haut. Eine Umarmung aus den Tiefen lang vergangener Zeiten.

Ich sprach in den Morgenhimmel: „Ich werde dich finden. Ich werde dich nach Deutschland bringen. Ich werde Almaz' Leben retten.“ Dann nahm ich mir eins der weichen Kissen, setzte mich darauf und meditierte. Die Bilder des vergangenen Tages zogen durch meinen Geist.

Mein schönes Hotel mit dem riesigen Eingangstor.

Wolken, die ruhig und gemessen über den Spiegelpool trieben.

Die Fahrt im Shuttlebus, der nach Vanille-Wunderbaum roch.

Die Worte der Italienerin: Es ist der Wahnsinn. Entweder es packt dich oder ...

Ich sah mich im *Café de France* sitzend mit geschlossenen Augen meinen Weg über den Platz nachzeichnen. Ich sah Carol auf mich zukommen.

Der Fluss der Bilder stoppte.

Ich sah mich durch Carols Augen. Mia mit Zigarette, den Ellenbogen auf die Stuhllehne gestützt. Die Hand leicht zitternd. Flatternde Augenlider, wie in tiefem Schlaf. Die Lippen zusammengepresst.

Carol, die sich selbst in mir wiedererkannt hatte. Auf der Flucht vor dem Monstrum Djemaa el Fna. Bereit abzureisen. Zu fliehen. Aufzugeben.

Nur ein letzter Besuch, ein letzter scheuer Blick, ein kleines Winken. Keine Tränen, kein Abschiedsschmerz, kein Drama. Eine bloße Formsache, eine Frage der Höflichkeit. Ein letzter Versuch, zu verstehen, was passiert war. Ein letzter Gang über die alten Steine unter der stechenden Sonne.

Letzte Blicke streiften fremde Gesichter, dunkle Augen, graue Bärte, Zahnlücken, verschleierte Frauen. Kein Hals, kein Haar, keine Ohren. Gesichter, die zu schweben schienen, losgelöst von den Körpern.

Andere Frauen betraten die Dachterrasse. Abgehetzte und verängstigte Wesen.

Sie rauchten – wie ich. Sie bestellten Alkohol – wie ich. Ihre Hände zitterten – wie meine. Sie starrten auf den Platz wie auf ein Rätsel, vor dem sie sich fürchteten.

Immer mehr Carols kamen und beobachteten die Frauen, so wie die echte Carol mich beobachtete.

Ich saß immer noch allein am Tisch, rauchend. Meine Hand zitterte nicht mehr. Carol bewegte sich auf mich zu und sagte: „Sie sind gerade angekommen, oder?“

:::

Um neun Uhr morgens war ich wieder auf der Dachterrasse. Die Sonne schien, mir war angenehm warm. Die Aufregung von gestern wie weggewischt.

Von all den Köstlichkeiten, die zum Frühstück serviert wurden, gefiel mir der Schokoladenkuchen am besten. Mir fiel ein, dass ich in Starnberg süchtig nach Kuchen geworden war. Ich hatte das ganz vergessen. Den letzten Schokokuchen hatte ich mit Almaz und Taye vor einigen Tagen genossen – vor dem Voodoo-Zauber und vor dem großen Missverständnis.

:::

„Hatten Sie eine angenehme Nacht?“, fragte mich der Hotelbesitzer.

„Ganz wunderbar“, entgegnete ich.

„Die Djellaba steht Ihnen sehr gut. Majorelle Blau ist eine schöne Farbe.“

„Ja. Das ist ein ganz besonderes Blau."

„Nicht weit von hier gibt es den Jardin Majorelle. Der Modeschöpfer Yves Saint Laurent hat dort gelebt. Sie sollten sich den Garten und die Villa ansehen, wenn Sie Zeit haben."

„Ich ..."

„Mein Vater kennt und kannte sie alle: Yves Saint Laurent, Tom Cruise, Will Smith, Ronald Reagan ... Er hat sie durch Marrakesch geführt. Viele Stars wie Madonna oder Angelina Jolie und Brad Pitt haben ein Haus in Marrakesch. Unsere Stadt ist ein Anziehungspunkt für Prominente. Die Rolling Stones, Pink Floyd oder Unternehmer wie Richard Branson – sie alle lieben Marrakesch."

Als er das sagte, wuchs Omar um einige Zentimeter. Ich fand es schön, dass er so stolz auf seinen Vater war.

„Ihr Vater muss ein glücklicher Mann sein, dass er all diese interessanten Menschen treffen durfte."

„Ja, das ist er. Alle in unserer Familie sind glücklich."

„Niemals nur ein bisschen traurig?"

Er schien zu überlegen, indem er mit seiner rechten Hand das Kinn stützte.

„Wenn wir traurig sind, dann versuchen wir, andere glücklich zu machen. Das hilft. Unser Riad, also dieses kleine Hotel, gibt uns viele Gelegenheiten dazu."

Ich musste schmunzeln. Das war ja fast eine poetische Antwort.

„Erlauben Sie mir zu sagen: Sie tragen eine sehr schöne Kette."

„Danke."

„Ist sie von hier?"

„Ich weiß es nicht."

„Ich bin mir fast sicher, dass sie aus Marrakesch ist. Eine Kopie wohl. Eine sehr gelungene. Das Original ist schlicht und dennoch wertvoll. Eine Prinzessin trug sie einst."

„Eine Prinzessin?“

„Ich mag mich irren. Aber tief im Mittelalter gab es eine ganz ähnliche Kette. Mein Vater hat mir davon erzählt. Diese Kette muss dem Kunsthandwerker Vorbild gewesen sein, als Ihre Kette entstand.“

Ich lächelte meine Verwunderung weg. Was hatten alle mit dieser Kette?

„Waren Sie schon in der *Maison de la Photographie*?“

„Nein.“

„Gehen Sie dorthin, es ist nicht weit. Diese *Maison* bringt Sie mit der Geschichte von Marrakesch in Berührung. Die Bilder sind wundervoll.“

„Das werde ich, danke.“

Ich zeigte Omar das Foto von Almaz und Gibril. Er betrachtete es und schüttelte den Kopf. Ich hatte nichts anderes erwartet. Er entstammte einer reichen Kaufmannsfamilie. Ein Puppenspieler auf dem Djemaa el Fna, das war nicht seine Welt.

Omar gab mir den aktuellen Tagescode für das WiFi und einen kleinen Brief.

„Den hat jemand an der Rezeption für sie abgegeben.“

„Wer?“

„Ein Bote, den keiner kannte.“

Er hatte sich schon einige Schritte von meinem Tisch entfernt, da drehte Omar sich noch einmal um. „Bevor Sie auschecken, möchte ich Ihnen gern noch jemanden vorstellen.“

:::

Es war ein dunkelroter Umschlag. Ich öffnete ihn mit dem Löffelstiel. Da stand: El Badi Palast, die kleine Moschee, 13 Uhr.

Wieder in Jeans und Polo ging ich zur Rezeption, um meine Rechnung zu begleichen.

„Ich bitte Sie", sagte der Besitzer. „Beleidigen Sie unsere Gastfreundschaft nicht. Und wo sind Ihre Djellaba und Ihr Kopftuch? Bitte betrachten Sie diese Kleidungsstücke als Geschenke."

„Ich kann das nicht annehmen", entgegnete ich.

„Ich bin sicher, Sie hätten das Gleiche für mich getan. Der Koran sagt: Rettest du einen Menschen, rettest du die Menschheit."

Nach einer kurzen Pause, in der er zu überlegen schien, ob dieser Schwenk ins Religiöse mich überzeugt hatte, fuhr er fort: „Damit Sie uns etwas besser verstehen. Meine Religion besitzt fünf Pfeiler: das Studium des Korans. Tägliches Beten, idealerweise fünf Mal. Fasten während des Ramadan. Einmal im Leben, wenn möglich, nach Mekka pilgern. Schließlich: Den Armen Almosen geben und Fremden Gastfreundschaft gewähren."

„Ich verstehe. Indem Sie einer Fremden wie mir helfen, sind Sie ein guter Moslem."

„Kommen wir nicht alle als Fremde auf diese Welt? Sind wir nicht alle auf die Gastfreundschaft anderer Menschen angewiesen, auf ihre Güte? Einst besuchte uns ein Philosoph, der in Frankreich lebte, aber in Nordafrika geboren war. Er sagte: Gastlichkeit besteht darin, Herein zu sagen, ohne zu wissen, wer genau da kommt. Gastlichkeit ist die Kultur selbst."

„Das sind sehr schöne Worte."

„Schauen Sie auf Deutschland. Ihr eigenes Land erweist sich gerade gegen so viele innere und äußere Widerstände als überaus gastfreundlich. Meine Familie, meine Freunde und ich sehen das mit großer Freude, so sehr uns der Blick in den Osten Afrikas mit Trauer erfüllt."

Wenig später stand ein Page vor mir mit einer Tasche, die meine Geschenke enthielt.

Ich bedankte mich und wollte gehen. Da hörte ich Omar rufen: „Bitte warten Sie noch einen Moment. Ich wollte Ihnen doch jemanden vorstellen."

Ich ließ mich auf ein Sitzkissen nieder und wartete eine Weile. Dann klopfte es an der Tür. Der Besitzer begrüßte den Besucher, indem er ihn auf Arabisch beschimpfte. Zumindest klang es so. Jetzt wetterte der Besucher zurück. Die beiden wurden immer lauter, bis sie plötzlich innehielten und lachten.

„Mia, ich möchte Ihnen gern Abdul vorstellen."

Omar hatte seinen Arm um einen Jungen gelegt. Er hatte wache Augen und strubbelige Haare, einen hübschen Mund mit großen Schneidezähnen, eine etwas breitere Nase mit Sommersprossen. Der Junge trug ein hellblaues Adidas-T-Shirt und Jeans. Auf dem Arm hielt er eine junge weiße Ziege. Er lachte mich an.

Die Ziege schnupperte nach mir. Ich strich ihr über den Kopf. Sie fühlte sich weich und warm an und duftete nach Rosenwasser.

„Das ist Fatima", sagte der Junge. „Wer bist du?"

:::

Omar erklärte mir väterlich, dass ich bitte nicht mehr allein durch Marrakesch streifen solle, weder bei Tag, noch bei Nacht. Die Stadt sei zwar sicher, aber ich sollte mein Schicksal nicht herausfordern. Abdul sei ab jetzt für mich da, solange ich ihn brauchen würde.

Ich entgegnete, dass ich sehr gut allein klarkommen würde. Er schwieg. Ich erwähnte die Bezahlung. Ich solle mir keine Gedanken machen, das würde er gern für mich übernehmen. Als ich immer noch zögerte, nicht sicher, ob ich über dieses Geschenk erfreut sein sollte, sagte er: „Fragen Sie nicht nach dem Warum. Nehmen Sie mein Geschenk einfach an."

Abdul, Fatima und ich traten ins gleißende Sonnenlicht. Instinktiv blickte ich erst in die eine, dann in die andere Richtung, bevor ich mich von dem Jungen in die Gasse ziehen ließ.

Er bemerkte mein Zögern und sagte auf Englisch: „Du musst keine Angst haben."

„Du sprichst sehr gut Englisch", sagte ich und ging in die Gasse, die heute viel belebter war als in der Nacht zuvor.

Er nickte schüchtern.

„Wir können auch Französisch reden."

Ein alter Mann lehnte an einer Wand aus Lehm und streckte seine Hand aus.

„Blinder Mann. Wenn du einem was gibst, werden dich alle Blinden von Marrakesch verfolgen, bis du jedem etwas gegeben hast."

Er wollte mich weiterziehen.

Ich blieb vor dem blinden Mann stehen und legte eine Münze in seine faltige Hand. Er steckte sie in seinen Mund und schob sie wie ein Bonbon hin und her.

Abdul sagte etwas auf Arabisch zu dem Mann, was ihn zum Lachen brachte.

„Was hast du ihm gesagt?"

„Das war ein Gespräch unter Männern."

Ich musste lachen.

„Ach ja, falls du es noch nicht gemerkt hast, du bist höchstens, sagen wir mal, sieben Jahre alt."

Abdul stellte Fatima zwischen seine Beine, stemmte die Hände in die Hüften und antwortete selbstbewusst: „Ich bin neun."

„Du bist aber ziemlich klein für dein Alter."

„Ich habe andere Qualitäten", sagte er in gedehnten Worten.

Er neigte seinen Kopf zur Seite und lächelte mich an.

„Und die wären?"

„Qualitäten werden nicht erzählt, sondern entdeckt."

Ich dachte: Schade. Nur ein vorlauter Knabe!

„Was?", rief Abdul. „Was hast du da gerade gesagt? Es klang ... nicht freundlich. Welche Sprache war das?"

„Es war Deutsch."

Fatima meckerte ein wenig und lief die Gasse hinunter. Ich folgte ihr. Abdul murmelte irgendetwas auf Arabisch und schloss sich uns an.

Als wir schweigend im Gänsemarsch in den neuen Tag trotteten, die Ziege, der Junge und ich, da dämmerte mir, dass dieser Tag nichts mit all den Tagen zu tun haben würde, die ich mein Leben nannte. Ich ahnte, dass dieser Junge eine Klette sein würde, schlimmer als all die Kletten, die sich gestern auf dem Djemaa el Fna als Fremdenführer angeboten hatten. Ich fühlte, dass er meinen Tag kapern wollte und zu seinem machen.

Dann sagte ich mir, dass eine erfolgreiche Berliner Internetunternehmerin wohl mit einem neunjährigen Jungen fertig werden würde.

Was wusste ich schon?

17

Abdul begann, sein übliches Sightseeing-Programm abzuspulen. Die Medina von Marrakesch in einem Tag. Ich ließ ihn reden und hörte gar nicht hin.

Ich hatte den Vormittag frei und beschloss, Omars Empfehlung zu folgen und die *Maison de la Photographie* zu besuchen. Dafür blieb noch genügend Zeit. Das Museum befand sich laut Google Maps nur wenige Straßen entfernt.

„Ich gehe jetzt in die *Maison de la Photographie*", sagte ich zu Abdul.

„Sie ist heute geschlossen", erwiderte er lakonisch.

„Ach ja, warum?"

„Der Bruder des Königs ist heute zu Gast in Marrakesch. Er besucht gern Museen. Nur er darf hinein."

„Der Bruder des Königs?", wiederholte ich langsam.

„Eben der."

„Du meinst, alle Museen in Marrakesch sind heute geschlossen für dich und mich und exklusiv für ihn, den Bruder des Königs, geöffnet?"

„Ist das so schwer zu verstehen?"

Ich glaubte dem Kind kein Wort.

„Bring mich einfach hin."

„Wozu?"

„Weil ich es will. Ist es nicht deine Aufgabe, mir zur Seite zu stehen?"

Mürrisch rief Abdul Fatima und führte mich durch die Gassen.

„Du hast eine hübsche Kette", sagte er beiläufig. „Es gibt

viele Diebe hier. Pass gut auf sie auf."

Jetzt auch noch das Kind. Was war los?

„Ja", antwortete ich. „Warum sollte jemand die Kette stehlen wollen – ist doch nichts Besonderes. Oder?"

„Man weiß nie. Woher hast du sie?"

„Von einem Straßenhändler", log ich, um meine Ruhe zu haben.

:::

Die *Maison de la Photographie* war geöffnet.

Ich schenkte Abdul einen Blick, den ich für das Wiedersehen mit Jo und Sarah reserviert hatte.

Während der Junge und seine Ziege vor der Tür warteten, betrat ich das unauffällige Haus, das sich mitten in der Medina befand. Allein wäre ich vorbeigelaufen.

Ich hatte mir das Museum viel größer vorgestellt, ein Museum nach europäischen Maßstäben. Dies hier war ein altes Stadthaus mit einem freundlich gekachelten Innenhof. Überall hingen Schwarz-Weiß-Fotografien verschiedenster Größen. Die meisten davon Porträts. Ein Hinweisschild sagte: Aufnahmen von 1870 bis 1950.

Nachdem ich mir alles angesehen hatte, setzte ich mich und beobachtete die Museumsbesucher. Das ist so ein Tick von mir. Menschen in Museen mit Blicken zu verfolgen. Ich finde das genauso spannend wie die Ausstellungen selbst.

Die Besucher verhielten sich alle gleich. Gingen im Uhrzeigersinn von Bild zu Bild. Verweilten kaum. Machten Handyfotos.

„Die Menschen verlernen das Sehen, finden Sie nicht?"

An der Säule neben der Bank, auf der ich saß, lehnte ein attraktiver Araber.

„Keiner hat mehr Muße."

Ich nickte schweigend. Neugierig, worauf er wohl hinauswollte.

„Dieses Geknipse! Lässt sich die Magie der Bilder wirklich abfotografieren? Ich bin übrigens Samir. Und wer sind Sie? Woher kommen Sie?“

„Mia. Deutschland. Weiß nicht“, antwortete ich.

„Mia aus Deutschland. Sie wissen nicht, wer Sie sind?“

„Nein. Also doch. Ich weiß nichts über Magie. Die Menschen machen Fotos. Fotos von Fotos. Das Gleiche noch einmal. Also ...“

Ich blickte irritiert zu Boden. Was war denn das für ein Gestammel?

Samir ignorierte es. Er war tatsächlich an dem Thema interessiert. Einen kurzen Moment hatte ich geglaubt, einen Funken zwischen uns gespürt zu haben.

„Nennen Sie mich altmodisch“, referierte Samir, „aber ich glaube an die Autorität des Bildes. Jedes Bild hat ein Hier und Jetzt. Wer es fotografiert und immerzu und überall auf dem Handyscreen ansehen kann, der sieht zwar das Bild. Aber die Magie, die fehlt. Die Magie hat das Bild nur hier, an seinem Ort.“

Ich fand das Thema ungewöhnlich, etwas, worüber ich mir noch nicht viele Gedanken gemacht hatte. Aber es schien sein Steckenpferd zu sein. Ich ließ ihn reiten.

„Was ist das, die Magie des Bildes?“, fragte ich.

„Das müssen Sie spüren. Das ist der Schauer, der Sie überkommt, wenn Sie hier vor dem Bild stehen. Seine tiefe Wahrheit. Stellen Sie sich hin! Probieren Sie es aus!“

Von seiner Leidenschaft seltsam berührt, ließ ich mich von ihm vor eine Reihe Bilder schieben. Es waren Aufnahmen, die nur aus Licht und Schatten bestanden.

„Das sind die Souks von Marrakesch, unsere Märkte. Spüren Sie die Magie?“

Ich hielt ihm meinen Unterarm hin und Samir strich mit seinen gepflegten Fingern über die Gänsehaut.

„Das meine ich. Ich bin froh, dass Sie es auch spüren."

„Vielleicht ist es so, dass die Menschen glauben, sie machen die Welt zu ihrer Welt, indem sie diese fotografieren. Die Fotos landen auf ihrem Handy, auf ihrer Festplatte, in der Cloud. Es geht nicht um Magie, sondern um Besitz."

„Ja", antwortete er nachdenklich. „Magie ist längst ausverkauft. Jeder hetzt nur durch die Welt, um etwas zu seinem Besitz zu machen."

Ich zog mein Handy aus der Tasche und machte ein Foto von uns beiden, zwischen uns das Foto eines Beduinen. Samir weigerte sich erst, dann musste auch er lachen.

„Nur eine Erinnerung an unser Gespräch, Magie ist ja längst ausverkauft", sagte ich, und stieg die Treppe zur Dachterrasse hoch.

„Ich wünsche Ihnen noch einen schönen Aufenthalt in Marrakesch, Mia aus Deutschland. Es war ein Vergnügen, mit Ihnen zu sprechen."

Ich drehte mich noch einmal zu ihm und lächelte. Er war anziehend. Aber dann doch etwas zu akademisch-wolkig in der Gesprächsführung. Und seine Berührung hatte mich kalt gelassen.

Auf dem Dach rauchte ich eine Zigarette und trank einen Hibiskustee, der besser aussah, als er schmeckte. Dort oben war ein Café. Einige Gäste saßen an Tischen und unterhielten sich angeregt. Ich mochte die Atmosphäre.

:::

Von oben hatte ich die Straße im Blick. Ich sah Abdul, an eine Mauer gelehnt. Er beobachtete die Menschen, die vorübergingen.

Er war ein hübscher, wacher Junge. Schüchtern auf den ersten Blick.

Dann zeigte er eine andere Seite seines Wesens.

Als ein Touristenpaar hielt, um Fatima zu streicheln, fiel mir auf, wie Abduls Hände blitzschnell ein Portemonnaie aus der Handtasche der Frau zogen. Kurz darauf hielt wieder ein Pärchen bei Fatima. Dieses Mal bestahl Abdul den Mann. Ich rauchte eine weitere Zigarette. Noch ein Diebstahl.

Bestimmt würden die Bestohlenen zu Hause eine rührende Geschichte über den Jungen mit der Ziege erzählen. Fatima machte Abdul unverdächtig.

Ich suchte instinktiv nach meinem Portemonnaie.

Auf dem Weg nach unten schaute ich in einen Nebenraum. „Es ist ein Archiv", sagte eine junge Frau mit freundlichen, großen Augen und langen Wimpern. „Schauen Sie sich ruhig um. Wenn Sie Fragen haben – jederzeit gern."

Sie sortierte Abzüge und Negative von Porträts aus der Frühphase der Fotografie. Die Blicke der Porträtierten erschienen mir intensiv und fesselnd, ernste Mienen, mit einem Klick für die Ewigkeit fixiert. Diese Fotografien hatten so gar nichts mit heutigen Bildern zu tun. Wie hatte es Samir genannt? Sie besaßen Magie.

„Ich möchte Ihnen gern etwas zeigen", sagte die Frau und führte mich in einen kleinen Raum im oberen Stockwerk. „Es hat mit Ihrer Kette zu tun und ... Aber sehen Sie selbst."

:::

Nachdem mich Abdul in der Mellah, dem alten jüdischen Viertel von Marrakesch, von einem Laden zum anderen gezogen hatte, war ich seine Gesellschaft leid. Er hatte mir jeden stolzen Ladenbesitzer einzeln vorgestellt und darauf bestanden, dass ich dort einen Tee trinken müsse. Seine Ideen von Konsum – Wie kannst du dieses Öl nicht kaufen? Du bekommst es nirgendwo sonst auf der Welt? – gingen mir auf die Nerven. Ich erklärte ihm, ich hätte eine Verabredung im El Badi Palast. Zu zweit.

Er schaute skeptisch und sagte, er werde vor dem Palast auf mich warten.

Es war ein heißer Tag, die Palastmauern speicherten die Wärme wie ein Backofen. Ich stellte mich in die Warteschlange am Ticket Counter, Abdul und Fatima blieben an meiner Seite. Fatima lief jetzt an einer Leine wie ein Hund. Vor jedem Laden, den wir besucht hatten, hatte Abdul sie angebunden und jemanden gefunden, der auf sie aufpasste. Jemanden, dessen Leistung ich mit einer kleinen finanziellen Aufmerksamkeit wertschätzen durfte.

Abdul leierte die Fakten zum Palast herunter, während wir warteten. Touristen vieler Nationen, die mit mir in der Schlange standen, waren entzückt von dem Knaben.

Das klang dann so:

„Das ist der prächtigste Palast, der jemals in Marrakesch existierte."

Rhetorische Pause. Gelegenheit, Ehrfurcht zu zeigen.

„Erbaut wurde er am Ende des 16. Jahrhunderts von dem mächtigen Sultan Ahmed el-Mansour. Er nannte sich selbst „Der Prächtige". Er nannte seinen Palast „El-Badi", das bedeutet, der Unvergleichliche. Er nahm nur die ausgesuchtesten Materialien, die besten Handwerker und die erlesensten Künstler, um seine Residenz zu bauen."

Rhetorische Pause Nummer Zwei. Allmähliche Zweifel der Zuhörer. Prunk und Pracht waren nicht zu erkennen. Warten auf die Auflösung.

„Doch der Palast El-Badi existierte nur knapp 100 Jahre.

Ein Nachfolger des Sultans bestand darauf, seine Residenz in Meknès zu haben. Also ließ er El Badi verkommen und nutzte ihn als Steinbruch für seinen neuen Palast. Was blieb, waren die gewaltigen Außenmauern aus Lehm, wie die, vor der wir jetzt stehen."

Man verstand.

Neidische Blicke der Touristen in der Schlange. Warum hatten sie nicht so einen süßen Jungen mit einer Ziege als Führer?

Eine gute Gelegenheit, den altklugen Dieb meistbietend abzugeben. Ich verpasste sie.

:::

Als Abdul seinen Vortrag den Details widmete, den zentralen Fragen nachging, woher das Gold kam, das den Palast zierte, wie die Schnitzereien entstanden waren und die traumhaften Kachelmuster, klinkte ich mich aus.

Ich dachte an mein Treffen, das in zwanzig Minuten stattfinden würde.

Carols Prophezeiung: Er wird dich finden. Wie konnte sie sich so sicher sein? Wie konnte ich mir so sicher sein?

Wie konnte Gibril wissen, dass ich im Riad *Zaira* war? Wer hatte es ihm erzählt?

Der Mann, der mir gestern auf der Toilette im *Café de France* zugeflüstert hatte: Er ist da. Wer war das? Woher wusste er das?

Nichts ließ sich planen, alles schien auf Zufall und überraschende Begegnung ausgelegt. Und sich auf eine rätselhafte Art zu fügen.

Er würde da sein. Doch was sollte ich Gibril nur sagen? Wie würde ich ihn dazu bewegen, mir zuzuhören und mir nach Deutschland zu folgen?

Im Managementtraining hatten Jo und ich gelernt, dass wir sieben Mal mit jemandem Kontakt haben mussten, bevor er etwas von uns kaufen würde. Das war ein Durchschnittswert. Für mich, hatte der Trainer gesagt, wäre die Zahl eher höher. „Ich fürchte, Ihnen fehlt das Verkäufer-Gen."

Hoffentlich sprach Gibril wenigstens Französisch!

Ich würde ihm das Bild zeigen. Und schildern, wie schlecht es Almaz ging. Der Rest würde sich von selbst ergeben.

Ich zog das Foto aus der Tasche, um es mir noch einmal anzusehen.

„Was hast du da? Zeig mal her."

Abdul riss es mir aus der Hand.

„Kennst du die beiden?", fragte ich ihn.

„Kann sein. Kann nicht sein."

„Gib das Foto wieder her!"

„Kennst du die beiden?", fragte Abdul jetzt.

„Ich kenne die Frau."

„Wie heißt sie denn?"

„Es geht dich nichts an."

„Vielleicht kenne ich sie auch – ihr Name war ..."

„Vergiss es. Jetzt gib mir das Foto zurück!"

Als Abdul mir das Foto geben wollte, zeigte plötzlich auch Fatima Interesse daran. Sie zupfte es dem Jungen aus der Hand und fraß es auf. Mein Versuch, es ihr aus dem Maul zu reißen, kam eine Sekunde zu spät.

Abdul bedachte die Ziege mit arabischen Schimpfworten, sehr zur Belustigung der wartenden Touristen. Fatima blieb kühl.

Ich gratulierte mir dazu, das Foto so glänzend gesichert zu haben. Jetzt hatte ich nichts mehr, nur noch den Namen.

„Danke", sagte ich zu Abdul.

Er entschuldigte sich wortreich im Namen von Fatima, die es hervorragend verstand, die Unschuldige zu mimen, indem sie auf eine weggeworfene Plastiktüte urinierte.

„Jetzt bist du mir eine ehrliche Antwort schuldig."

:::

Als ich das Palastgelände betrat, fand ich es ziemlich leer. Eine Ruine. Im Innenhof standen Orangenbäume. Es gab große Wasserflächen, die den Himmel spiegelten. Wer hier eintrat, musste die Fähigkeit haben, sich Jahrhunderte zurückzuträumen. Ich stellte mir vor, wie der Hofstaat die meiste Zeit damit verbrachte, Dinge oder Menschen zu suchen. Irgendwo in einem der 360 Zimmer.

Reger Flugverkehr. Störche waren in der Luft.

Ich dachte an ein Märchen, das mir meine Mutter erzählt hatte, als ich noch rosa Kleidchen trug. Es handelte von einem Kalifen und seinem Wesir. Sie verwandelten sich in Störche, und dann vergaßen sie das Zauberwort, um sich wieder zurückzuverwandeln.

Mutabor.

Irgendwann verstanden sie, dass ein böser Zauberer dahintersteckte. Eine Eule, in Wirklichkeit eine verzauberte Prinzessin, wurde zu ihrer Retterin.

Diese Ruine verlockte wirklich zum Träumen. Am Ende waren die Störche der verzauberte Hofstaat.

„Mutabor", rief ich in den Himmel. Es hallte stark. Alle drehten sich nach mir um. Nur die Störche nicht.

Doch jetzt tat sich etwas. Ein einzelner Storch begann, mit seinem Schnabel zu klappern, als wenn er mir antworten wollte.

Tack-Tack-Tack. Tack-Tack-Tack.

Immer mehr Vögel stimmten ein. Die Storchenmusik

klang wie Kastagnetten, in den Händen bekiffter Tänzerinnen. Strenge Takte wechselten mit rhythmisch allzu freien Passagen. Kinder saßen auf einem Mauervorsprung und sangen ein Lied dazu.

Schon wieder hatte ich Gänsehaut auf meinen Armen.

Waren Störche nicht glücksverheißende Vögel? Gibril, in wenigen Minuten Gibril.

Alle lauschten gebannt, hielten die Storchenmusik mit ihren Handys auf Video fest.

Dann ebbte das Geklapper ab, das Grundrauschen des Straßenverkehrs war wieder zu hören und die aufgeregten Stimmen von Touristen aus aller Welt.

„Hast du das gehört? Atemberaubend. Das Video posten wir auf Facebook." Und so weiter.

Ich überquerte den Innenhof und blickte von einem Besucher zum nächsten, doch Gibril war nicht zu sehen.

Die kleine Moschee befand sich in einem Seitenflügel. Ein Wächter döste davor im Schatten der Mauer. Ich versuchte, ihm zu erklären, dass ich hier jemanden treffen wollte. Er sagte, ich dürfe nicht in die Moschee, außerdem sei niemand drin.

Ich setzte mich in den Schatten und wartete.

13 Uhr. Der Muezzin rief zum Gebet. Gibril war nicht da.

Ich fand mich auf einmal lächerlich und dumm. Wie hatte ich nur so naiv sein können, zu glauben, dass mich der Brief eines Unbekannten zu ihm führen würde?

Mia, die einfältige Detektivin.

„Er wird dich finden." Ich war fest davon überzeugt gewesen, dass sich Carols Prophezeiung hier erfüllen würde.

Das Wasser aus meiner Wasserflasche schmeckte schal und traurig. Ich beschloss, ein Taxi ins Hotel zu nehmen. Ich würde Gibril am Abend auf dem Platz treffen. Vielleicht mit Abduls Hilfe.

Da erkannte ich ein vertrautes Wesen. Es bog in die andere Richtung ab.

„Was ist dort?“, fragte ich den Wächter am Eingang der Moschee.

„Dort war früher das Gefängnis“, erwiderte er.

Vor mir lag ein langer gerader Gang. Er war schmal und hoch. Recht düster.

Nach wenigen Metern folgte ich der Abzweigung nach links. Ich musste mich ducken, so niedrig war der Durchgang. Mir begegneten zwei ausgelassene französische Touristinnen, die mit ihren Handys Fotos machten.

Rechts und links des Wegs befanden sich große rechteckige Öffnungen in den Wänden, dahinter schummerte es unheimlich. Ehemalige Zellen, mutmaßte ich.

Eine Reisegruppe kam mir entgegen, der Guide erzählte Schauermärchen. Man kreischte wohlig.

Am Ende bog ich nach rechts ab und gleich danach wieder nach rechts. So hoffte ich, zum Eingang zurückzukommen.

Plötzlich war da ein Duft, der mir bekannt vorkam. Süßlich, schwer, durchdringend.

Sie saß auf einem Mauervorsprung und trug eine Kapuze. Die Touristen gingen an der Frau in der roten Djellaba vorbei und beachteten sie nicht. Vielleicht hielten sie die Frau für eine Bettlerin.

Ich setzte mich neben sie und war gefangen in einer Wolke aus Jasmin.

Gefängnisblume.

Dieses seltsame Wort schoss mir durch den Kopf. Ich hatte es gerade neu erschaffen.

„Der Brief war von dir. Du warst das gestern in der Gasse vor dem Riad“, sagte ich.

„Natürlich“, hauchte sie mit ihrer tiefen Stimme.

„Was willst du von mir?“

„Verschwinde aus Marrakesch. Reise ab. Du gehörst nicht hierher!“, zischte sie.

„Warum bist du so aggressiv?“

„Ich habe meine Gründe. Du gehörst nicht hierher. Du hast niemals hierhergehört.“

„Wie kannst du das sagen? Du kennst mich doch gar nicht!“

„Nicht kennen. Nicht kennen. Warum bist du zurückgekommen?“, sagte Gefängnisblume. Ihre tiefe Stimme hallte.

„Wie kann ich an einen Ort zurückkommen, an dem ich nie zuvor gewesen bin?“

„Wie kannst du leben? Jeder wäre gestorben.“

Ich verstand ihre Fragen nicht.

„Kann es sein, dass es sich um eine Verwechslung handelt? Ich kenne dich nicht.“

Da lachte sie in sich hinein und wiederholte das Wort hämisch.

„Verwechslung ... Du weißt doch selbst, was unter dem Henna ist? Ich habe es sofort gesehen.“

Ich wusste es nicht.

„Ich würde dich aus Tausenden erkennen. Deine blonden Haare. Deine braunen Augen. Deine Bewegungen. Und das Zeichen. Du bist du.“

Ein Zeichen? Meine Fantasie reichte nicht aus, um mir vorzustellen, wovon sie sprach.

„Hat sie dich gerettet? Oder ist das Blut in deinen Adern besonderes Blut?“

Ehe ich reagieren konnte, ritzte sie mit einem gebogenen Messer die Haut auf meinem Unterarm auf. Ein Stich. Zu überraschend, um wehzutun. Sofort quoll ein dicker Blutstropfen hervor. Sie strich mit ihrem Zeigefinger darüber und leckte ihn ab.

„Schmeckt wie normales Blut", hauchte sie.

Mich schauderte. Wie konnte sie es wagen, mich einfach so in den Arm zu ritzen? Erst redete sie wirr, dann das. Ich habe mich öfter gefragt, warum ich da unten in den Ruinen des Kerkers keine Angst vor ihr hatte. Nicht aufgesprungen und weggelaufen bin. Ich denke, es lag an diesem Theatralischen. Das machte die Begegnung für mich so unecht und ließ sie ungefährlich, fast komisch erscheinen.

„Mutabor", flüsterte ich, in der Hoffnung sie würde sich in irgendwas Fluffigeres verwandeln. Nichts geschah.

Wäre nicht gerade ein japanisches Paar durch den Gang getrottet, ich wäre aufgesprungen und geflohen. Doch solange ich Gesellschaft hatte, fühlte ich mich sicher.

War sie eine Hexe, glaubte ich zu denken, doch ich sagte es laut.

Wieder lachte sie.

„Hexe, ich kenne das Wort in vielen Sprachen. Vielleicht bist du die Hexe? Du bist mutig, wiederzukommen. In meine Nähe."

„Ja, das bin ich wohl, auch wenn ich nicht verstehe, wovon du redest. Warum lockst du mich nach hier unten? Traust du dich nicht, mir im Sonnenlicht zu begegnen?"

„Du gehörst hierhin. Hier war einst das Gefängnis. Du bist eine Diebin."

„Ich habe niemals in meinem Leben etwas gestohlen."

„Du hast. Gib mir die Kette! Sie gehört mir", grollte Gefängnisblume.

„Tatsächlich, warum bist du so aggressiv?"

„Gib sie mir."

„Nein. Jemand gab sie mir, und ich werde sie zurückgeben."

„Jemand? Ein Dieb gab sie dir, ein räudiger Dieb. Gib sie mir!"

Ihre langen Finger strecken sich nach meinem Hals, aber genau wie gestern schienen sie die Kette nicht berühren zu können.

„Eine Freundin gab sie mir als Talisman. Die Kette wird mich schützen – vor Wesen wie dir. Warum bist du so aggressiv?"

Meine Frage wurde zum zweiten Mal ignoriert. Sie kochte vor Wut.

„Eine Freundin", grollte sie, „eine Freundin. Ich habe das Foto gesehen. Du nennst Almaz, diese billige kleine Hure und Diebin, eine Freundin?"

„Ja, das tue ich. Du kennst Almaz. Ich wusste es. Nun sag: Wo ist Gibril? Er wird gebraucht. Er wird in Deutschland gebraucht."

„Du verschwendest deine Zeit."

Es blitzte in ihrer linken Hand.

„Er muss ein Leben retten, das seiner Schwester", schrie ich. „Wer bist du, der über sein Leben bestimmen will und mich mit einem Messer bedrohst?"

Eine Reisegruppe kam auf uns zu. Das machte die Rote ruhiger.

„Gib mir deine Zunge" zischte sie, „nie wieder sollst du reden."

„Bitte, hilf mir", sagte ich ruhig. „Almaz wird sterben, wenn er nicht ..."

Wir waren jetzt umringt von Franzosen. Ein Guide erläuterte das Gefängnis und fragte mit Blick auf meinen blutenden Arm, ob ich Hilfe benötigen würde.

Ich bat ihn, noch einen Augenblick zu bleiben. Währenddessen zischelte Gefängnisblume ungerührt weiter.

„Almaz? Sie hat schlechtes Blut. Es tötet sie. Niemand kann helfen. Kein Heiler, kein Arzt, auch du nicht. Wenn du nicht auf mich hörst, wirst auch du sterben."

Ich kam mir vor wie in einer billigen Operette. Jeden Moment würde sie anfangen zu singen.

„Lass uns zu ihm gehen. Er soll selbst entscheiden."

„Niemals. Wage es nicht, in seine Nähe zu kommen! Reise ab, reise auf der Stelle ab!"

Gefängnisblume erhob sich, schob einige französische Touristen zur Seite, lief den Gang hinunter und bog am Ende rechts ab. Ich folgte ihr. Als ich das ehemalige Gefängnis verließ, geriet ich ins Stolpern, weil die Sonne so gleißend hell war. Ich hörte sie fluchen, als sie mit einem Touristen zusammenstieß.

Ich sah sie in die Tiefe fallen.

Ich konnte gerade noch stoppen. Vor mir ging es drei Meter steil nach unten.

Sie lief über den Innenhof und verschwand durch den Hauptausgang.

18

Als Abdul das Blut sah, begann er auf Arabisch zu zetern. Doch mehr als ein Tropfen Blut. Mein Arm sah viel schlimmer aus, als er sich anfühlte.

„Wo ist sie hin, die Frau in Rot?“

Er zeigte nach rechts. Ich lief weiter, er mir hinterher, Fatima auf dem Arm.

Wir rannten durch ein Tor, kamen auf einen Platz mit Hunderten von Menschen.

Jetzt hatten wir sie verloren.

Abdul zog mich in ein Straßencafé, holte einen feuchten Lappen und wischte meinen Arm ab. Ich hing im Stuhl, erschöpft und frustriert, weil die Wahnsinnige entkommen war, bevor ich sie umstimmen konnte. Ich kann mich erinnern, noch „Merde“ gesagt zu haben, dann gönnte sich mein Körper eine Ohnmacht.

Eine raue Ziegenzunge schleckte mich zurück die Realität – ein weißer Plastikstuhl in staubig-schwüler Luft, die keinen deutschen Feinstaubtest bestehen würde. Eine gefrorene Pepsi Cola und eine nach Rosenwasser duftende Ziege.

:::

„Wer ist diese Frau?“, fragte ich Abdul.

„Sie lebt auf dem Djemaa el Fna. Sie bemalt die Menschen mit Henna.“

„Das weiß ich“, sagte ich und zeigte ihm meinen Arm.

„Was glaubst du, wer das gemacht hat?"

„Sie ist meine Mutter."

„Was redest du da? Gefängnisblume ist deine Mutter? Erzähl mir die Wahrheit!"

„Gefängnisblume? Ihr Name ist Yaram."

Er war ein Dieb. Ich tat mich schwer damit, ihm zu trauen.

„Gut, sagen wir mal, sie ist deine Mutter. Ist sie verrückt?"

„Sie ist anders."

„Wie kann es sein, dass deine Mutter einfach so an dir vorbeiläuft?"

„Sie hat mich nicht gesehen, wir standen dort drüben, hinter dem Eselskarren."

„Bring mich sofort zu ihr, ich brauche ihre Hilfe!"

„Unmöglich. Sie hat mich verstoßen."

„Verstoßen?"

„Sie liebt mich nicht."

„Warum?"

„Das ist eine lange Geschichte."

:::

Der Wirt brachte mir ein Pflaster. Es war Pink. Unter anderen Umständen hätte ich auf einem Erwachsenenpflaster bestanden.

Abdul war jetzt ganz still. Fatima hockte auf seinem Schoß und schien zu schlafen. Ich trank einen Pfefferminztee mit viel Zucker, der wie Kaugummi schmeckte, und beobachtete einen Zweispänner, der vor mir parkte. Die Pferde waren abgemagert, aber sehr schön. Braun mit weißen Tupfen. Ein übergewichtiges Touristenpaar stieg ein. Mir taten die Pferde leid.

Was hatte Yaram, die Gefängnisblume, zu Beginn des Gesprächs gesagt? Warum bist du zurückgekommen? Wie kannst du leben? Ist das Blut in deinen Adern besonderes Blut? Sie war entweder total verrückt oder sie verwechselte mich. Wahrscheinlich beides. Jedenfalls war mein Blut normal, ihrer Expertise folgend. Oder vielleicht doch nicht?

So müde.

Vielleicht steckte die Frau in einem Märchen fest.

Ich fühlte mich, als würde ich in Quark versinken.

Während des Studiums hatte ich manchmal mit einem Freund Pressevorführungen neuer Kinofilme besucht. Beginn: 11 Uhr. Wenn ich das Kino verließ, war der Tag gefühlt vorbei, auch wenn es erst Mittag war. Ich wusste nichts mehr mit mir anzufangen und entschied mich meist dafür, bis zum Ende des Tages in Quark zu versinken. Es gut sein zu lassen.

Heute fühlte ich mich wie nach einem dieser Kinovormittage. Ich strampelte müde. Der Quark war so weiß und weich. Ein cremiges Polster zwischen mir und der Welt.

Als wenn er meine Gedanken lesen könnte, sagte Abdul: „Wir sollten nicht den ganzen Tag vertrödeln. Vielleicht ziehst du dich um, bevor ich dir mehr von Marrakesch zeige."

Ich blickte zum ersten Mal seit dem Zwischenfall aufmerksam an mir hinab. Mein weißes T-Shirt war voller Staubflecken. Blutstropfen zierten meine Hose. Wie meine Haare aussahen, wollte ich gar nicht wissen.

Abdul hielt mir die Tüte mit den arabischen Gewändern hin, die mir Omar geschenkt hatte. Ich hatte sie Abdul in die Hand gedrückt, bevor ich in den Palast gegangen war.

:::

„Du siehst aus wie eine Prinzessin."

Ich winkte ab. Die Djellaba war blau mit goldenen Stickereien, das Kopftuch war naturfarben mit dunkelrotem Wellenmuster. Nie zuvor hatte ich ein Kopftuch getragen, aber meine Haare ließen mir keine Wahl. Ich hatte auch die Sonnenbrille aufgesetzt.

Abdul rutschte von seinem Stuhl und stellte sich ganz dicht vor mich. Er besah mich wie ein Bildnis. Dann zupfte er mein Kopftuch in Form.

„So ist es perfekt, Mia."

Zum ersten Mal in seiner Gegenwart musste ich lächeln. Er hatte meinen Namen gesagt, als wenn es der Name einer Göttin sei. Ziemlich ehrfürchtig. Dieses Kind mit dem Sommersprossengesicht und den großen Schneidezähnen hatte schauspielerisches Talent.

Ich rauchte meine Mystic.

„Was ist das?"

„Eine Zigarette."

„Ich kenne Zigaretten, sie sehen anders aus."

„Es ist eine elektrische Zigarette."

Ich reichte sie ihm. Er zog daran, musste schrecklich husten und warf die Mystic vor die Räder eines Geländewagens.

„Du kannst doch nicht einfach ..."

„Teufelszeug", sagte Abdul lakonisch. „Lass mich mal deinen Arm ansehen!"

Er schob den weiten Ärmel hoch und beäugte das Hennatattoo.

„Hast du Yaram gesagt, was sie auf deinen Arm schreiben soll?"

„Nein. Sie hat sich meinen Arm gegriffen und losgeschrieben. Was steht denn da: ‚Tod allen Ungläubigen'?"

„Da steht ‚Wendezeit'."

„Was steht da?“, schrie ich, riss meinen Arm los und studierte die fremden Zeichen auf meinem Körper.

„Wendezeit.“

„Sie hat mir gesagt, sie würde einen Namen schreiben.“

„Welchen denn?“

„Ist doch egal.“

„Hier steht kein Name.“

„Deine Mutter hat etwas von Zeichen gesagt, die unter dem Henna sind. Siehst du Zeichen?“

Er nahm meinen Arm vorsichtig in seine Hände und folgte mit seinem Blick den Arabesken des Henna.

„Was sind das wohl für helle Punkte?“

„Nadelstiche, ich war mal heroinsüchtig.“

Abdul verzog keine Miene. Ich dachte kurz darüber nach, ob Ironie erst ab einem bestimmten Lebensalter funktionieren würde? Oder nur in bestimmten Kulturkreisen? Oder ...

„Was ist Heroin?“

Ohne eine Antwort abzuwarten, fuhr er fort: „Ich dachte, die hellen Punkte wären ... ist ja egal. Ich sehe kein Zeichen auf deinem Arm. Sag mir: Warum hattest du das Foto? Was willst du von den Menschen auf dem Bild?“

„Ich muss zu dem Mann. Und was ich von ihm will, das werde ich ihm schon selbst sagen.“

„Du musst zu ihm? Sag mir, warum!“

„Es geht dich nichts an.“

„Ist es ein Geheimnis?“

„Es geht dich nichts an.“

Da lächelte er verschmitzt. „Ich kenne seinen Namen. Ich kenne auch ihren Namen. Er heißt Gibril. Ihr Name ist Almaz. Und jetzt sage mir, woher du die Kette hast.“

„Hat dir schon mal jemand gesagt, dass du bist wie deine Mutter? Ihr beide seid furchtbare Nervensägen!“

„Die Kette“, wiederholte Abdul.

„Also gut! Sie ist von Almaz. Ein Talisman, den sie mir gab. In Starnberg, wo wir uns kennengelernt haben. Das ist in Deutschland, meiner Heimat. Almaz ist krank, sie wird bald sterben. Gibril kann sie retten. Dafür muss er mit mir nach Starnberg kommen. Weißt du jetzt genug?"

Plötzlich wurde Abdul bleich. Er klammerte sich an die Stuhllehne und blickte mich mit weit aufgerissenen Augen an.

„Alles in Ordnung, Abdul?"

Ich wollte ihn zu mir ziehen, doch er wich mir aus.

Fatima schnupperte über sein Gesicht. Er schloss die Augen und seufzte den Namen: „Almaz."

:::

Als Abdul seine Sinne wieder beieinanderhatte, lächelte ich ihn aufmunternd an.

„Abdul", sagte ich, „seitdem ich dich kenne – und das ist noch nicht wirklich lange – ist eine Menge passiert. Ich werde einfach nicht schlau aus allem. Und ich habe das Gefühl, jeder in Marrakesch weiß mehr über mich und meine Mission als ich selbst."

„Ich weiß nichts über dich", sagte er verwundert. „Ich weiß gar nichts über dich."

„Bist du dir da sicher? Vielleicht sind wir uns schon einmal begegnet, wir müssen uns nur erinnern."

„Du sprichst in Rätseln."

„Deine Mutter glaubt, sie kennt mich. Weißt du, ob sie schon einmal in Deutschland war?"

„Nein. Sie hat Marrakesch ihr Leben lang nicht verlassen."

„Heißt dann ja wohl, ich war schon einmal hier in Marrakesch."

„Warst du?“

„Unsinn! Ich bin das erste Mal hier. Und wenn – an sie könnte ich mich garantiert erinnern.“

„Sie ist besonders.“

„Oh ja. Wie wäre es, wenn wir beide jetzt zurück in den Riad gehen und du mir einige Fragen beantwortest – über Almaz, Yaram, Gibril? Über die Bedeutung von ‚Wendezeit‘?“

Er nickte.

„Und bitte“, ergänzte ich, „lass uns die Dinge in Ruhe machen. Kein Sightseeing mehr. Keine einzigartigen Läden. Für heute ist es genug.“

„Du meinst …?“

„Genau. Mit Ruhe meine ich Ruhe. Ich bin nicht hier, um mir Marrakesch anzusehen. Ich suche Gibril. Wenn ich ihn nicht bald nach Deutschland bringe, ist es zu spät.“

„Ja“, sagte er.

:::

Kaum war Abduls Wort verklungen, sprang er auf und riss Fatima an sich.

Hektisch zischte er: „Wir müssen los. Leg schnell Geld auf den Tisch.“

„Abdul“, sagte ich mit drohend erhobenem Finger. „Wenn ich Ruhe sage, dann meine ich Ruhe und keinen fluchtartigen Aufbruch.“

Er hörte gar nicht zu und blickte sich mit fahrigen Gesten um.

Ich suchte mein Geld und fand es nicht so schnell, weil es in der Tüte in meiner Jeans war. Abdul machte zwei kleine Schritte auf das amerikanische Ehepaar zu, das neben uns saß, öffnete mit einer Hand die Handtasche der Frau, die über der Stuhllehne baumelte, zog eine Geldbörse heraus, entwendete einen großen Schein, legte ihn auf den Tisch und schob die Geldbörse zurück in die Handtasche. All das in weniger als zehn Sekunden.

„Das sollte reichen“, flüsterte er.

Ich sah zwei Männer über den Platz auf uns zustürmen.

„Lass uns laufen, Mia. Bleib hinter mir. Dreh dich nicht um.“

Dann rannte Abdul los. Sofort beschleunigten auch die Männer ihre Schritte.

„Wer sind die?“

„Keine Fragen mehr. Lauf.“

Die Djellaba war bequem, sogar beim Laufen. Zum Glück trug ich Sneakers und keine spitzen arabischen Schühchen.

Wir erreichten das Gewirr der kleinen Gassen. Menschen standen im Weg. Abdul rannte um sie herum. Mopedfahrer kamen uns entgegen und wichen geschickt aus. Keinen schien dieser Wettlauf zu stören. Im Gegenteil: Er schien als unterhaltsame sportliche Einlage geschätzt zu werden.

Abdul drehte sich zu mir um: „Schneller!“

Ich begann zu keuchen.

„Sie sollten von jetzt an regelmäßig Sport treiben, Frau Seitz.“ Jetzt begriff ich, was Dr. Glüsenkamp gemeint hatte. Immerhin war ich aus dem Quark raus.

„Ich kann nicht mehr. Langsamer.“

Abdul wich gerade einem Eselskarren aus, dann bog er rechts ab und stoppte.

„Kannst du das fahren?“

Er zeigte auf ein Moped, das mit laufendem Motor vor einem Gewürzhändler parkte.

Ich nickte. In meiner Jugend hatte ich ein Mofa besessen, eine uralte schwarze Velosolex, nicht wirklich schnell.

Ich sprang auf, er setzte sich hinter mich. Fatima meckerte ein wenig. Mir schien, sie hatte Spaß.

Das Moped lief gut. Ich sah wie in einem Film entspannte Menschen auf uns zukommen, schneller und schneller. Je näher wir kamen, desto mehr Zweifel mischte sich in ihr Lächeln, bis sie schließlich in den Laden sprangen, der direkt neben ihnen war, um sich vor uns zu retten.

„Chinesisches Modell – klapprig, aber schnell. Eine Docker C90."

Ich bremste, um einer Touristengruppe eine Chance zum beherzten Sprung in eine Wäscherei zu geben.

„Schneller!", rief Abdul wie ein kleiner Teufel. „Rechts … Links … Über den Platz …"

Ich hatte vollkommen die Orientierung verloren, folgte nur noch seinen Befehlen. Ich kam mir vor wie in einem Action Game.

Es machte Spaß. Zugleich hatte ich Angst vor den Verfolgern, was auch immer sie von Abdul wollten. Mich konnten sie ja wohl nicht meinen.

„Und jetzt?"

„Ich überlege."

Vor uns war der Weg verstopft. Ein Moped mit Ladefläche parkte dort, Fußgänger wanden sich um das Gefährt herum, während der Fahrer, eine Zigarette rauchend, ins Gespräch mit einem Händler vertieft war.

Abdul sprang ab und verschwand mit Fatima auf dem Arm in einer schmalen Gasse. Ich ließ das Moped fallen und folgte ihm.

Mir war heiß.

Wir kamen nach einigen Richtungswechseln zu einem Musikladen. Abdul rannte hinein, drückte mir Fatima in den Arm und bedeutete mir, mich hinter dem Tresen zu verstecken. Er wechselte ein paar schnelle Worte mit dem Besitzer, bekam ein helles Tuch um Kopf und Schultern gehängt und eine Laute in die Hand gedrückt. Auch der Besitzer nahm sich eine Laute und sie begannen zu spielen.

Ein Bild erschien vor meinem inneren Auge. Eine blaue Wüste, durch die eine Karawane zog. Über den Kamelen hing ein glutroter Mond. Die Luft flirrte. Gott strich durch die Wolken.

Die Einfachheit der schwebenden Melodie. Hypnotisch. Auch ein bisschen kitschig. Afrika für Romantiker. Träumer. Flitterwöchner. Dieser vorlaute diebische Junge steckte voller Überraschungen.

Ich spähte an der Kasse vorbei. Durch die Scheibe des Ladens sah ich unsere Verfolger. Sie drehten sich unschlüssig auf der Stelle, wussten nicht, wohin sie jetzt rennen sollten. Einer der beiden, ein grobschlächtiger Kerl, schaute in den Laden, stieß den anderen an.

Dann klingelte die Türglocke.

:::

Der Junge und der Besitzer des Ladens spielten einfach weiter, als wenn sie nichts gehört hätten. Der Laden war wie ein langer Schlauch. Die Männer gingen bis zum Tresen und wieder einige Schritte zurück. Dann unterbrachen sie die Spieler.

Ich konnte nicht verstehen, was sie sprachen. Abdul spielte leise mit gesenktem Kopf weiter. Mit dem Kopftuch sah er aus wie ein Mädchen. Der Ladenbesitzer sprach mit ruhiger Stimme.

Fatima drückte sich fest an mich als sie die Stimmen der Männer hörte. Sie zitterte.

Ich spähte in den Raum und sah, wie sich die beiden Männer Instrumente nahmen und sich im vorderen Teil des

Raumes setzten. Der eine spielte eine Art Trommel, der andere ein Blasinstrument. Der kleine Laden füllte sich mit Musik, die nicht von dieser Welt war. Fatima schien wie hypnotisiert. Ich wiegte sie in meinem Arm. Sie rieb ihre Stirn an meiner. Dann legte sie ihre rosa Nase an meine Wange. Ich schloss die Augen und genoss den Moment.

Alle Angst und alle Aufgeregtheit waren verflogen.

Diese Minuten im Musikladen waren bis dahin die schönsten Minuten in Marrakesch. Ich flog auf der Musik über die Wüste, in den Sonnenuntergang hinein. Die Welt um mich herum löste sich auf. Sie wurde gröber und gröber gepixelt. Wie ein Bild, in das ich eintauchte.

Plötzlich gab es einen harten Trommelschlag.

Die Männer lachten laut und derb. Ich spähte hinter der Kasse hervor und sah, wie sie auf Abdul zugingen und ihm den Schleier wegrissen. Dann zogen sie ihn hoch, der eine hielt ihn in der Luft. Abdul zappelte und schrie den Mann an. Der andere Mann gab ihm eine Ohrfeige. Das einzige Wort, das ich verstehen konnte, war „Fatima“.

Jetzt intervenierte der Ladenbesitzer mit sanfter Stimme. Abdul wurde wieder auf den Boden gestellt, man schien zu verhandeln.

Schließlich gingen die Männer.

Ich tauchte hinter dem Tresen auf, Fatima sprang aufgeregt in Abduls Arme. Er legte die Laute beiseite und hielt die Ziege im Arm wie ein kleines Kind.

Dieses Bild werde ich nie vergessen. Der Junge und seine weiße Ziege, umgeben von Lauten und anderen Musikinstrumenten, die an den Wänden hingen. Die Musik schwebte noch in der Luft. Die beiden drehten sich, und er flüsterte ihr Dinge zu in einer Sprache, die ich nicht verstand.

„Was wollen die Männer von dir, Abdul? Wollen sie Fatima?“

„Ja."

„Aber es ist doch deine Ziege ..."

„Nicht direkt ..."

„Es ist ihre Ziege?"

„Das trifft es schon eher."

„Du hast sie ihnen gestohlen?"

„Ich habe sie mir ausgeliehen."

„Und jetzt musst du sie zurückbringen."

„48 Stunden", sagte der Ladenbesitzer. „Abdul hat ihnen erklärt, dass auch ihm die Ziege gestohlen wurde."

„Ach. Und das haben sie ihm abgenommen?"

„Ja", sagte Abdul. „Sie haben dich ja gesehen."

„Mich?", rief ich. „Heißt das, sie jagen jetzt mich?"

„Sie wissen ja nicht, wie du aussiehst. Und sie halten dich für eine Araberin, weil du die traditionelle Kleidung unserer Frauen trägst."

„Da bin ich beruhigt. Können wir ihnen die Ziege nicht einfach abkaufen?"

„Ich fürchte", sagte der Mann, „Fatima ist unverkäuflich."

„Was soll das jetzt wieder heißen?"

„Sie hat den Männern und ihren Familien viel Geld gebracht. Und sie wird ihnen noch viel mehr Geld bringen."

Ich blickte ratlos von einem zum anderen.

„Sie ist eine Artistin. Sie wurde dafür ausgebildet, in einem der größten natürlichen Kunstwerke Marokkos mitzuwirken: dem Ziegenbaum."

„Ziegen klettern auf Bäume?"

„Oh ja", erklärte er, „sie lieben den Arganbaum, fressen dessen Blätter und Früchte. Sie sind hervorragende Kletterer. Doch Fatima ist die beste Kletterin von allen. Sie hat dieses besondere Lächeln. Sie kann tanzen. Sie war der Star."

„Der Star? Und wie verdient die Kleine Geld?"

„Fotos und Videos gegen Bezahlung. Wer Fatima haben wollte – also jeder Tourist, der an ihrem Baum vorbeikam –, der musste einige Euros zahlen."

Abdul stellte Fatima auf den Boden und sagte etwas auf Arabisch zu ihr. Sofort sprang sie auf den Tresen neben der Kasse und stellte sich auf wie in einem Heimatfilm, ein Huf auf der Kasse, die Hinterbeine schön gestreckt, das Kinn leicht erhoben. Sie meckerte, es sah aus wie ein Lächeln.

„Mach ein Foto, dann freut sie sich", sagte Abdul.

Ich tat ihr den Gefallen.

„Noch einmal zurück zu den beiden Männern", sagte ich. „Sie glauben also, ich hätte Fatima. Und bestimmt erzählen sie es jedem, dem sie auf ihrer Suche begegnen …"

„Tee?", fragte der Ladenbesitzer.

:::

Wir tranken Tee und aßen Kuchen. Fast wie in Starnberg im Haus am Hang. Ich brach das Schweigen.

„Zurück zu Almaz!"

„Du kennst Almaz?", fragte der Ladenbesitzer.

Abdul nickte und hob meinen Schleier. Als der Mann die Kette sah, nickte er wissend.

Kunden kamen. Während der Ladenbesitzer geduldig die verschiedenen Instrumente erklärte und vorführte, flüsterten Abdul und ich.

„Wir bleiben bis zur Dunkelheit hier, dann gehen wir auf den Platz."

„Almaz. Du wolltest mir noch von Almaz erzählen."

„Später."

„Nein, sofort."

„In unserem Land bestimmen die Männer und die Frauen folgen", sagte er mit schärferem Ton.

„Träum weiter, kleiner Mann. Erzähl mir endlich von Almaz, oder ich stelle mich mit Fatima auf die Straße und rufe so lange, bis die echten Männer kommen und sie wieder in den Ziegenbaum stellen."

Fatima schien zu merken, dass von ihr gesprochen wurde. Sie öffnete ein Auge und blickte mich skeptisch an. Ich streichelte ihr über den Kopf, bis sie weiterschlief.

„Almaz war eine von uns. Yaram, Gibril, Almaz und ich. Jetzt ist sie fort, und ich muss jeden Tag an sie denken. Sie fehlt mir so sehr."

„Sie stirbt", flüsterte ich.

„Almaz darf nicht sterben. Du musst sie zurückbringen. Hier ist ihr Platz in der Welt. Sie hätte ihn nie verlassen dürfen. Sie ist so dumm. Hier ist sie geheilt worden von ihrem bösen Blut. Hier wird sie wieder geheilt werden. Sie ist so dumm. Ist er dabei, dieser Einfaltspinsel? Taye."

Ich nickte.

„Wir waren immer zusammen, jeden Tag. Eines Morgens war sie fort. Sie hatte sich verliebt in einen Tölpel aus dem Sudan."

„Eritrea."

„Eritrea", sagte er verächtlich. „Sie verlässt unser schönes Königreich, um in dieses jämmerliche Land auf der anderen Seite zu gehen."

„Sie war wie eine Schwester für dich. Wie eine große Schwester, habe ich recht?"

Er schwieg einen Moment.

„Hat sie dir von mir erzählt?"

Ich schüttelte den Kopf, so einfühlsam ich konnte.

Er begann zu weinen. Erst leise, dann immer lauter und dramatischer.

Die Kunden blickten erschreckt zu uns. Ich zuckte die Schultern. Dann versuchte ich, Abdul zu streicheln und ihn zu trösten. Doch er weinte immer dramatischer.

Fatima stand jetzt vor ihm und sah ihn mitleidig an. Dann sprang die Ziege auf den Tresen und begann zu tanzen. Die Gäste lachten und klatschten im Rhythmus. Der Ladenbesitzer spielte eine orientalische Melodie auf einer Flöte.

Fatima bewegte sich wie in Trance. Erst auf den Hinterbeinen, dann auf den Vorderbeinen. Sie verarbeitete folkloristische Elemente in ihrer Darbietung, bis zum bayerischen Schuhplattler, den ich zu erkennen meinte.

Sie tanzte so lange, bis Abdul endlich wieder lachte. Bis alle lachten.

Zum Abschluss sprang sie auf einen Stuhl, stellte die Vorderbeine auf die Lehne und streckte den Kopf in die Höhe. Dann kippte sie wie eine Revue-Tänzerin elegant mit dem Stuhl nach hinten, tänzelte auf ihren kleinen Hufen zu Abdul, kniete mit den vorderen Beinen nieder und genoss ihren Applaus.

19

Der Djemaa el Fna begrüßte uns mit dumpfen Trommeln. Rauch stieg von den Garküchen auf, hing vor dem Turm der Koutoubia-Moschee. Es duftete nach Barbecue.

„Lässt es sich einrichten, dass ich nicht wieder der verrückten Frau begegne, deiner Mutter?"

„Yaram wird dir nichts tun, wenn ich bei dir bin", sagte Abdul.

„Ach ja?"

„Wo ist dein Vertrauen?", grinste er. „Wo ist dein Vertrauen, Mia?"

Wo war mein Vertrauen? Ich hatte keinen Plan. Aber ich stand wieder hier. Mein zweiter Versuch, den Mann zu finden, der das Leben meiner Freundin retten konnte. Verrückter konnte der Tag nicht werden, dachte ich.

Eine mutige Annahme nach allem, was bereits geschehen war.

:::

Abdul ging zielstrebig über den Platz. Fatima folgte ihm wie ein Hund.

Ich sah meine Umrisse in einem großen Spiegel, der verwaist auf dem Platz stand und darauf wartete, auf einen Handkarren verladen zu werden. Eine arabische Frau, musste jeder denken. Man ließ mich in Ruhe. Ich blieb stehen und studierte das Spiegelbild. Diese Djellaba war enger, figurbetonter als die sackartigen Modelle, die viele Frauen hier trugen. Sie betonte meinen Busen und meinen Po. Recht positiv sogar. Sah gut aus. Sexy. Zwei braune Augen in einem verschleierten Gesicht, darunter aufregende Kurven, die sich unter blauem Stoff abzeichneten.

Drei Männer entschuldigten sich bei mir, legten den Spiegel auf den Karren und zogen ihn fort.

Ein Mann hockte auf einem Teppich. Abdul umarmte ihn und zeigte auf mich. Sie sprachen miteinander. Dann winkte Abdul mich ungeduldig heran.

„Gibril, das ist Mia."

Schwarze Augen. Unsere Blicke verhakten sich.

Er stand auf und reichte mir seine Hand. Er war größer, als ich erwartet hatte. Seine Hand fühlte sich sehr weich an. Etwas in seinem Handschlag erinnerte mich an die letzte Umarmung von Almaz. Es erfüllte mich mit Ruhe. Tiefer Ruhe.

Manchmal ist ein Händedruck zu kurz, um ernst zu wirken. Manchmal ist er zu lang. Es fühlt sich peinlich an. Dieser Händedruck war außerhalb der Zeit. Vielleicht dauerte er nur eine Sekunde oder ein ganzes Leben – ich konnte es nicht sagen.

Seine schwarzen Augen bedeuteten mir, mich hinzusetzen.

Die Ähnlichkeit zu Almaz war verblüffend. Sie war eine Schönheit auf den zweiten Blick. Auch ihn hätte ich vielleicht auf den ersten Blick übersehen. Alles etwas zu leise. Nicht so wie der Araber in der *Maison de la Photographie*. Der faszinierte auf den ersten Blick. Aber auch nur auf den ersten Blick.

Gibril saß sehr aufrecht und war gekleidet wie ein Beduine.

So schön geschwungene Lippen. So stumm.

„Sie suchen nach mir?", fragte er mit weicher Stimme.

Ich nickte.

„Ich komme aus Deutschland. Ich bin eine Freundin Ihrer Schwester, Almaz. Sie braucht Sie."

Er schwieg und sah mich an, als würde er in meinem Gesicht, in meiner Erscheinung eine geheime Botschaft suchen. Ich blickte vorsichtig zurück.

„Sie kommen aus Deutschland und sind gekleidet wie eine Araberin."

Abdul wollte etwas sagen, doch Gibril bedeutete ihm zu schweigen.

„Es wird Zeit."

:::

Gibril tauchte seine Hände in blaue Farbe und trug sie auf sein Gesicht auf. Dann setzte er die Kapuze auf und erhob sich.

Er begann zu singen.

Gegen die Trommeln.

Gegen die Flöten.

Gegen die Stimmen der Gaukler, der Touristen, der Einheimischen.

Gegen das Klackern der Hufe auf dem Pflaster.

Gegen das Knattern der Mopeds.

Er sang nicht laut. Seine Stimme war weich, sie streichelte mich.

Menschen, die vorübergingen, stoppten, kamen näher.

Gibril begann, langsam zu tanzen wie ein Derwisch in Zeitlupe.

Ich saß vor ihm und konnte beobachten, wie sich Menschen aus dem Kreis um die Trommler lösten, wie sie ihre Kutschen verließen, wie sie ihren Kaffee oder ihren Tee zahlten, um sich auf den Weg zu uns zu machen.

Es roch nach Petroleum von den Fackeln der Feuerschlucker, die feststellen mussten, dass ihr Publikum sich Gibril zugewandt hatte.

Wo waren nur seine Puppen? Wie konnte er ohne Puppen ein Puppenspiel aufführen?

Da waren nur er, der Teppich, vielleicht zehn Quadratmeter groß, der Junge, die Ziege und ich.

Fatima wirkte angespannt. Der Junge lächelte. Ich fühlte, dass ich zitterte. Ich zog mein Kopftuch weiter in die Stirn und verschränkte die Arme vor der Brust.

Schatten tanzten auf dem Boden, die Menschen kamen immer näher, die ersten hatten den Teppich erreicht und blieben mit etwas Abstand stehen. Kinder setzten sich vor uns auf den Boden.

Gibril tanzte jetzt langsamer, sein Gesang wurde leiser, der Kreis um uns war geschlossen.

Am Himmel hing ein halber Mond. Rauch zog über uns hinweg.

Da war der Mann aus dem Musikladen, er hatte eine Laute in der Hand und trat in den Kreis. Er setzte sich zu uns und stimmte seine Laute. Ich musste an gestern Abend denken. Ich war eine von ihnen gewesen, ein Teil des Kreises. Heute war ich im Zentrum und spürte, wie die Energie mit jedem neuen Zuschauer zunahm. Alles vibrierte. Die Menschen um uns redeten durcheinander. Es waren Araber, ich konnte keine Touristen erkennen.

Gibril stand jetzt still. Er hob die Arme und ließ sie langsam zu den Seiten sinken. Die Laute begann zu spielen, leise und vorsichtig tasteten sich die Töne in den Kreis.

Gibril sprach Arabisch. Abdul beugte sich zu mir und übersetzte.

:::

„Er ruft die Menschen auf, zu ihm zu kommen. Er bittet sie, einen schützenden Kreis um diese Mitte zu bilden. Ihre Aufmerksamkeit und Energie zu spenden. – Siehst du die ausgestreckten Arme? Das sind die Freiwilligen."

„Die Freiwilligen ...?"

„Sie wollen, dass heute Abend ihr Spiel ... Oh, nein!"

Abdul starrte auf einen Punkt hinter mir. Es duftete nach Jasmin. Ich zog mein Kopftuch in die Stirn.

Yaram schwebte mit erhobener Hand zwischen mir und Abdul hindurch.

„Schau zu Boden", flüsterte Abdul. „Sie darf dich nicht erkennen."

Ich versuchte es, doch ich konnte meinen Blick nicht von ihr losreißen. Von ihr – und von ihm.

Gibril und sie sprachen miteinander. Nicht lange, vielleicht eine Minute. Dann sagte Gibril etwas, und ein Raunen ging durch die Menge.

„Schau zu Boden, Mia", flüsterte Abdul noch einmal. Doch es war schon zu spät.

Yaram, die Frau in Rot, stand jetzt vor uns. Sie streckte ihre Hände zu mir aus. Ich blickte zu Gibril. Er nickte.

Sie zog mich hoch. Ihre Hände waren kalt. Etwas floss von ihr zu mir, etwas Dunkles und Zähes. Erst fühlte es sich an, als würde in diesem Moment die Schwermut zurückkehren, das Burn-out. Doch das war es nicht. In dieser Schwermut fühlte ich eine tiefe Sehnsucht, ein Seufzen, einen verstohlenen Blick, einen Hauch von Jasmin.

Sie stellte sich hinter mich, fasste mich an den Schultern und führte mich zur Lautenmusik langsam in Kreisen über den Teppich. Als sie stoppte, stand ich allein in einer Ecke.

Sie dirigierte einen Mann auf den Teppich. Einen Araber, jung, freundlich blickend. Ich verfolgte seinen Weg über den Teppich. Auch er ging in Kreisen, bis er schließlich ganz nah bei mir stand. Ich lächelte ihn an. Yaram wischte mit einer Geste über sein Gesicht. Die Augen des Mannes schlossen sich. Dann drehte Yaram sein Gesicht weg von mir, stellte sich zu Gibril und schwieg.

Nichts passierte. Alle schienen auf etwas zu warten.

Ich spürte die Blicke der Männer. Ich hatte das Gefühl, sie zogen mich aus, rissen mir meine Djellaba vom Körper. Sie gierten nach mir. Ich wich ihnen aus, starrte auf den Boden. Die Laute spielte ununterbrochen ihre sentimentalen Melodien, Pferdehufe schlugen auf das Pflaster, ein Auto hupte. Yarams Jasminduft wehte zu mir.

In seiner Nähe kann sie dir nichts anhaben, dachte ich. Er wird dich beschützen.

Was sollte das werden? War ich jetzt eine Puppe?

:::

Ich erinnerte mich an eine Veranstaltung in Berlin. Spätsommer. Meine ehemalige Studienkollegin Iris hatte mich mitgenommen. Eine Art Theater, aber doch kein Theater, sagte sie. Ich würde danach die Welt mit anderen Augen sehen, ich würde zum ersten Mal die Seele sehen. Iris war immer ein bisschen esoterisch gewesen. Seele, was wird das jetzt, dachte ich, behielt diesen Gedanken jedoch für mich.

Zwanzig Menschen saßen im Kreis. Der Leiter der Veranstaltung, ein älterer Mann mit langen grauen Haaren, die er zum Zopf zusammengebunden hatte, suchte einen Freiwilligen, genau wie Gibril es gerade getan hatte. Viele meldeten sich. Er wählte einen Mann. Die beiden sprachen kurz, und dann ging der Mann zu einem Teilnehmer und dirigierte ihn mitten in den Raum.

Mehr Menschen kamen in den Kreis. Ich war unter ihnen. Der Mann stellte mich mit dem Gesicht zur Wand.

Ich wusste nicht, was all das sollte. Es gab auch keine Chance zu verstehen, denn ich war komplett abgeschnitten von den anderen. Keiner sprach. Ich hörte kaum die Schritte der Teilnehmer auf dem weichen Teppich.

Auf eine seltsame Art war ich anwesend und abwesend zugleich. Ich schloss die Augen und fühlte mich auf einmal so müde. Ich sank zusammen. Jemand rief immer wieder einen Namen. Petra. Petra. Petra. Eine Hand legte sich auf meine Schulter.

:::

„Gibril", hörte ich mich plötzlich sagen. „Gibril." Ich streckte meine Hand nach dem Mann aus, der auf dem Djemaa el Fna vor mir stand. Er reagierte nicht.

Ich ging einen Schritt auf ihn zu, getrieben von einer Sehnsucht, wie ich sie nie zuvor für einen Menschen empfunden hatte. „Gibril", sagte ich noch einmal.

Er rührte sich nicht.

Dann stand der wirkliche Gibril vor mir und sagte auf Französisch: „Yaram, warum gehst du nicht zu ihm hin?"

Ich stutzte. Warum sprach er mich mit Yaram an? Warum reagierte ich darauf?

„Ich habe Angst, er ist so abweisend."

Er ging zu dem Mann, der mir gegenüberstand, und den ich mit Gibril angesprochen hatte, und versuchte, ihn behutsam in meine Richtung zu drehen. Doch er verschränkte seine Arme und rührte sich nicht.

Yaram holte zwei weitere Personen aus dem Kreis und stellte sie in die Mitte, ganz ähnlich wie mich und mein Gegenüber. Wieder passierte das Gleiche. Ich fühlte die Sehnsucht der Frau und die Ablehnung des Mannes. Sie und ich waren wie ein Wesen.

Ein Junge wurde in den Kreis gestellt. Er zitterte und fiel zu Boden, er kroch zu mir und blieb, arabische Worte murmelnd, vor meinen Füßen liegen. Das einzige Wort, das ich verstand, war das Wort „Mama". Ich fühlte Mitleid mit ihm, tiefes Mitleid, aber als ich mich zu ihm hinunterbeugen wollte, stieg eine Eiseskälte in mir auf. Ich blieb stehen und sah ihn an wie etwas Fremdes.

Yaram zog eine weitere Figur in den Kreis, eine junge Frau. „Almaz", sagte sie. Erst stand die Frau, die Almaz in diesem Puppenspiel repräsentierte, für sich. Gibril sang und umtanzte sie. Er unterbrach seinen Tanz einige Male und wählte Menschen aus, die er zu Almaz schickte.

Eine alte Frau aus dem Publikum humpelte zu ihr. Das Mädchen empfing sie mit offenen Armen, umschloss sie und drückte die Frau fest an sich. Dann sagte sie etwas zu ihr und strich ihr zum Abschied mit dem Zeigefinger in Verlängerung der Nase über die Stirn. Die alte Frau verneigte sich und ging. Das Humpeln war verschwunden.

Stürmischer Applaus.

Noch eine Frau kam. Ein Mann. Ein Junge. Ein Mädchen. Sie alle bewegten sich seltsam als sie kamen. Zogen ein Bein nach. Waren krumm und gebeugt. Schienen blind oder lahm. Almaz umarmte sie und strich ihnen über die Stirn. Als sie wieder gingen, schienen sie von ihrem Leiden kuriert. Freudige Gesichter.

Immer wieder Applaus. Zwischenrufe.

Der Tanz war vorüber und Gibril setzte sich wieder. Yaram ging zu der Almaz-Puppe und stellte sie zwischen mich und den Mann. Der Mann wandte sich zu der Frau um und lächelte sie an. „Almaz", sagte er.

Wut durchflutete meinen Körper wie eine glühende Welle. Ich begann auf die Frau loszugehen, sie von ihm wegzureißen und anzuspucken. Ich war eine Furie, vollkommen außer mir. Die Frau schrie. Sie fürchtete sich vor mir. Der Mann versuchte, mich festzuhalten, doch ich kämpfte mich los.

Als ich meine Fäuste hob, um auf die Stellvertreterin von Almaz einzuschlagen, fiel mir plötzlich die Stille auf. Die Menschen, die eben noch gejohlt hatten, schwiegen. Die Laute schwieg. Wie in Zeitlupe sah ich ein Kopftuch zu Boden fallen. Mein Kopftuch.

Ich blickte in aufgerissene Augen und Münder. Für einen Moment herrschte vollkommenes Schweigen. Dann begann die Menge zu toben.

Ich verstand sofort. Meine blonden Haare. Ich war wieder ich. Mia.

Man bespuckte mich und versuchte mich zu schlagen und zu treten. Ein Zischen war in der Luft wie von tausend Kobras.

Yaram lächelte mir zu wie jemandem, den sie nie mehr wiedersehen müsste, auf den Lippen ein stummes Adieu. Gibril sprang auf und schloss mich in seine Arme. Jetzt trafen die Hiebe und Tritte ihn. Man warf mit Nüssen, Apfelsinen und kleinen Steinen. Ein Prasseln war auf dem Pflaster zu hören.

Die Menschenmenge zog sich über uns zusammen wie ein tödlicher Reißverschluss. Auch Yaram und Abdul drückten sich an uns.

Fatima stand zitternd in der Mitte.

:::

Plötzlich ließ mich Gibril los. Er erhob sich, breitete seine Arme aus und begann zu sprechen. Seine Hände waren auf die Menge gerichtet, er drehte sich, einmal, zweimal, dreimal, dann waren sie alle still und hingen wie Puppen an

Hunderten unsichtbarer Fäden. Sie wiegten sich jetzt wie ein einziges friedliches Wesen. Sie summten eine einfache kleine Melodie. Ein Chor.

Der Rauch der Garküchen biss in meinen Augen. Vom Fall auf das Pflaster hatte ich eine Platzwunde auf der Stirn. Ich hob den Schleier auf und legte ihn mir wieder um.

Gibril bedeutete uns allen zu gehen, uns den Weg durch die singende Menschenmenge zu bahnen und zu verschwinden. Yaram ging voran, gefolgt von Abdul, Fatima und mir. Den Abschluss bildete der Lautenspieler.

Man ließ uns gehen. Man sah uns gar nicht. Man war ein singendes Wesen aus Hunderten von Körpern.

Als wir den äußeren Rand erreicht hatten, erhob der Muezzin seine Stimme, und alle warfen sich, das Gesicht nach Osten, zu Boden.

:::

„Wir haben zehn Minuten Vorsprung", flüsterte Gibril. „Jeder geht seinen Weg. Abdul, du kommst später auf das Dach."

Ich wollte Abdul und Fatima folgen, doch Gibril hielt mich fest.

„Folgen Sie mir."

Er zog mich durch die Gassen, in ein kleines Haus. Über winzige, steile Treppen gelangten wir auf das Dach. Eine leere Terrasse, in der Ecke ein Schlafplatz. Eine weiße Katze saß auf der Mauer.

„Setzen Sie sich", sagte er. „Ich koche uns Tee."

Ich setzte mich mit dem Rücken an die Mauer. Schnee III kam zu mir und strich um meine angezogenen Beine. Ich streichelte sanft ihren Rücken. Sie schnurrte, ihr Näschen tropfte. Mir kamen die Tränen, ich ließ sie fließen.

Ich verstand nichts. Ich war eine Puppe gewesen. Ich hatte Yaram verkörpert, die Frau in Rot. Ich war eiskalt gewesen gegenüber meinem Sohn und beim Anblick von Almaz' Stellvertreterin ausgetickt wie eine Furie.

Gibril legte mir eine Decke um die Schultern und stellte mir eine Schüssel mit Wasser hin. Als sich das Wasser vom Blut meiner Platzwunde am Kopf rot färbte, schien mein Körper kurz zu erwägen, ohnmächtig zu werden, entschied sich dann aber anders.

Es duftete nach Pfefferminztee, in den Gassen Gemurmel, zwischen den Dächern wiegten sich hohe Palmen.

Er sprach kein einziges Wort.

Seine Gegenwart machte mich befangen, fast schüchtern. Ich spürte, dass meine Stimme versagen würde. Aber wie konnten wir nach dem, was geschehen war, schweigen?

„Was war das?", krächzte ich.

Gibril setzte sich im Schneidersitz mir gegenüber, stellte Tassen auf den Boden und goss in hohem Bogen Pfefferminztee ein. Unter der Kapuze sah ich sein blaues Gesicht.

„Da waren Männer in der Sahara. Sie kamen aus dem *Hohen Atlas* hierher. Erst kamen die Almovariden, sie machten Marrakesch zur Hauptstadt von Marokko. Dann die Almohaden, die Meriniden, Wattasiden. Dann kamen die Alawiden, sie herrschen bis heute."

Gibril sprach hervorragend Französisch. Sehr weich. Seltsam, dass seine Schwester diese Sprache so gar nicht beherrschte.

„Meine Vorfahren waren von Anfang an dabei. Das wusste der Vater meines Vaters zu berichten. Er hat es meinem Vater erzählt und mein Vater hat es mir erzählt. Ich werde es einst meinem Sohn erzählen."

„Eine lange Geschichte", sagte ich.

„900 Jahre."

„Ich bin hier, weil ich ..."

„Almaz. Abdul. Yaram. Und ich. Wir gehören zusammen", fuhr er fort, als wenn er meine Stimme nicht gehört hätte.

„Almaz ist fort ..."

„Gott, der Allmächtige, hat uns zusammengebracht. Gott trennt uns wieder, wenn die Zeit dafür gekommen ist."

„Almaz ist sehr krank, sie wird bald sterben. Sie sind der einzige Mensch, der Ihre Schwester retten kann. Bitte kommen Sie mit mir."

Gibril blickte zu den Sternen. „Alles ist in seiner Hand. Ich bin nur ein einfacher Mann."

„Nein, Gibril, Sie irren sich. Es liegt in Ihrer Hand."

Er drehte schweigend das Teeglas in der Hand.

„Das böse Blut?"

„Ja, das böse Blut ist zurückgekehrt."

Er nickte, als wenn er es längst gewusst hätte.

„Sie hat Ihnen die Kette gegeben."

„Ja, sie hat sie mir gegeben, bevor ich nach Marrakesch aufgebrochen bin."

„Es ist eine besondere Kette."

„Ich gebe sie ihr zurück, sobald ich wieder bei ihr bin. Sie sollte ein Talisman sein."

„Die Kette schützt Sie vor dem Bösen."

Ich schluckte. „Ja. Bitte erklären Sie mir, warum Almaz gegangen ist."

„Sie verliebte sich."

„Hätte sie nicht hierbleiben können?"

„Sie hat es versucht. Jedoch ... Yaram ..."

„Hat ihre Chance genutzt, oder?"

„Was meinen Sie?"

„Das, was ich heute gefühlt habe. Ich war Yaram."

„Es war doch nur ein Puppenspiel."

„Tatsächlich?"

Sein Nicken überzeugte mich nicht.

„Gut, andere Frage: Was macht Almaz mit den Menschen? Diese Umarmungen ..."

„Sie zieht die Krankheiten aus ihren Körpern."

„Durch Umarmungen? Das klingt nach Märchen."

„Es passiert."

Ich horchte in mich hinein. Stille. Jetzt schon seit drei Tagen.

Hatte Almaz auch mich geheilt – durch eine Umarmung?

Ich stellte mir Dr. Glüsenkamp vor, bei uns auf dieser Dachterrasse in Marrakesch. Kopfschüttelnd. „Frau Seitz, was habe ich Ihnen nur getan, dass Sie so sehr an meiner Therapie zweifeln? Jetzt fangen Sie bitte nicht noch an, mystische Erklärungen zu finden. Sie sind doch eine moderne Frau. Natürlich habe ich Ihnen nicht das Blaue von Himmel versprochen. Das Pfeifen verschwindet sehr selten wieder vollkommen. Sie haben das Richtige getan, indem Sie auf mich gehört haben. Und Sie hatten Glück."

Ich war geheilt von dem Pfeifen. Geheilt von der Schwärze. Die Angst, dass alles nur ein Traum gewesen war, die Krankheit sich nur verstellt und versteckt hatte, ein lauernder Gorilla, verflogen. Zum ersten Mal traute ich mich, es laut zu denken.

„Ja. Es passiert. Ich selbst war krank, als ich Almaz traf. Vielleicht hat sie auch mich kuriert."

Gibril nickte.

„Ich wusste es nicht, bis heute. Sie hat kein Wort über ihre Begabung verloren."

„Hätten Sie ihr denn geglaubt?"

Ich schüttelte den Kopf.

„Wie ist es jetzt?"

„Ich weiß es nicht. Ich bin eine moderne Frau. Heilen durch Umarmen ... egal. Wie funktioniert das mit den menschlichen Puppen? Dieses Drama mit den Stellvertreterfiguren. Ich habe in Deutschland bei so etwas teilgenommen. Aber ich stand die ganze Zeit in der Ecke und bekam nichts mit. Hier war es – unheimlich. Was ist mit mir passiert?"

„Ich kann es nicht erklären. Es ist, als wenn die Seelen der Lebenden oder der Toten auf Reise gehen."

„Warum hat Yaram mich gewählt? Es gab so viele Frauen auf dem Platz."

„Das ist nicht wichtig."

„Doch das ist es. Warum?"

„Vielleicht haben Sie sich angeboten."

„Sie meinen, ich habe die Rolle von Yaram gewählt?"

Gibril nickte kaum merklich.

„Und die anderen?"

„Auch sie kommen von allein. Es wechselt jeden Abend. Die Menschen werden zu den Puppen, die sie sein wollen. Ich beginne zu singen und zu tanzen. Ich wähle die Person aus, die das Drama bestimmt. Sie sucht sich ihren Stellvertreter und umgibt ihn mit Stellvertretern von Freunden, von Familienmitgliedern. Dann passieren Dinge. Es ist jeden Abend anders. Ein Seelentreffen. Einmal endet es mit Tränen, ein anderes Mal mit Lachen."

Er trank Tee.

Ich malte mir aus, wie Gibril in der Praxis von Dr. Glüsenkamp sitzen würde. Bestimmt würde er dem Arzt gefallen. Ganz sicher fände der Doktor einen passenden Namen für das Krankheitsbild. Geschichtenaufstellungswahn. Puppensyndrom. Vielleicht auch der Klassiker Schizophrenie. Das Feld geistiger Fehlstellungen schien mir recht weit. Etwas würde passen.

Endlich fiel mir das Wort ein, das ich die ganze Zeit gesucht hatte: Familienaufstellung. So hatte Iris es damals genannt. Ich war Teil einer Familienaufstellung gewesen. Heute wieder. Open air, mit großem Publikum, Musik und Tanz. Besser gelaunt, bis auf meinen Ausbruch und das furchtbare Ende.

„Als Kind spielte ich mit Puppen", fuhr Gibril fort. „Ich führte Stücke auf. So begann es. Aber je mehr ich spielte, stellte ich fest, dass nicht ich die Puppen spielte, sondern sie mich. Ich war nur ein Medium. Ich löste mich auf, damit die Puppen die Bühne übernehmen konnten. Es war wie ein Traum."

„Auch für mich war es wie ein Traum ..."

„Wo ist sie? Wo ist Almaz?"

„In Deutschland, Starnberg. Dort habe ich sie kennengelernt. Ich fliege in zwei Tagen zurück, Sie können mich begleiten. Sie müssen mich begleiten."

„Wie kann ich ihr helfen?"

„Almaz braucht etwas von Ihren Knochen. Nadeln, sie holen es mit Nadeln ... ich bin kein Arzt."

Er nickte sanft.

„Wir werden sehen."

Gibril erhob sich, ging die Treppe hinunter und sagte auf dem Absatz: „Warten Sie hier. Abdul wird bald kommen und Sie zu Ihrem Hotel bringen. Meiden Sie den Djemaa el Fna heute Nacht. Sie haben die Menschen erschreckt. Die blonden Haare. Man hatte Sie erst für eine Araberin gehalten. Noch nie war eine Frau wie Sie im Zirkel. Morgen wird alles vergessen sein."

20

Der Himmel war übersät mit Sternen. Wie Nebel hingen sie im feinen Staub der Stadt. Ist das schön, dachte ich. Der Himmel war wie ein Schleier, den sich die Stadt umgelegt hatte. Ein funkelnder Schleier. Ich vergaß Gibril. Ich vergaß den Djemaa el Fna. Warum konnte ich nicht einfach hierbleiben? Warum musste ich all das tun? Warum konnte ich nicht einfach sein? Alles loslassen. Eine Frau, umfangen von einem Sternennebel.

Ich weiß nicht, wie lange ich nach oben sah. Vielleicht waren es nur einige Sekunden, vielleicht waren es Minuten.

Schnee III beendete meine Träumerei mit einem sanften Miau.

Ich musste an die junge Frau in der *Maison de la Photographie* denken.

Auf der Treppe nach oben hatte sie gesagt: „Die Kette, die Sie tragen, sie ist mir gleich aufgefallen."

Sie hatte ein Negativ aus einer Schublade gezogen und es auf den Leuchttisch gelegt. Durch eine Lupe hatten wir das Bild betrachtet.

„Ich dachte, es interessiert Sie vielleicht. Genau die gleiche Kette, soweit sich das auf einem Schwarz-Weiß-Bild nachvollziehen lässt. Darf ich fragen, von wem Sie die Kette haben?"

„Die Frau auf dem Bild gab sie mir."

„Welche?"

„Nicht die mit der Kette, die andere."

„So? Wann geschah das?"

„Vor wenigen Tagen.“

„Sie scherzen, Madame, das Bild ist von 1872.“

Danach hatte das Gespräch zu ruckeln begonnen.

„Sind Sie auch …“

„Ich meine …“

„… sicher?“

„… oh ja … sehen Sie hier.“

Sie hatte mir einen ausgeblichenen Abzug gegeben. Auf der Rückseite stand: „Djemaa el Fna. Mutter, Sohn und unbekanntes Geschwisterpaar. Mai 1872.“

„Ich habe gesehen, wie Sie gekommen sind. Sie und dieser Junge.“

Sie hatte ein Fenster geöffnet.

„Ich meine den Jungen dort unten auf der Straße mit der weißen Ziege. Täuschend ähnlich mit dem Jungen auf dem Foto.“

Nachdem ich die *Maison de la Photographie* verlassen hatte, hatte mich Abdul gefragt, ob ich einem Geist begegnet wäre. So bleich.

„Es waren vier. Vier Geister.“

:::

Als ich aus meinen Gedanken wieder auftauchte, fand ich Abdul und Fatima auf der Dachterrasse.

„Wie geht es dir? Das Puppenspiel …“

„War lehrreich. Ich verstehe deine Mutter jetzt besser. Ich war sie für eine Weile …“

„In einem Puppenspiel. Was verstehst du besser?“

„Ein anderes Mal.“

„Gibril hat gesagt, ich soll dich in den Riad *Zaira* bringen.“

„Ach ja? Setz dich bitte zu mir. Ich möchte gern, dass du

mir einige Dinge erklärst, bevor wir in den Riad gehen. Du hast meinen Tag kräftig durcheinandergewirbelt. Du hast mich vom Weg abgebracht ..."

„Aber ich habe dich zu Gibril geführt", widersprach er.

Ich stimmte ihm zu, erklärte aber, dass das sein Verhalten nicht entschuldigen würde.

„Du bist ein Dieb und ein Lügner."

Seinen schwachen Versuch, zu protestieren, würgte ich ab.

„Ich habe dich von der Dachterrasse der *Maison de la Photographie* aus beobachtet. Der *Maison*, die deiner Aussage nach hätte geschlossen sein müssen."

Abdul blickte mich schweigend aus seinen großen braunen Augen an. Ich bekam fast ein schlechtes Gewissen, doch ich fuhr fort.

„Stehlen ist falsch. Weißt du das nicht? Du möchtest doch auch nicht, dass andere dich bestehlen, oder?"

„Bei mir gibt es nichts zu stehlen."

„Fatima?"

Abdul drückte die Ziege fest an sich und flüsterte: „Niemand stiehlt Fatima."

„Du bist nicht der einzige Dieb in Marrakesch."

„Diebe sind nicht herzlos!"

„Ach ..."

„Ich bestehle nicht jeden, nur die, die es haben und nicht brauchen. Die gar nicht merken, dass sie bestohlen wurden. Ich kann viel mehr mit ihrem Geld anfangen. Ich kann es denen geben, die nichts haben, gar nichts."

„Du gibst das Geld den Armen?"

„Ja. Aber ich selbst bin auch arm."

„Wie ist es mit Arbeit, das funktioniert doch überall auf der Welt?"

„Stehlen ist meine Arbeit."

„Aber es ist keine erlaubte Arbeit. Ich meine eine legale Arbeit, eine, die dich nicht ins Gefängnis bringt."

„Bin ich im Gefängnis?"

„Heute nicht. Vielleicht schon morgen oder übermorgen."

„Neunjährige kommen nicht ins Gefängnis."

„Dann kommst du in eine Anstalt für böse Kinder, wie auch immer sie in Marrakesch heißen mag."

„Ich würde fliehen."

„Um weiter zu stehlen?"

„Soll ich verhungern?"

„Verdiene dein Geld ehrlich. Lass dieses Stehlen!"

„Stiehlst du denn niemals?"

Der Kleine ging zum Angriff über. Doch ich hatte ein reines Gewissen.

„Nein."

Kaum gesagt, fielen mir die Worte eines Mitarbeiters ein. Er hatte mich „Dieb" genannt. Das war im letzten Sommer gewesen. Auf meine Frage, ob er seine Arbeit nicht statt am nächsten Tag noch am Abend fertigmachen könne, hatte er mit familiären Verpflichtungen argumentiert. Ein Grillfest. Ich hatte insistiert. Büro bis 22 Uhr. Kein Barbecue. Pech gehabt.

Am Tag darauf hatte er mich als Diebin bezichtigt.

Ich würde ihm Lebenszeit stehlen.

Weil er vier Stunden länger arbeiten musste?

Ein unschönes Gespräch, an dessen Ende ich ihm alle Lebenszeit der Welt geschenkt hatte.

Mia, die Lebenszeitdiebin. Nur weil ich meine Leute zu Höchstleistungen brachte? Nur weil ich Ziele setzte und Erfolge wollte? Nur weil ich den Schlendrian bekämpfte, wo immer ich ihn sah?

Herzlichen Dank.

Dieb – ein starkes Wort.

Und wenn ich ein Dieb war, dann waren ja wohl alle Führungskräfte mit ernsthaften Zielen Diebe. Der Bonus, den wir zahlen würden, die Aufstiegschancen, was waren die wohl wert? Karriere gegen Engagement und Erfolg. So lief es doch. Das war normal.

Jedenfalls war das, was Abdul tat, illegal. Und das, was ich tat, war legal.

Abdul redete und redete, während ich in Gedanken in Berlin war. Der Junge versuchte mir ausführlich zu erklären, wie wenig Geld er auf dem Platz verdienen würde, müsste er mit Schlangen, Affen oder Trommeln auftreten. Ich ließ ihn lamentieren.

Ein Gedanke schob sich mit Macht in mein Bewusstsein: Wie viele Verabredungen hatte ich abgesagt, weil ich arbeiten musste? Wie viel Lebenszeit hatte ich mir selbst gestohlen? Unwiederbringlich weggenommen. Obwohl ich etwas anderes lieber getan hätte?

Die Rechnung war einfach: nicht eine Stunde.

Mijo war mein Leben. Keine Einladungen zu Barbecues, die mich ablenkten. Keine Familie. Kein Lebenspartner mit Ansprüchen. Ich war straight.

Hier in Marrakesch brauchte man über Zeitdiebstahl nicht nachzudenken. Dieser Ort hatte keine Zeit. Hier waberte alles. Es hatte keinen Sinn, Zeit zu strukturieren. Pläne zu machen, als wäre man frei in seinen Handlungen.

Alles lief sowieso immer anders.

:::

„Hast du schon einmal jemandem Zeit gestohlen, Abdul?"

Der Junge blickte mich verdutzt an.

„Warum sollte ich? Zeit ist doch nichts wert."

:::

Ich entschied mich, das andere Thema anzugehen.

„Ist dir klar, dass es auch keinen guten Grund gibt, zu lügen?"

„Für mich schon."

„Ach ja. Warum hast du mich belogen mit der *Maison de la Photographie*? Warum hast du mir die Geschichte vom Bruder des Königs aufgetischt? So eine alberne Geschichte, das mal nebenbei, vollkommen unglaubwürdig."

Es sei doch nur ein Scherz gewesen. Er hätte mir lieber die Gärten hinter der Koutoubia zeigen wollen. Da hätte auch Fatima sich wohler gefühlt.

„Du lügst wohl nie?"

„So ist es."

„Ach ja, und wie ist das: Du hast mir heute Morgen erzählt, du hast die Kette von einem Händler gekauft, und jetzt erfahre ich, dass sie von Almaz ist. Ist das keine Lüge?"

Ich sah keinen Grund, das zu vertiefen. Er hatte recht und doch nicht recht. Er hatte mich ertappt.

„Gut", fasste ich zusammen, „ich sehe, du bist nicht einsichtig. Meine Eltern sind Lehrer. Sie würden jetzt so lange auf dich einreden, bis du brav wärst. Aber ich, ich bin liberal. Also bitte: Stehle weiter. Lüge weiter. Ist ja dein Leben."

Etwas überraschend antwortete er: „Vielleicht kann ich weniger lügen und stehlen. Wäre das ein Anfang?"

Ich sah in sein Kindergesicht und musste lachen.

:::

„Themenwechsel! Kannst du mir etwas erklären, bitte. Was hält Yaram, Gibril, Almaz und dich zusammen? Ich verstehe es nicht. Und dann würde ich gern wissen, warum es euch schon 1872 gab."

Abdul schob Fatima, die auf seinem Schoß schlief, vorsichtig auf den Boden. Sie erwachte kurz, riskierte einen Blick, sah, dass alles in Ordnung war und schlief gleich wieder ein.

„Wir gehören zusammen, weil unsere Väter und Mütter zusammengehört haben. Es ist eine Kette, verstehst du?"

„Eine Kette?"

„Ja, eine Kette von Menschen. Aber keine Familie, sondern zwei Paare: Mutter und Sohn. Bruder und Schwester. Wir tun die gleichen Dinge. Ich bin der Dieb. Mein Vater war ein Dieb. Der Vater meines Vaters war ein Dieb. Almaz heilt die Menschen mit ihren Umarmungen. So hat es ihre Mutter getan und die Mutter ihrer Mutter. Gibril steht in einer Reihe von Puppenspielern. Yaram in einer Reihe Hennamalerinnen. Sie alle haben die Wahrheit geschrieben."

„Wendezeit", flüsterte ich.

„Weißt du, was es bedeutet?"

„Nein."

„Du wirst es herausfinden."

„Die Fotos in der *Maison de la Photographie*, das seid also nicht ihr, sondern eure Vorfahren, richtig?"

„Davon gehe ich aus, mich lassen sie dort nicht hinein", sagte Abdul ungeduldig.

„Und jeder von euch hat eine besondere Eigenschaft. Und diese, nennen wir es ‚Gabe', wurde immer weiter vererbt durch die Jahrhunderte?"

Er nickte.

Ich fragte mich, was mir meine Mutter und meine Großmutter mitgegeben hatten. Was war meine besondere Eigenschaft? Besaß ich überhaupt eine? Vielleicht war ich einfach eine Frau ohne besondere Eigenschaften.

Ich habe einen hohen IQ, ich bin smart. Aber ist das so besonders? In meinem Umfeld gibt es viele smarte Leute. Den IQ meiner Großmutter und meiner Mutter kenne ich nicht. Mir scheint er unauffällig, weder im Guten noch im Schlechten.

Was bedeutet IQ, was sagt er wirklich über einen Menschen aus? Die Fähigkeit zur Problemlösung, zur Mustererkennung - wie wichtig ist sie wirklich? Ob Einstein auch Wert auf seinen IQ gelegt hat? Sind nicht Neugier, geistige Freiheit und Offenheit für das, was das Leben einem bringt, viel bedeutsamer?

Ich war immer fleißig. Unermüdlich. Auf Spitzenergebnisse fokussiert. Genau wie meine Mutter. In allem, was sie tat, wollte sie die Beste sein. Etwas, worin nicht die reelle Chance bestand, die Beste zu werden, das versuchte sie gar nicht erst. So war auch das Leben meiner Großmutter, einer Geschäftsfrau. Tüchtig hätte man sie vielleicht in ihrer Generation genannt.

Ich konnte mich so sehr fokussieren, dass alles um mich herum verschwand. Ich konnte die Welt über einer Tätigkeit vergessen. Mich vor ihr verschließen wie eine Auster. So hatte ich meine Mutter erlebt und meine Großmutter. Manchmal unerreichbar. Alex musste das für Autismus gehalten haben.

Wunderdinge konnte ich mit meinem Gabenset nicht vollbringen.

Menschen heilen.

Menschen in Puppen verwandeln.

Menschen über ihre dunkle Wahrheit aufklären.

Ich war ein normales Berliner Mädchen. Mami und Großmutter waren normale Berliner Frauen. Vielleicht ein wenig über normal.

Doch da fiel mir etwas ein, das mir wirklich besonders

schien. Zumindest auffällig. Es hatte mit uns zu tun, obwohl wir gar nichts dafür tun mussten. Menschen kamen auf uns zu. Wir alle drei mussten uns nur auf eine Bank setzen oder allein an einen Tisch im Restaurant und schon kam jemand dazu. Jemand, den wir noch nie zuvor gesehen hatten. Nur bei Mijo hatte das nicht funktioniert, vielleicht, weil ich die Chefin war.

Menschen fanden schnell Zutrauen zu uns. Mochten uns. Fühlten sich zu uns hingezogen. Obwohl wir alle drei eher still und introvertiert waren.

„Ja", fuhr Abdul fort. „Jeder von uns hat eine besondere Eigenschaft. So wird es erzählt. Ich bin ein neunjähriger Junge, ich weiß nur, was mir die anderen erzählt haben."

„Und deine Mutter hat dich verstoßen, weil ...?"

„... ihre Mutter ihren Sohn verstoßen hat."

„Das ist die lange Geschichte, die du im Café erwähnt hast?"

„Das ist sie. Ich kann sie auch länger erzählen, wenn du willst."

„Für heute habe ich genügend Geschichten gehört. Und alle klingen ein wenig wie 1001 Nacht."

„Was ist 1001 Nacht?"

„Das sind arabische Märchen."

„Willst du mich beleidigen?"

„Wie kann ich einen Dieb und einen Lügner beleidigen, indem ich das sage. Ich mache dir ein Kompliment."

„Die Geschichte ist wahr, alle erzählen sie."

Ich war in ein Märchenbuch getappt. In Marrakesch gab es versteckte Pforten in die Vergangenheit und ins Surreale. Man ging in Spuren. Man ging durch Märchen. Abduls Kinderlogik schien hier Common Sense zu sein. Das machte mich ratlos.

„Ich verstehe nicht, wie sie dich gefunden hat", sagte

Abdul plötzlich etwas zusammenhangslos.

„Du meinst Almaz? Der Zufall hat uns zusammengebracht."

„Es gibt keinen Zufall."

„Wenn nicht ich gekommen wäre, um sie zu retten, dann würde jetzt eine andere bei dir sitzen. Eine Claudia. Eine Fabia. Eine Linea. Eine Chloé. Eine Grace. Eine Ildikó."

„Sicher."

21

Nachdem ich durch die Holztür des Riads geschlüpft war, fühlte ich mich geborgen. Der Kellner brachte mir einen wunderbaren Salat mit Linsen. Dazu vertilgte ich jede Menge Brot und ein Stück Schokoladentorte. Seit dem Frühstück auf der Dachterrasse hatte ich kaum etwas gegessen.

Ich bekam wie selbstverständlich wieder mein Zimmer. Man bot mir an, meine Sachen aus dem Hotel zu holen. Ich stimmte zu. Als ich ins Bett ging, nahm ein Hausmädchen meine gesamte Garderobe entgegen, um sie über Nacht reinigen zu lassen.

Ich checkte meine Messages.

Jo fragte, ob wir uns in Starnberg oder Berlin treffen wollten. Er würde sich gern mit mir unterhalten.

Ich antwortete nicht.

Keine Nachricht von Ben. Offenbar immer noch sauer.

Keine Nachricht von Alex. Ich erkundigte mich über WhatsApp nach dem Projektfortschritt. „Bin dran“, antwortete er lapidar.

Ich fühlte mich so einsam, fast hätte ich Ben angerufen.

Ich hatte Gibril nicht überzeugen können, mir nach Starnberg zu folgen. Was hielt ihn nur in Marrakesch?

Omar und Carol waren die Einzigen meiner neuen Bekannten, die ich für vernünftig hielt. Almaz’ Freunde und wohl auch sie selbst – alles Märchenfiguren.

Noch drei Tage bis zum Rückflug.

:::

In der Nacht hatte ich einen seltsamen Traum.

Abdul stürzte in mein Zimmer und keuchte: „Fatima ist verschwunden. Einer der räudigen Diebe des Platzes hat sie gestohlen. Sie und alles, was ich …"

„… gestohlen habe? Dieb bestiehlt Dieb. Habt ihr denn keinen Ehrenkodex?"

„Los, zieh dich an und komm mit! Ich warte im Innenhof auf dich."

Auf dem Djemaa el Fna zeigte Abdul mit dem Finger auf einen Mann, der auf einem Kissen saß und uns beobachtete. Er sah aus wie Jo, verkleidet als Araber. Ich erschrak, als sich unsere Blicke kreuzten, doch er schien mich nicht zu erkennen.

Während Abdul mit entschlossenen Schritten zu ihm ging, sagte er zu mir: „Ich spreche Französisch mit ihm. Das heißt aber nicht, dass du dich einmischen sollst. Halt dich leicht hinter mir, bleib stumm, guck finster. Er wird dich für meine Mutter halten. Ich verhandle."

„Entzückend."

„Gib mir sofort zurück, was mir gehört!", sagte Abdul in scharfem Ton, die Hände in die Hüften gestemmt. Sein Blick war auf drei graue Koffer gerichtet, die neben dem Mann standen.

„Du bist ein Dieb, dir gehört nichts", erwiderte Jo.

Die gleiche Stimme. Es war Jo!

Ich sagte auf Deutsch zu ihm: „Jo? Verfolgst du mich?"

Die beiden blickten mich kurz fragend an.

Ich wiederholte meine Worte auf Französisch.

„Schhhh", machte Abdul.

Der Mann legte die Hand ans Kinn, genau wie Jo es immer tat. Er fragte: „Wer ist Jo?"

„Jo ist wohl ein anderer", entgegnete ich verwirrt.

Abdul rief: „Ich will meine Ziege! Sofort!"

„Es ist nicht deine Ziege, es war auch nie deine Ziege und es wird nie deine Ziege sein. Es ist meine Ziege."

„Du räudiger ... Wie kannst du behaupten, eine gestohlene Ziege sei deine Ziege?"

„Ich mache nichts anderes als du. Du glaubst doch nicht, dass ich mich von einem Dieb bestehlen lasse?"

„Auch du bist ein Dieb. Gib mir Fatima, meine Ziege, zurück."

„Siehst du hier eine Ziege?"

„Sie ist in einem der Koffer."

„Ach ja? Beweise es!", zischte der Mann, der sprach wie Jo und aussah wie Jo.

„Nichts leichter als das."

Abdul machte einen Schritt auf die Koffer zu, doch der Mann stoppte ihn.

„Wie kannst du es wagen, meine Koffer anzufassen?"

„Es sind meine Koffer. Und es ist meine Ziege, die in einem der Koffer eingesperrt ist."

„Angenommen, die Ziege wäre in einem dieser Koffer. Wie finden wir wohl heraus, in welchem?"

„Öffne sofort die Koffer, sonst stirbt sie, weil sie keine Luft mehr bekommt. Fatima!"

Keine Antwort. Fatima, falls sie sich in einem der Koffer befand, schwieg.

„Schuft! Lass mich die Koffer öffnen, dann werden wir es wissen", tobte Abdul.

„Nein. Nein", entgegnete Jo kopfschüttelnd. „Das wäre entschieden zu einfach. Die wahre Weisheit liegt doch darin, Dinge mit Hilfe unseres Verstandes oder unseres Herzens zu erkennen."

„Weisheit ist etwas für alte Männer. Ich bin jung. Ich will Fatima. Jetzt!"

Aus den Koffern war noch immer kein Laut zu hören.

„Schön gesagt, kleiner Freund. Aber nun gebe ich dir eine Gratislektion in Philosophie. Du musst die Ziege nicht stehlen. Du bekommst deine faire Chance. Weil ich dich und deine Mutter mag. Ihr seid mir einfach sympathisch. Setzt euch."

Deine Mutter? Bestimmt, schoss es mir in meinem Traum durch den Kopf, erkennt er mich nicht, weil ich einen Schleier trage. Ein seltsamer Gedanke, doch in meinem Traum war ich fest überzeugt von seiner Wahrheit. Auf einmal fühlte ich mich sehr stark.

Ich hielt das für einen guten Zeitpunkt, mich entgegen Abduls Anweisung in das Gespräch einzumischen, doch Abdul drückte mir die Hand auf den Mund.

„Es ist ein Gespräch unter Männern."

„Sehr richtig. Bitte verzeihen Sie, schöne Frau, diese Direktheit. Aber so ist es nun einmal."

Jo rutschte mit seinem Kissen etwas zur Seite und streckte seine Arme zu den Koffern aus. Dann begann Jo wie der Moderator einer billigen TV-Show zu einem imaginären Publikum zu sprechen.

„Willkommen auf dem herrlichen Djemaa el Fna, liebe Gäste. Einer von ihnen, dieser aufgeweckte kleine Junge, hat die Chance, heute Nacht eine Ziege zu gewinnen. Eine wunderbare marokkanische Ziege. Das glaubt zumindest dieser Junge. Doch in welchem der drei Koffer befindet sich die Ziege? Das ist die Frage!"

Während er sprach versammelten sich immer mehr neugierige Menschen um uns. Schon bald umgab uns eine Wand aus bunten Djellabas.

„So lassen Sie mich kurz die Spielregeln erläutern! Der Junge wählt einen Koffer und ich sage nicht, ob er richtig ist oder falsch. Nein, das tue ich nicht. Aber ich werde einen der anderen beiden Koffer öffnen. Er wird leer sein. Danach werde ich den Jungen erneut bitten, zu wählen. Bleibt er bei dem ursprünglich gewählten Koffer oder wird er sich für den anderen der drei Koffer entscheiden, der noch übrig ist."

Jetzt wendete er sich an Abdul.

„Bist du bereit, Junge?"

Abdul nickte kurz, sichtlich froh, dass die Vorrede ein Ende gefunden hatte.

„Also, welchen Koffer wählst du, Kandidat?"

Abdul wählte den linken Koffer.

„Eine gute Wahl", sagte der Mann. „Nun will ich dir einen der beiden anderen Koffer öffnen."

Jo erhob sich und tat so, als wenn er Zauberbewegungen über den Koffern machen würde. Ziemlich billiges Abrakadabra. Dann öffnete er den rechten. Der Koffer war leer, nur dreckige Unterwäsche, die er schnell beiseiteschob. Keine Ziege.

Das Publikum begann, aufgeregt zu diskutieren.

„So, die Spannung steigt und steigt. Hier stehen noch zwei Koffer, in denen sich die Ziege verbergen könnte. Bleibst du, Kandidat, bei deiner Wahl und entscheidest dich für den linken Koffer? Oder möchtest du vielleicht wechseln zu dem Koffer in der Mitte? Nimm dir Zeit, über diese Frage nachzudenken."

Das Publikum rief Abdul Tipps zu, doch er hielt sich die Ohren zu.

„Ich bleibe bei meiner Wahl", sagte Abdul.

„Bist du dir da sicher, Junge? Willst du vielleicht deine Mutter zurate ziehen? Es sei dir erlaubt."

Dieses Spiel kam mir bekannt vor. Ich hatte das Gefühl, es schon einmal gespielt zu haben. Ich konnte mich nur nicht erinnern, wo.

Ich flüsterte Abdul ins Ohr: „Warte, kleiner Mann. Ich bin

mir nicht sicher, ob das die beste Entscheidung war."

„Da stehen zwei Koffer", erwiderte er. „In jedem kann sie sein. Die Chancen sind gleich verteilt. Ein Koffer. Ein anderer Koffer."

„Ja, das scheint so, aber ..."

In diesem Moment fiel mir ein, woher ich die Ziegensituation kannte.

„... es stimmt nicht", flüsterte ich. „Es lässt sich nicht so einfach sagen. Auch wenn du es nicht glauben magst, aber Fatima ist sehr wahrscheinlich im mittleren Koffer."

Abdul blickte mich an, als wenn ich ihn verwirren wollte.

„Ich bleibe bei meiner Wahl", sagte er.

„Gut, junger Mann, so soll es sein. Dann werde ich jetzt den linken Koffer für dich öffnen."

Als Jo seine Hände an die Schlösser legte, war das Publikum mucksmäuschenstill.

„Nein!", schrie ich. „Nein! Wir nehmen den Koffer in der Mitte."

Jos Augen wanderten von Abdul zu mir und zurück.

„Ich spüre Uneinigkeit. Als verantwortungsbewusster Spielleiter will ich mir am Ende nichts vorwerfen lassen. Kommt bitte zu einer gemeinsamen Lösung."

„Ich bin der Mann!", schrie Abdul. „Ich entscheide!"

Ich lächelte nur und sagte: „Tu, was du tun musst, kleiner Mann. Aber lebe mit deiner Entscheidung, auch wenn sie falsch ist. Ich hoffe, Jo ist gut zu Fatima und führt sie nicht nach dem Ruf des Muezzins zum Schlachthof. Denn so schätze ich ihn ein."

Da huschte ein unsichtbares Grinsen über Jos Gesicht, und ich wusste, dass ich recht hatte.

„Ich", begann Abdul zögerlich, „ich entscheide mich für den mittleren Koffer."

Das Publikum tobte und tanzte, als Fatima sich aus dem

Koffer faltete. Sie schien zu erkennen, wer sie gerettet hatte, und drückte sich fest an mich.

Jo drückte Abdul die Hand.

Dann kam er zu mir und sagte: „Du hast mich gerade geschlagen, Mi."

:::

Als ich erwachte, war es noch dunkel. Es duftete nach Orangen, irgendwo sang ein Vogel.

Ich tastete mich durch mein Zimmer. Die Kachelwände waren real. Das Fenster war real. Das schlafende Marrakesch. Real. Mir war heiß, ich trank einen Schluck Wasser.

Ich fiel von einer Wirklichkeit in die nächste. Traum. Geschichte. Jetztzeit. Vergangenheit. Marrakesch. Berlin. Alles verschwamm.

Ich träume selten. Im günstigsten Fall Erotisches. Im ungünstigsten von schlechten Noten, die zu Hause zu beichten sind. In letzter Zeit manchmal von Marrakesch. Das verrückte Marrakesch.

Dieser Ziegentraum. Absurd und zugleich realistisch, so greifbar. Und doch war etwas ganz anders gewesen – ich selbst. Im Traum war ich ruhig und besonnen. Kühl. Klar. Klug. Entschlossen, ein Leben zu retten. Ich hatte in ein Glücksspiel eingegriffen. Ich hatte gewonnen.

Ich verglich die Mia im Traum mit der wirklichen Mia. Die Mia in Marrakesch war wie Abdul. Sie wollte mit dem Kopf durch die Wand, ohne das Spiel zu verstehen, in das sie geraten war. Keine Ruhe, keine Reflexion. Sie würde nach sechs Tagen wieder abfahren. Kein Erfolg? Alles versucht, Pech gehabt.

Die Mia in Marrakesch war wie die Mia in Starnberg und die Mia in Berlin.

Ohne Jo aufgeschmissen. Kein Mut für große Entscheidungen. Ohne Sofia aufgeschmissen. Kein Sinn für die richtigen Fragen. Ohne Carol aufgeschmissen. Kein Verständnis für das System. Die Mia im Traum war anders. Sie hatte all das überwunden. Sie gefiel mir.

Ich schloss meine Augen und spürte, wie Almaz' Lebenszeit verrann.

Endlich wusste ich, was zu tun war.

22

Ich ging zum Frühstücken in das *Café de France*.

Ich hatte mich aus dem Riad geschlichen, damit Omar, der gütige Omar, nicht wieder Abdul holte. Heute ein Tag ohne den Jungen.

Ich aß etwas Klebriges und trank dazu Espresso und Orangensaft. Die Sonne schien, der Platz wirkte fast leer. Ich saß an einem der kleinen Marmortische vor dem Café.

Carol trug eine dunkle Sonnenbrille und ein weißes Kleid.

„Good morning", sagte sie mit ihrem weichen Südstaatenakzent. „Ich habe mich über Ihre Message gefreut, auch wenn sie mitten in der Nacht kam."

„Entschuldigung, ich ..."

„Schon gut. Es ist schön, Sie wieder zu sehen, Mia. Ich sehe, Sie sitzen nicht mehr oben, sondern mitten auf dem Platz. Sie tragen eine Djellaba, und sie steht Ihnen gut. Sie haben nicht lange gebraucht, um anzukommen."

Carol lächelte.

Ich erzählte ihr die ganze Geschichte. Ich redete und redete.

Ich erzählte von Jo und Sarah. Von den Starnberg-Mails. Von ihrem Verrat.

Von dem alten Mann mit seinem Dackel und dem rätselhaften Gedicht.

Von der Leere und dem gezeichneten Ich.

Von Sofia. Ihren Fragen und Anspielungen. Den Meditationen.

Von Dr. Glüsenkamp, dem schrecklichen Pfeifen im Ohr, der Schwärze.

Von meiner Heilung, ob durch Wunder oder ärztliche Weitsicht.

Von meinen Eltern und ihrer Manie, jeden Tag zum Zeugnistag zu machen.

Von Ben und seinem Maserati und seinem Ausflug nach Starnberg.

Von Almaz und Taye und den Nachmittagen im Garten im Haus am Hang.

Von dem bösen Blut.

Von Almaz' Bitte und dem großen Missverständnis.

Von Abdul und Fatima, von Yaram und Gibril. Von Marrakesch, das bei näherer Betrachtung zum Märchen zerrann.

Von der Arabeske auf meinem Arm. Von dem Wort.

Von der Kette, meinem Talisman.

Von dem Wohlgefühl, als ich zum ersten Mal in meinem Leben eine Djellaba trug.

Von der Freude, mit dem Moped durch die Souks zu jagen.

Von der göttlichen Musik in dem kleinen Laden.

Von der Angst, am Ende eines Puppenspiels auf dem Djemaa el Fna gesteinigt zu werden.

Von dem Sternenhimmel über Marrakesch.

Von meinem Ziegentraum.

Von dem Glücksgefühl, als Gibril meine Hand nahm und mich durch die Gassen führte.

Von seinen schwarzen Augen.

Von seinen schön geschwungenen Lippen.

Von der großen Sorge, dass er mir nicht folgen würde.

Von der Angst, dass es mir nicht gelingen würde, Almaz' Leben zu retten.

:::

Der Kellner brachte uns unaufgefordert Espressi und Saft und noch mehr klebriges Gebäck. Er steckte den bettelnden Kindern Geld zu, damit sie mich nicht unterbrachen mit ihren Litaneien.

Carol rauchte und schwieg. Golden schimmerte der Platz im Sonnenlicht.

„Mia", sagte sie, nachdem ich fertig war, „vielleicht ist es gar nicht so schwierig, wie Sie glauben."

Dann erzählte sie mir, was sie an meiner Stelle tun würde. In diesem Moment liebte ich sie. Jeden anderen hätte ich ausgelacht, wenn er diese Worte gesagt hätte. Aber Carol glaubte ich. Ich wusste kaum etwas von ihr. Sie war eine Fremde, doch an diesem Morgen in Marrakesch war sie mir näher als alle anderen Menschen auf der Welt.

:::

Als Yaram auf dem Djemaa el Fna erschien, zahlte ich und ging zu ihr. Sie musterte mich schweigend und tat so, als wäre sie mit ihrem Henna beschäftigt. Jasminduft umgab sie. Die Djellaba leuchtete rot im Sonnenlicht.

Jedes Mal, wenn ich sie sah, musste ich aufs Neue staunen, was für ein schönes Wesen sie war. Die weiche Zeichnung ihrer Konturen. Die vornehme Schwermut der dunklen Schatten unter den Augen. Die vollen Lippen.

„Ich würde gern mit dir reden, Yaram."

„Heute passt es mir nicht, ich erwarte Kunden. Und du, reise endlich ab."

„Das werde ich bald. Aber vorher muss ich noch mit dir reden."

„Ich muss Geld verdienen, ich bin nicht hier, um zu reden. Das können sich nur Touristen wie du erlauben, die den ganzen Tag träumen."

„Hier sind 1000 Dirham für eine Stunde deiner Zeit."

„Ich brauche dein Geld nicht. Und was sind wohl 1000 Dirham für mich? Nichts. Ich bin eine Künstlerin. Ich habe den tiefen Blick. 1000 Dirham sind gar nichts."

1000 Dirham waren knapp 100 Euro. Der Stundenlohn eines Softwareentwicklers in Berlin.

Ich sagte: „In Deutschland ist das viel Geld."

„Nicht für mich. Nicht für mich", erwiderte sie mit theatralischen Armbewegungen.

„Gut. Dann eben nicht. Ich habe dir ein großzügiges Angebot gemacht. Du findest mich im *Café de France*, wenn du es dir anders überlegen solltest."

Ich drehte mich um und ging.

Sie rief mir nach: „Du brauchst nicht zu warten. Ich komme nicht. Nicht für 1000 Dirham. Gib mir 2000 Dirham, dann überlege ich es mir vielleicht."

Ich ging einfach weiter, als wenn ich sie nicht gehört hätte.

:::

Alle Tische waren besetzt. Der Kellner lächelte, als er an mir vorüberging, und sagte: „Nur etwas Geduld. Zehn Minuten. Freunde von Carol sind meine Freunde."

Ich sah bewusst nicht in ihre Richtung, während ich auf den Tisch wartete.

Erst als ich mich setzte, drehte ich wie zufällig meinen Kopf. Sie war verschwunden.

„Die bekommst du mit Geld", hatte Carol gesagt.

Vielleicht, dachte ich, hatte Carol Yaram falsch eingeschätzt. Oder mein Gebot war zu niedrig gewesen. Sie musste kommen! Der ganze Plan würde nur funktionieren, wenn sie kam.

„Sie werden erwartet“, sagte der Kellner zu mir. „Am dritten Saftstand, sehen Sie.“

:::

„Gib mir erst das Geld“, zischte sie.

„Hier ist die Hälfte. Die andere Hälfte bekommst du, wenn das Gespräch vorüber ist.“

Sie zog mir gierig die Scheine aus der Hand und blickte mich aus kalten Augen an.

„Ich würde dir gern ein paar Fragen stellen.“

„Du verstehst nichts. Nichts.“

„Ich war gestern Abend deine Stellvertreterin. Ich habe gefühlt, was du gefühlt hast.“

„Schhh. Alles nur Theater, ein Puppenspiel. Du verstehst nichts.“

„Genau. Daher die Fragen. Was hat es mit dieser Kette auf sich?“

„Es ist meine Kette. Sie gehört mir. Verstehst du das?“

„Warum habe ich die Kette und nicht du?“

„Sie wurde mir gestohlen. Almaz, dieses Luder!“

„Dann nimm dir doch die Kette zurück.“

Ich beugte mich vor. Sie musste nur den Verschluss öffnen und die Kette nehmen. Ihre kunstvoll bemalten Finger näherten sich meinem Hals, doch sie zitterten in der Luft, als wäre die Kette von einem unsichtbaren Schutzschild umgeben.

Ich musste schmunzeln. Dieses Operettenhafte gefiel mir. Jede Begegnung mit Yaram wurde zum Drama.

„Gib sie mir“, zischte sie. „Gib sie mir sofort. Sie ist mein.

Ich habe sie von meiner Mutter. Meine Mutter hat sie von ihrer Mutter. Es ist unsere. Es ist meine."

„Du kannst sie dir nicht nehmen, obwohl du eine so starke Frau bist?"

Sie bebte am ganzen Körper und wiederholte in Befehlston die Worte: „Gib. Sie. Mir."

„Du meinst, nur ich kann die Kette abnehmen? Wie schade. Almaz hat mir die Kette geschenkt. Ich werde sie ihr zurückschenken, nachdem ich sie gerettet habe. Du bist selbst schuld, du hättest sie ihr nicht geben dürfen."

„Es war Diebstahl", schrie sie gedämpft.

Ich glaubte es ihr gern. Alles um die Kette schien nur auf Einbildung zu beruhen. Almaz hatte einfach den Aberglauben ignoriert und die Kette entwendet. Yaram dagegen war ganz und gar in ihren Halluzinationen gefangen.

Wie würde Dr. Glüsenkamp diese interessante Frage beantworten? „Jeder Zauber, Frau Seitz, beruht auf Glauben und nicht auf Hypothesen, die falsifiziert werden. Kennen Sie denn Ketten, die Zauberkräfte haben? Die gab es vielleicht in ihrer Kindheit. Aber welcher Gegenstand hatte da keine Magie? Jetzt sind Sie erwachsen und die Welt ist längst entzaubert. Sie sind eine gestandene Unternehmerin, Ihnen muss ich das doch nicht erklären."

„Placebo?", hätte ich vielleicht eingewandt.

„Manchmal", hätte Dr. Glüsenkamp vielleicht gesagt, „manchmal versetzt der Glaube Berge."

Zu schade, dass ich die beiden nicht miteinander bekannt machen konnte.

Yaram schien sich geschlagen zu geben und setzte sich mit ihrem Becher Orangensaft auf den Boden. Ich setzte mich zu ihr.

„Warum steht ‚Wendezeit' auf meinem Arm?"

„Warum? Warum? Weil das Henna es so wollte."

„Was heißt das?"

„Es heißt, dass du umdrehen und sofort nach Deutschland zurückgehen sollst."

„Oder heißt es vielleicht Wendezeit für dich? Für Abdul? Für Gibril?"

Yaram tat so, als hätte sie nichts gehört.

„Du schreibst immer die Wahrheit?"

„Ich bin unbestechlich. Wer die Lüge will, ist bei mir falsch."

„Gibt es denn nur eine Wahrheit?"

„Wie viele glaubst du denn: vier, fünf, hundert? Ein Mörder ist ein Mörder. Eine Frau, die ihren Mann betrügt, ist eine Betrügerin. Henna ist Henna. Eine Rose ist eine Rose. Ich bin ich. Du bist du."

Was würde Dr. Glüsenkamp zur Wahrheitsfrage sagen? „Es ist doch alles Unsinn, liebe Frau Seitz. Diese Dame ist hysterisch. Sie hört mit Sicherheit eine Menge an Gerüchten, an Klatsch und Tratsch. Sie prophezeit, was ihr geflüstert wurde. Wie alle Wahrsager. War das denn jemals anders gewesen? Der Rest ist Psychologie. Stehen die Worte erst einmal auf dem Arm, verhält sich das arme Opfer entsprechend. Und falls nicht, war eben das Henna falsch gemischt, die Sterne standen ungünstig, Migräne störte die Hellsichtigkeit."

Wo war nur die Wahrheit? Ich wusste immer weniger, was ich glauben sollte.

„Wie oft hast du helle und positive Wahrheiten auf Finger, Hände und Arme geschrieben?"

„Niemals. Ich schreibe nur die verborgene Wahrheit. Die dunkle Wahrheit."

„Und was passiert dann?"

„Jeder kann es lesen. Die Wahrheit steht für sieben Tage auf dem Körper geschrieben. Einige können sie verdecken und niemand erfährt die Wahrheit. Andere werden verstoßen oder erhängen sich. So ist das Leben."

„Und das geht seit Generationen so? Du und alle Frauen vor dir in der Reihe, ihr fördert die dunkle Wahrheit, wie du es nennst, ans Licht?"

„Ist das so schwer zu verstehen?"

„Bist du jemals auf die Idee gekommen, auf deinen eigenen Arm zu schreiben?"

„Schhh!"

„Warum? Es wäre doch interessant, was da steht. Steht da ‚Wahrheit'. Oder steht da ‚Betrügerin'?"

„Du wagst es ...?"

„Warum habe ich als deine Stellvertreterin Almaz angegriffen?"

„Das war nur ein Puppenspiel. Keine Bedeutung."

„Warum willst du, dass Gibril unbedingt in Marrakesch bleibt?"

„Weil er hierher gehört. Das ist sein Platz in der Welt. Sein Vater war hier. Der Vater seines Vaters."

„Du lügst! In Wirklichkeit willst du, dass er hierbleibt, weil du ihn liebst. So wie deine Mutter Gibrils Vater geliebt hat. Und die Mutter ihrer Mutter den Vater von Gibrils Vater."

„Du weißt nicht, was du redest!"

„Du weißt, dass es stimmt. Du weißt, was das Henna auf deinen Arm schreiben würde. Du kennst das Wort. ‚Heuchlerin' würde da stehen. ‚Heuchlerin.' Du bist falsch. Du sagst es ihm nicht, weil du Angst hast, dass er dich zurückweist. Weil du weißt, dass er dich nicht liebt. Aber du kannst nicht von ihm lassen."

„Ich, ich werde dich ..."

„Erstechen? Wer weiß, mit wem du das schon gemacht hast? Mit mir wirst du es nicht tun. Nicht hier, nicht jetzt.

Siehst du, wer da hinten steht und uns beobachtet? Du kannst sicher sein, dass Abdul es Gibril erzählen wird. Vielleicht wird es auch einer der Menschen oder der verdeckten Polizisten auf diesem Platz sehen, dann endest du als Gefängnisblume."

Sie bebte und starrte mich hasserfüllt an.

„Woher kennen wir uns, Yaram?"

„Keine Fragen mehr!"

„Ich war hier. Du hast es gesagt, da unten im Gefängnis, im El Badi Palast."

„Das Gespräch ist beendet."

„Eine letzte Bitte, Yaram. Ich will ihn noch ein einziges Mal sehen. Nur ein Gespräch mit Gibril. Wenn er danach mit nach Deutschland kommt, habe ich gewonnen. Wenn nicht, ist er dein. Ich reise ab und komme nie wieder zurück."

Da lächelte sie siegessicher.

„Komm heute Abend in die *Ali Baba Lounge*. Und gib mir jetzt meine restlichen 500 Dirham."

23

Abdul war mir seit heute Morgen wie ein Schatten gefolgt. Ich hatte so getan, als ob ich ihn nicht sehen würde. Ich hatte ihm verboten, mich heute zu treffen, weil er sonst wieder meinen Tag zu seinem Tag gemacht hätte.

Jetzt tat er mir leid, wie er hinter dem Gewürzstand lauerte. Neugierig, was Yaram und ich besprochen hatten.

Ich ließ ihn warten. Blieb einfach auf dem Boden sitzen, genau da, wo Yaram mich verlassen hatte.

Das Gespräch mit ihr war verlaufen wie erhofft. Ich zitterte bei dem Gedanken, sie schon einmal getroffen zu haben. Hier, in Marrakesch. Vor einer langen Zeit.

:::

„Mama?"

„Mia, du bist es. Es ist schön, deine Stimme zu hören, aber können wir nicht später telefonieren. In wenigen Minuten beginnt mein Unterricht."

„Waren wir jemals in Marrakesch?"

„Mia, nein, wir in Marrakesch ... du weißt doch, wo wir waren."

„Mutter, es ist wichtig. Ich würde gern wissen, ob ich als Kind mit euch in Marrakesch war."

„Du kannst es dir doch selbst beantworten."

„Nein, das kann ich nicht. Meine ersten Lebenserinnerungen setzen erst mit vier Jahren ein. Da gibt es dieses Bild, wo ich neben deinem Fahrrad stehe und lächle. Und du hältst meine Hand. Papa hat uns beide fotografiert."

„Wo ich diese schreckliche Lady-Di-Frisur trage. Ach, Mia. Jetzt lass mich bitte in die Stunde gehen."

„An die Zeit davor habe ich keine Erinnerungen. Ich könnte auf dem Mond gewesen sein und es nicht mehr wissen. Oder besser: Es nie gewusst haben."

„Was soll das jetzt? Ich habe wirklich keine Zeit."

„Ich frage noch mal: War ich als Kind in Marrakesch?"

„Aber du bist ja ganz aufgeregt. Lass uns doch ein anderes Mal über deine Kindheit sprechen. Am besten, du besuchst uns, du warst ja lange schon nicht mehr ..."

„Aber ich muss es jetzt wissen, weil es jetzt wichtig für mich ist. Bitte sag mir: War ich als Kind in Marrakesch?"

Meine Mutter schwieg. Ich hörte sie atmen. Sie klang wie ein gehetztes Tier.

Ich blickte auf die Füße, die an mir vorübereilten. Am liebsten hätte ich meine Mutter geschüttelt. Die Wahrheit, einfach nur die Wahrheit.

„Wir waren dort. Papi. Du. Ich."

Mir fiel das Handy aus der Hand. Ich hatte plötzlich keine Kraft mehr.

„Was ist passiert? Wo bist du Mia, wo bist du?", rief meine Mutter. „Was sind das für Stimmen?"

Ich konnte nicht antworten. Keine Luft.

„Mia, meine kleine Mia, sprich mit mir", flehte meine Mutter.

„Hier bin ich wieder, Mama. Es geht mir gut. Bitte erzähl weiter."

„Wo bist du?"

„In Marrakesch."

„Was tust du dort? Wie kommst du nach ..."

„Ich lese Spuren, Mama. Und jetzt erzähl bitte endlich. Erzähl mir von unserer Reise nach Marrakesch."

„Mia ... es ist mir alles zu viel. Ich werde jetzt in den Unterricht gehen. Ich rufe dich an, wenn ich zu Hause bin.“

:::

Irgendwann winkte ich Abdul. Er kam mit Fatima und setzte sich zu mir. Er hielt meine Hand. Ich hatte ihm zu verstehen gegeben, nicht zu sprechen. Fatima lag zwischen uns. So schwiegen wir. Um uns herum tanzte das Leben.

:::

Zeit verging. Stunden? Minuten? Ich konnte es nicht sagen.

Als wir uns wieder erhoben, lag Brot bei uns. Eine Tajine stand dort. Eine Kanne Tee mit zwei Gläsern. Orangensaft. Möhren für Fatima. Der Platz sorgte für seine Besucher. Ich musste einen Kloß im Hals runterschlucken. Wir aßen schweigend, und die Menschen wirbelten um uns herum. Niemand berührte uns. Einige grüßten freundlich.

„Wird er mit mir kommen?“

„Ich weiß es nicht. Ihr Einfluss ist sehr stark.“

„Ich habe Angst.“

„Liebst du ihn?“

„Ich ... weißt du denn, was Liebe ist?“

„Als ihr euch die Hände gegeben habt, hätte ich euch alles stehlen können. Auch eure Kleidung, ihr hättet es nicht gemerkt.“

„Er ist so anders.“

„Du bist anders.“

„Warum hasst sie mich?“

„Sie ist die schönste Frau auf dem Platz.“

„Und?“

„Du bist sehr schön.“

„Nichts im Vergleich zu ihr. Kein Grund zur Eifersucht."

„Ich bin nur ein neunjähriger Junge, aber ..."

„Schon gut, jetzt bloß keine Komplimente. Sie liebt dich in Wirklichkeit. Da kannst du dir sicher sein."

„Es sieht nicht danach aus."

„Es ist so. Vertraue mir. Willst du meinen Traum hören? Er handelt von dir und Fatima."

:::

Nachdem ich zu Ende erzählt hatte, fragte er: „Woher wusstest du, dass Fatima im mittleren Koffer war?"

„Weil ich so schlau bin, kleiner Mann."

„Nenn mich nicht kleiner Mann!"

„Oh, Pardon."

„Woher wusstest du, dass Fatima in dem mittleren Koffer war?"

„Wahrscheinlichkeitsrechnung. Das lernst du später in der Schule."

„Schule?"

:::

„Mia", hörte ich plötzlich eine schrille Stimme. „Mia Seitz ... tatsächlich."

Ich blickte nach oben und sah ein älteres Paar. Beide distinguiert gekleidet. Gepflegte Erscheinungen. Ich konnte sie nicht zuordnen. Die Frau beugte sich ein wenig vor und nahm ihre Sonnenbrille ab. Schwarz geschminkte Augen, goldene Riesenohrringe, Hollywoodgebiss, ein dunkelroter Lippenstiftmund.

„Du bist doch Mia? Sieh mal, diese schöne Araberin, sage ich zu Erwin, mal sehen, was sie zu verkaufen hat. Und als ich näher komme … Das gibt es ja nicht! Wo ist denn Ben?"

Ben. Das war schon mal ein guter Hinweis.

„Regine", sagte sie. „Regine und Erwin." „Wir haben auf dem Bundespresseball an einem Tisch gesessen. Wir sind gute Freunde von Ben. Du hast mit Erwin getanzt …"

Erwin hielt genügend Abstand, damit keiner auf die Idee kommen würde, er habe etwas mit mir zu tun. Wer weiß, vielleicht wartete ja ein Bekannter von Erwin und Regine auf der Dachterrasse des *Café de France* oder in einem der anderen zwei Cafés am Djemaa el Fna. Vielleicht würde er Fragen stellen, die Erwin nicht gern beantworten wollte.

Ihr kennt Leute, die hier auf dem Boden sitzen? Hier? In Afrika? Mit all dem Ungeziefer, den Schlangen und Affen und Eseln und Mopeds und diesen aufdringlichen Männern und den vermummten Frauen und den ewig bettelnden Kindern. Interessanter Bekanntenkreis, ich muss schon sagen, Erwin. Da hätte ich Regine und dich doch etwas anders eingeschätzt.

Irgendwie konnte ich Erwin gut verstehen. Er war ein Spießer. Er hätte mich niemals angesprochen, auch wenn wir mal zusammen getanzt hatten. Er wäre vorübergegangen und hätte sich still gewundert.

Regine war anders. Lebhaft und laut. Überextrovertiert.

Sie hatte mich erkannt, gerufen und nun suchte sie nach der adäquaten Begrüßungsgeste. Das Ergebnis hatte etwas verzweifelt Heiteres.

Regine streckte mir ihre Hand gerade so weit entgegen, dass ich sie im Sitzen nicht erreichen konnte. Ich wollte mich erheben, doch ich hielt inne. Wollte ich wirklich aufstehen, um mit ihr auf Augenhöhe zu sein? Sie konnte doch ebenso gut zu uns herunterkommen. Und wenn sie sich nicht setzen wollte, dann sollte sie zumindest so beweglich sein, sich etwas zu bücken. Unsere Hände trafen sich nicht.

Es fehlten wenige Zentimeter.

Erwin nickte unmerklich. Es schien ihm nicht nur peinlich zu sein, hier zu stehen, er musste sich nach dieser missglückten Begrüßung bestätigt sehen. Warum tat Regine das nur immer wieder: So auf Menschen zugehen? Kam doch nichts bei rum.

„Ja“, entgegnete ich zögerlich, „ich bin Mia.“ Die Erinnerung an den Presseball kam nur langsam zurück. Verschwommen. An jenem Abend hatte ich mir leicht überhöhte Leistungsziele beim Champagnerkonsum gesetzt. Anders hätte ich diesen selbstzufriedenen Menschenschlag nicht ertragen.

Ich sagte: „Das war doch ein lustiger Abend, oder?“

„Und ob! Wo ist denn nun Ben?“

„Er ist nicht hier, ich bin allein in Marrakesch.“

„Allein? In dieser wilden Stadt?“

Sie musterte Abdul und Fatima.

„Und wer ist dieser junge Mann und dieses ... Tier? Warum sitzt ihr am Boden?“

Ich blickte zu Abdul. Er lachte. Regine schien ihm zu gefallen.

Sie schüttelte den Kopf. „Weiß Ben, was du treibst?“

Sie sprach jetzt mit einer Stimme, aus der sie Kälte und Arroganz nicht mehr raushalten konnte.

„Wie kannst du hier im Schmutz sitzen zwischen all den Menschen – wie eine ...“

„Bettlerin?“

„Nein ... ich ...“

„Wie kannst du mich mit deinen albernen deutschen Maßstäben beurteilen, Regine? Was willst du hier in Marrakesch? Dich überlegen fühlen?“

Dieses seltsame Geräusch. Als wenn jemand eine Luftmatratze aufpumpen würde. Das war wohl Schnappatmung.

Wie hätte ich reagiert, wenn ich mich hier vor drei Tagen zufällig hätte sitzen sehen? Hätte ich es verstanden? Mich dazugesetzt? In den Staub, das Gewimmel, den Hexenkessel?

„Regine", lenkte ich freundlich ein. „Ich möchte dir gern Abdul und Fatima vorstellen. Die beiden wollen euch jetzt etwas zeigen, was noch nie zuvor auf dem Djemaa el Fna vorgeführt wurde. Fatima ist eine große Tänzerin und sie wird jetzt nur für euch tanzen. Für dich und deinen Erwin."

Regine tat sich immer noch schwer mit dem Atmen, aber sie blieb.

Ich erklärte Abdul kurz die Situation. Währenddessen parierte Regine Erwins Fluchtimpuls mit einem blitzartigen Griff nach seiner Hand.

Fatima sprang zu den Rhythmen der Trommeln, die nebenan geschlagen wurden, über den Platz. Die Menschen blieben stehen, hypnotisiert von der tanzenden Ziege. Einer spielte, inspiriert von Fatimas Tanz, eine orientalische Flöte. Als das Tier sich mit einem Knicks verneigte, regnete es Geldstücke vor unsere Füße.

Regine und Erwin stand die ganze Zeit über der Mund offen. Mir schien, sie kämpften damit, die tanzende Ziege mit der Mia im schwarzen Abendkleid zusammenzubringen, die sie aus Berlin zu kennen glaubten. Ich bat sie am Schluss der Vorstellung um eine kleine Spende, doch Regine griff sich Erwin und rauschte ab.

Ich gab Abdul ein Zeichen, und er folgte ihnen, während ich das Geld zusammensammelte und es einem Bettler gab.

:::

„Ich dachte, du verachtest Diebstahl", sagte Abdul, als er mir stolz seine Beute zeigte.

„Vergiss es."

„Waren das Freunde von dir aus Deutschland?"

„Vergiss es."

„Ich muss gleich gehen, Fatimas Tanz hat sich rumgesprochen. Meine Frist läuft ab."

„Reicht deine Beute nicht, um sie zu kaufen?"

„Vielleicht."

„Worauf wartest du?"

„Auf die Erklärung. Mit welchem Zauber hast du Fatima gerettet in deinem Traum? Wie hieß das Wort, Wahrschein...?"

„Es hieß Wahrscheinlichkeitsrechnung. Es ist kein Zauber."

„Ein schweres Wort. Woher wusstest du, dass Fatima in dem mittleren Koffer war?"

„Einfach gesagt: In der ersten Runde war die Wahrscheinlichkeit für alle Koffer ein Drittel, also gleichmäßig verteilt. In der zweiten Runde blieb sie für den linken Koffer bei einem Drittel, für den mittleren erhöhte sie sich auf zwei Drittel."

„Das klingt interessant. Und woher wusstest du, in welchem Koffer Fatima war?"

„Habe ich dir doch gerade erklärt. Ich wusste es nicht. Ich hatte nur eine Vermutung. Natürlich hätte ich falsch liegen können."

„Hast du aber nicht."

„Es war nur ein Traum."

„Es war dein Traum. Fatima und ich kamen vor. Also war es auch unser Traum. Und du hast uns gerettet mit deiner Klugheit. Das freut uns."

„Es ist manchmal gar nicht so leicht zu sagen, wer wen gerettet hat. Vielleicht habt ihr ja auch mich gerettet."

„Ach."

„Wann wird Gibril kommen?“

„Bald.“

„Bitte richte ihm etwas von mir aus. Ich muss jetzt telefonieren und gehe ins *Café de France.*“

24

„Zum ersten Mal in meinem Leben habe ich mir nach der Schule ein Glas Rotwein eingeschenkt, Mia. Endlich ist das Zittern verschwunden."

„Es wird uns besser gehen, wenn du es erzählt hast, Mami. Wir wollen keine Geheimnisse mehr haben."

„Nun gut ... Als du drei Jahre alt warst, machten dein Vater und ich eine Bildungsreise nach Marokko. Es war eine furchtbare Reise. Wir taten alles, um sie zu vergessen."

„Was war passiert?"

„Unsere Reise", fuhr sie zögerlich fort, „begann in Marrakesch und sie endete dort. Wir besuchten die Königsstädte und die Wüste. Wir waren am Meer. Dinge gingen schief. Es war, als wenn über der Reise ein böses Omen schweben würde. Ich kann mich gar nicht mehr an alles erinnern."

„Mama, bitte versuche es."

„Es begann damit, dass wir dich am ersten Tag mit einer Nanny im Zimmer ließen und auf diesen großen Platz gingen. Sie nannten ihn La Place, an den arabischen Namen kann ich mich nicht erinnern. Djemaa ..."

„... el Fna. Djemaa el Fna."

„Genau. Es war ein buntes Treiben. Schlangenbeschwörer mit ihren orientalischen Flöten. Bimmelnde Wasserverkäufer. Wahrsagerinnen, die Eier nach der Zukunft befragten. Zahnärzte mit Gläsern voller gelber Zähne. Verrückt tanzende Feuerspucker. Gewürzverkäufer, von denen nur die Köpfe zwischen Bergen von Safran und

Paprika zu sehen waren. Saftstände mit Hunderten Orangen und Mandarinen. Affen, die Purzelbäume schlugen."

Sie machte eine Pause. Ihr Atem ging wieder schneller.

„Während dein Vater an einem Gewürzstand feilschte, stand ich allein und sah mich um. Da kam eine Frau auf mich zugelaufen. Sie trug einen roten Kaftan. Ehe ich mich wehren konnte, schob sie meinen Ärmel hoch und begann mit geschlossenen Augen auf meinem Arm ein Muster zu malen, das sich von meinem Zeigefinger den Arm hochrankte. Es war sehr schön, aber ich hatte Angst vor ihr. Sie wollte viel Geld und beschimpfte uns, weil wir ihr weniger gaben. Mein Arm brannte furchtbar. Papa machte Späße.

Als wir im Hotel zu Abend aßen, sprach mich ein Kellner auf die Malerei an. Ich schob meinen Ärmel hoch, um ihm das ganze Kunstwerk zu zeigen, da erschrak er.

Ich fragte ihn, was denn los sei. Da sagte er, ob ich der Schreiberin diktiert hätte, was dort geschrieben stand. Diktiert? Ich wusste nicht, was er meinte. Ich war plötzlich sehr aufgeregt und drängte ihn, mir zu verraten, was auf meinem Arm geschrieben war.

Dort stand ein Wort: Wendezeit."

„Bist du sicher, Mama?" Meine Stimme zitterte.

„Ja, das bin ich. Da stand Wendezeit. Wir wussten nicht, was das Wort zu bedeuten hatte. Es war so unheimlich.

Am nächsten Morgen fuhren wir weiter. Die Reise verlief voller Zwischenfälle.

In der Wüste hatte das Auto eine Panne und unsere Reisegruppe musste dort übernachten. Die ganze Nacht schlich etwas um unser Zelt, ein Wesen, das uns Angst machte. Wir hielten dich zitternd im Arm und beteten. Ein Schatten von einem Tier, dachten wir. Aber wir spürten, das war kein Tier, sondern ... etwas Böses schlich um unser Zelt.

Am nächsten Morgen taten wir es als Einbildung ab und

versuchten, über unsere Dummheit zu lachen.

An der Küste, ich glaube, die Stadt hieß Essaouira, hatte ich eine Fischvergiftung. Dein Vater machte mit dir eine Bootsfahrt und geriet aus heiterem Himmel in stürmische See, sodass er fürchtete, unterzugehen. So etwas wäre ihm noch nie passiert, sagte der Kapitän.

In Fès verloren wir den Anschluss an die Gruppe, es war in einem Labyrinth von Märkten. Mit viel Glück fanden wir hinaus und hatten die ganze Zeit das Gefühl, verfolgt zu werden, ohne dass wir unsere Verfolger je erkennen konnten. Sie trugen Kapuzen, ihre Köpfe waren zur Brust geneigt. Keine Gesichter. Sie folgten uns auf Schritt und Tritt. Durch Zufall trafen wir die Gruppe wieder und waren erleichtert.

Die letzte Etappe war schließlich wieder Marrakesch. Wir erreichten die Stadt am Abend, gingen früh zu Bett und wollten am nächsten Nachmittag abreisen. Du schliefst bei uns im Zimmer. Das Hotel war billig. Es hatte einen seltsamen Namen. Es hieß *Kismet*. Schicksal.

Die Bediensteten wirkten schlitzohrig, ich traute mittlerweile niemandem mehr.

Als ich am Morgen erwachte und dich zu uns ins Bett holen wollte, warst du fort. Es war noch vor Sonnenaufgang, der Muezzin hatte mich geweckt. Mein leichter Schlaf. Du warst fort. Ich wurde auf der Stelle ohnmächtig. So fand mich dein Vater, geweckt von einem Geräusch, als ich den Vorhang mit zu Boden riss, an dem ich mich festhalten wollte.

Ich war nie zuvor ohnmächtig geworden. Das ist eher die Sache deines Vaters. Aber jetzt lag ich am Boden, weil ich den Blick ins leere Kinderbett nicht aushalten konnte.

Der Nachtportier holte die Polizei. Alles ging so langsam und lustlos. Ich hatte große Angst um dich und fürchtete, ich würde dich nie wiedersehen. Dein Vater tröstete mich, aber auch er war verzweifelt. Der Führer unserer Reisegruppe fragte, ob du vielleicht Schlafwandlerin wärest.

Keiner hatte eine Erklärung.

Zwei Stunden später warst du plötzlich zurück. So leise gekommen, wie du gegangen warst. Wir bemerkten dich erst gar nicht, so verwirrt waren wir. Du kamst an der Hand eines arabischen Mädchens, etwas älter als du. Menschen sagten später, ihr kamt von der anderen Straßenseite.

Du warst gesund. Es schien dir gut zu gehen. Wir waren so glücklich, dich wieder bei uns zu haben, dass wir das arabische Mädchen ganz aus dem Blick verloren. Als wir uns bedanken wollten und fragen, was vorgefallen war, war das Mädchen fort. Einfach verschwunden.

Wir fragten dich, wo du warst, was passiert war. Entweder du wusstest es nicht oder du wolltest es nicht sagen. Du hast nur gelächelt – dein schönes Lächeln! – und sechs Worte wiederholt, immer wieder, du hast sie auf eine seltsame Art gesungen, etwas von Rosen und Schnee.

Der ganzen Vormittag verbrachten wir auf der Polizeistation, füllten Formulare aus. Dann ließen sie uns zum Flughafen fahren. Ich glaube, man unterstellte uns, vor allem mir, nicht gut genug auf dich aufgepasst zu haben. Die Ermittlungen wurden eingestellt.

Du konntest dich an nichts mehr erinnern, wie eine Schlafwandlerin, die alles vergisst, nachdem sie erwacht ist. Eine Sache war merkwürdig, und die Polizei wollte sie vertuschen. Du hattest eine Bisswunde an deinem Arm. Schlange, sagten die Beamten. Kobra."

„Das Zeichen", schrie ich leise.

„Was meinst du, Mia?"

„Es ist nicht wichtig. Erzähl weiter. Ich muss das Ende hören."

„Unmöglich, unmöglich, schüttelten sie ihre Köpfe. Niemand überlebt das. Schon gar kein Kind. Und wäre es eine entgiftete Kobra gewesen, hätte sich die Wunde sofort entzündet, sagten sie.

Injektionswunden, erzählten wir dir später. Seitdem hast du Angst vor Nadeln.

Es tut mir so leid, aber wir konnten ... es war alles so verrückt, so vollkommen verrückt.

Die sechs Worte stammten aus einem Gedicht von Gottfried Benn. ‚Ob Rosen, ob Schnee, ob Meere, was alles erblühte, verblich. Es gibt nur zwei Dinge: die Leere und das gezeichnete Ich.'

Wie waren diese Worte zu dir gelangt?

‚Nur zwei Dinge' gehörte zum Schulstoff, Weltschmerzlyrik nach 1945. Vielleicht hatte ich es zu Hause bei der Vorbereitung für den Unterricht einige Male vorgetragen. Aber wie konntest du dir mit drei Jahren ausgerechnet diese Worte merken? Es blieb ein Rätsel.

So beschlossen dein Vater und ich, dass diese Reise nie stattgefunden hatte."

„Mami", schluchzte ich, „ich wünschte, ich wäre jetzt bei dir. Du fehlst mir."

„Du fehlst mir auch, mein Schatz. Wirst du mir sagen, warum du mich anrufst, um mir diese Frage zu stellen?"

„Ja, das werde ich. Nicht heute, aber sehr bald. Ich muss jetzt auflegen."

Eine kleine Pause entstand. Wir beide atmeten. Keine von uns legte auf, wir hielten nur die Telefone in der Hand und warteten. Ein Film, in dem jemand die Pausentaste gedrückt hatte.

„Mia?", flüsterte meine Mutter.

„Ja."

„Seitdem ... seit diesem schrecklichen Vorfall ... hatten

wir Angst um dich. Wir wollten dich behüten, dich immer in unserer Nähe haben. Wir begannen, Türen zu verschließen. Argwohn schlich sich in unsere Gedanken. Wir sahen überall Gefahren für dich. Wir zogen einen engen Kreis und sagten uns: So kann sie lernen und die Beste werden. Fokus. Konzentration. Keine Ablenkungen. So hat es meine Mutter mit mir gemacht. Und aus mir ist doch auch etwas geworden."

:::

Der Kreis von Menschen wurde größer und größer. Sie lachten. Johlten. Applaudierten. Von der Dachterrasse des *Café de France* sah ich die Aufführung wie von einem Logenplatz im Theater. Bis hier oben spürte ich die Magie. Schon bevor das Puppenspiel begann, bekam ich eine Gänsehaut.

Gibril eröffnete das Schauspiel mit Tanz und Gesang. Arme schnellten in die Höhe. Doch Gibril wählte niemanden aus. Er selbst stellte an diesem Abend die Puppen auf.

Er wählte zwei Mädchen und einen Jungen. Sie standen nicht wie die Puppen gestern Abend. Sie spielten miteinander. Da war noch etwas, um das sie herumtanzten. Ich konnte es nicht erkennen. Es lag am Boden.

Dann öffnete sich die Menschenmenge wie ein Reißverschluss und der Junge zog von ganz außen ein Mädchen in den Kreis. Es war blond und blass. Die Eltern wollten dem Kind folgen, doch die Menschenmenge schloss sich hinter Abdul und dem Mädchen wieder. Sie riefen den Namen ihrer Tochter: „Clara! Clara!"

Die beiden anderen Mädchen saßen am Boden. Sie begrüßten das Mädchen. Die Menge hatte keine Angst vor Claras Blondheit. Es war ein harmloses kleines Mädchen.

Jetzt erkannte ich, was dort lag. Es war eine Kobra. Sie erhob sich, ihr Gesicht war auf Höhe der Kindergesichter.

Die Zuschauer hielten den Atem an. Auch auf der Terrasse des *Café de France* war es still. Die Gäste standen an der Brüstung und starrten hinunter.

„Clara! Clara!" Nur die Eltern riefen verzweifelt den Namen ihres Kindes. Die Stille, sie hielten die Stille nicht aus. Ihre Tochter war dort unten gefangen in einem Kreis, in einer Erzählung, die sie nicht kannten. Niemand half.

Ich bildete mir ein, das Zischen der Schlange zu hören.

Es ist nur ein Puppenspiel, sagte ich mir. Nur ein Puppenspiel. Es wird niemandem etwas geschehen.

Eins der beiden Mädchen ging jetzt zu Clara und zog sie zu der Schlange. Clara folgte.

Vielleicht hatte sie die Schlange gar nicht gesehen. Vielleicht wusste sie nicht, dass eine Kobra ein gefährliches Tier war. Vielleicht glaubte sie, dass ihr nie etwas Böses geschehen würde.

Die Zunge der Schlange tastete den Körper des Mädchens ab.

Die Menge schien zu verschmelzen. Da war nur noch ein Wesen, das sich um das Puppenspiel gelegt hatte. Die Eltern des Kindes versuchten verzweifelt, sich in die Mitte des Kreises zu ihrer Tochter zu kämpfen. Doch das Wesen war undurchdringlich.

Plötzlich schien Clara Angst vor der Schlange zu bekommen. Sie wich zurück, stolperte. Die Schlange schnellte vor, als sie am Boden lag.

Ein Schrei aus dem Publikum. Die Schlange zog sich zurück, gefolgt von dem Mädchen, das das Unheil herbeigeführt hatte. Clara lag stumm am Boden und rührte sich nicht. Ein Weinen hob an. Ein Klagen. Ein Jammern. Auch der Junge rührte sich nicht. Er schien erstarrt. Da ging das andere Mädchen zu der am Boden liegenden Kleinen. Sie kniete sich hin, hob Clara hoch und umarmte sie.

Rauch von den Essensständen zog über das Schauspiel. Niemand sprach. Das Wehklagen hing in der Luft wie ein Chorgesang aus einer fremden Welt. Die Zeit stand still.

Endlich erwachte Clara wieder. Sie drehte langsam den Kopf, schien nicht zu wissen, wo sie war. Sie erhob sich und ging zu dem Jungen. Auch er schloss Clara in seine Arme.

Ein Geschrei, ein Gejubel, das sich von der Mitte des Kreises wie eine Welle nach außen bewegte.

Tosender Applaus. Der Kreis öffnete sich langsam und entließ Clara zu ihren Eltern, die sie glücklich in ihre Arme schlossen. Sie riefen nach der Polizei, doch niemand schien es zu hören.

Die Darsteller verbeugten sich. Der Muezzin begann zu rufen. Alle schwiegen und beteten. Ich beobachtete Gibril. Er wirkte erschöpft. Ich rauchte eine Zigarette.

Die Menschen auf der Terrasse unterhielten sich atemlos über das Schauspiel. Sie wirkten fasziniert und zugleich abgestoßen. Die armen Eltern. Das arme Kind. Die Schlange. Unverantwortlich. Dieser grausame Platz. Ein Platz der Toten. Der abgehackten Köpfe. Ein Platz der Gaukler und Diebe. Ein Moloch.

Ich schrieb Carol eine Message und ging.

:::

Abdul wartete in einer Seitenstraße.

„Warst du der Junge?“

„Ja, der war ich.“

„Du weißt, von wem die Geschichte handelte?“

„Ich habe dich erkannt, als ich dich in den Kreis holte. Dich als Kind.“

Ich musste weinen.

„Wenn ich ein Mann wäre, würde ich dich heiraten“, sagte er und reichte mir ein schmutziges Taschentuch.

Ich drückte ihn fest an mich.

„Kennst du das Hotel *Kismet*?“

„Das Hotel gibt es nicht mehr. Es ist jetzt …“

„… lass mich raten. Es ist jetzt ein Museum, richtig?“

„Ja.“

„Bring mich bitte in die *Ali Baba Lounge*.“

25

In der *Maison de la Photographie* brannte kein Licht. Vor der Tür schlief ein Bettler.

Die Lounge befand sich schräg gegenüber. Abdul sagte, er würde in der Gasse auf mich warten. Ganz gleich, wie lange es dauern würde.

Ich schlüpfte durch die Tür.

An den Wänden brannten Kerzen. Von oben hörte ich leise Musik und Stimmengewirr. Ich war allein im Treppenhaus. Da hingen Porträts von Männern und Frauen. Gesichter wie gezeichnet. Blicke aus der Tiefe. Kein Lachen. Spuren von Heiterkeit in sanften Grübchen. Sprechende Falten um die Augen. Neben den Porträts hingen kurze Texte.

Erst ignorierte ich die Worte. Doch die Treppen schienen kein Ende zu nehmen, und mir kam es bald so vor, als wenn all die Blicke der Menschen auf den Fotos auf mich gerichtet wären und auch die Texte mich meinten. Ich begann zu lesen.

Ein Mann mit einem Kamel.

„Oh Wanderer, der du diesen Weg gehst, ich habe vor dir über das Schicksal gegrübelt. Mir schien, als rufe es schon nach mir. Wo bleibst du, Yusuf? Ich erwarte dich. Darum, Wanderer, sorge für deine Seele."

Eine Frau auf einem Kissen.

„Oh Wanderer, sieh meine Schönheit und die Schätze, die mich schmücken. Bald werde ich vom Staub verzehrt werden, und meine Schätze werden andere schmücken. Darum, Wanderer, sorge für deine Seele."

Ein Bettler am Wegesrand.

„Oh Wanderer, mein ganzes Leben war nur eine Täuschung. Kaum füllten sich meine Taschen mit Geld, so gehörte es schon bald wieder einem anderen. Darum, Wanderer, lass dich niemals blenden vom Glanz der Welt und sorge für deine Seele."

Ein Jugendlicher mit seinem Pferd.

„Wer wird wohl meiner noch gedenken? Ich war der Sohn des mächtigen Königs, dann kam der Tod, und ich stieg aus meiner Herrlichkeit in die niederste Wohnung. Darum, Wanderer, sorge für deine Seele."

Eine verschleierte Frau.

„Wo sind die großen Kaiser und ihre Reiche? Alle haben die Erde verlassen, als wären sie nie gewesen. Und was nutzten ihnen ihre Truppen und ihre Paläste? Alle sind sie Staub. Darum, Wanderer, sorge für deine Seele."

Eine Spinne.

„Diese Welt gleicht einem Spinnennetz. In ihr ist kein Bleiben, alles vergeht darin. Oh Wanderer, lass dich von deinen schönen Tagen, Stunden und Augenblicken nicht verwirren und sorge für deine Seele."

Ein Friedhof.

„Sieh uns alle an und lass dich nicht blenden. Bedenke dein Ende, eh du vergehst. Du wirst wie wir bald ein Fraß der Würmer sein. Verblichen sind die Rosen auf unseren Wangen. Immer näher rückt auch bei dir der Tod, bereit, dich jeden Augenblick zu überfallen. Darum, Wanderer, sorge für deine Seele. Bedenke dein Ende, bevor du vergehst."

Ich blieb vor dem letzten Bild stehen und schloss die Augen.

Ich wiederholte in Gedanken immer wieder den gleichen Satz: „Almaz, du wirst leben."

:::

Ali Baba Lounge und Shisha Bar stand auf der Holztür. „Rette deine Seele."

Mich begrüßten arabisch gefärbte Club Sounds, eine glänzend weiße Bar, eine Kissenlandschaft und fast nur Einheimische. Die meisten rauchten Shisha.

Ich fand Gibril und Yaram in einer Ecke. Als ich mich setzte, stand Yaram auf und ging. Sie sprach kein Wort mit mir. Auch Gibril schwieg und verzog keine Miene.

Ich entschied mich, die Stimmung zu ignorieren.

„Ich habe Ihr Puppenspiel heute von der Dachterrasse des *Café de France* aus gesehen. Es war beeindruckend. Ich hatte die ganze Zeit über Gänsehaut."

„Ach", sagte er teilnahmslos.

„Was war das für ein Stück? Es kam mir bekannt vor."

„Sie waren sehr jung damals. Können Sie sich erinnern?"

„Nein ... ich fühlte es nur während Ihrer Aufführung. Bitte erzählen Sie es mir."

„Wollen Sie es wirklich hören?"

„Ja, ich will. Und ich wünsche mir, dass wir uns von jetzt an duzen, bitte. Ich bin Mia."

Er sah mich zum ersten Mal an, seitdem ich die Dachterrasse betreten hatte. Sein Blick zog mich in längst vergangene Zeiten. Ich musste mich an die Wand anlehnen.

„Was darf ich Ihnen bringen?", fragte der Kellner und lächelte freundlich.

„Wie wäre es mit einem Martini?"

„Es tut mir sehr leid, aber wir schenken keine alkoholischen Getränke aus."

„Wie schade. Dann wohl Pfefferminztee."

Gibril setzte sich neben mich. Auch er mit dem Rücken

an der Wand. Während er redete, blickte er zu Boden, als wenn er dort die Geschichte ablesen würde.

„So hören Sie …"

„Ich bin Mia", unterbrach ich ihn.

„Also gut, Mia. Es war ein schöner Sommerabend. Almaz, Yaram und ich hatten uns auf das Dach geschlichen, um zu spielen. Yaram hatte eine Kobra bei sich. Die Schlange häutete sich gerade. Ihre Augen waren weiß wie Milch.

Almaz und ich hatten großen Respekt vor der Schlange. Yaram hatte vor nichts Angst, sie spielte mit der Schlange wie mit einer Katze.

Auf einmal standst du in der Tür zur Dachterrasse. Du gingst ganz normal, aber du schienst zu schlafen. Natürlich konntest du unsere Sprache nicht sprechen. Wir vermuteten, dass du aus dem Hotel *Kismet* kamst, das auf der anderen Seite der Gasse lag. Da, wo sich jetzt die *Maison de la Photographie* befindet.

Almaz wollte dich zurückbringen. Aber Yaram fand es amüsant, mit dir zu spielen. Mit dir und der Schlange. Du hattest keine Angst vor dem Tier. Du warst noch sehr klein.

Da veränderte sich das Spiel. Die Schlange wurde aggressiver. Du fielst hin. Sie schnappte nach dir, als du am Boden lagst. Alles ging sehr schnell.

‚Lasst uns fortlaufen', rief Yaram. ‚Man wird uns ins Gefängnis stecken.'

Sie lockte die Kobra in den Korb und rannte die Treppen hinunter. Almaz und ich blieben. Du hattest erst geschrien. Doch deine Stimme war vom Ruf des Muezzins übertönt worden. Jetzt warst du ganz still.

Almaz richtete deinen Oberkörper auf und schloss dich in ihre Arme. Sie wiegte dich. Sie sang Lieder. Sie wiederholte immer wieder: ‚Du wirst leben. Du wirst leben.'

Die Sonne war längst aufgegangen, da erwachtest du

wieder. Unten auf der Straße herrschte große Unruhe. Polizei stand vor dem Hotel *Kismet*.

Nachdem du wieder erwacht warst, nahm Almaz dich bei der Hand und brachte dich zurück zum Hotel. Bevor du gingst, umarmte ich dich, so wie Almaz dich umarmt hatte. Ich drückte dich fest an mich, glücklich, dass du am Leben warst.

Nie zuvor hatte sich ihre Gabe gezeigt. Wir wussten nur, dass unsere Mutter diese Gabe besaß. Und dass die Mutter ihrer Mutter sie besessen hatte.

Ich spähte über die Brüstung der Dachterrasse. Deine Mutter schloss dich ganz fest in ihre Arme, als wollte sie dich nie wieder loslassen. Die Menschen umringten euch. In diesem Moment achtete niemand auf Almaz, nicht einmal die Polizei."

:::

„Sie hat mir das Leben gerettet", flüsterte ich. „Almaz hat mir das Leben gerettet. Und jetzt ist sie zu mir gekommen, damit ich sie zurückrette. Wie auch immer sie mich gefunden hat."

Mir fiel Jos Message ein. Eine Frau von der Behörde hätte versucht, mich zu sprechen. Hatte Almaz nicht gesagt, sie wäre in Berlin gewesen, bevor sie nach Starnberg gekommen war. Hatte sie mich aufgespürt?

„Warum hat Almaz mir nicht gesagt, dass wir uns kennen? Sie hat es mir die ganze Zeit lang verschwiegen. Kein Wort."

„Meine Schwester ist eine sehr stolze Frau. Ich bin sicher, sie hat gehofft, dass du dich ohne Hilfe an sie erinnern würdest."

„Wie sollte ich? Ich war so jung damals!"

„Ihr habt euch auch so getroffen. Ihr seid Freunde geworden."

„Ja. Gibril, bitte komm mit mir. Übermorgen fliege ich zurück. Komm mit mir. Rette deine Schwester! Rette Almaz!"

„Woher weißt du, dass ich sie retten kann?"

„Almaz sagt es. Die Ärzte sagen es."

„Die Ärzte haben sie schon einmal gerettet. Wie kann sie ihnen glauben?"

„Sie hat keine Wahl. Ohne Ärzte, ohne dich ist sie bald tot."

„Ich verstehe. Aber ich gehöre hierher. Ich wurde geboren, um hier zu leben und hier zu sterben. Hier ist mein Ort in der Welt."

„Gibril, ich verstehe nicht, warum ich dich holen muss. Es wäre alles viel einfacher, wenn sie wieder nach Marrakesch kommen würde. Aber aus irgendeinem Grund war das für deine Schwester keine Option."

„Ich kann mir denken, warum."

„Ich würde es gern wissen."

„Es geht nicht nur darum, Almaz zu retten."

„Sondern?"

„Dich. Du bist hier, weil sie dich retten will."

„Mich? Das macht doch gar keinen Sinn. Absurd."

„Ich weiß, aber es muss so sein. Marrakesch heilt dich. Deine Seele."

„Rette deine Seele", flüsterte ich.

„Genau. Ali Baba wollte nur Reichtum. Er beraubte Räuber. Erst spät dachte er an seine Seele."

„Ich bin hier, weil ich meine Seele retten muss? Es klingt nicht sehr glaubhaft. Aber angenommen, es wäre so. Wie konnte Almaz es wissen?"

„Sie ist eine Heilerin. Sie spürt, was du brauchst."

Ich tat so, als wäre mir Rauch ins Auge geraten und wischte die Tränen fort.

Ich wollte ihn fragen, ob er schon einmal daran gedacht habe, dass die Kobra entgiftet gewesen war. Dass ich nur einen Schock erlitten hatte und in den Armen von Almaz aufgewacht war, so wie ich in den Armen von jedem anderen Menschen auch aufgewacht wäre. Es erschien mir auf einmal furchtbar kleinlich.

Wo war nur die Wahrheit? Ich konnte sie nicht sehen.

Die sterbenskranke Almaz gab ihrer deutschen Freundin, die sie nicht einmal wiedererkannt hatte, eine Mission, die alle beide heilen würde – Almaz und die Freundin. Wenn es misslingen würde, wären beide verloren. Ich fand das wenig wahrscheinlich.

„Bitte, Gibril, folge mir nach Deutschland. Für mich sieht es nach wie vor so aus, als wäre ich hier, um Almaz zu retten. Ich werde mich um alles kümmern. Ich werde auf dich aufpassen."

„Ich gehöre hierher."

„Du kannst doch gleich wieder zurückgehen."

„Kann ich?"

„Ich werde alles dafür tun. Wie kannst du zögern?"

Er schwieg.

„Wie kannst du deiner Schwester nicht helfen wollen? Gibril, komm mit mir. Ist es wegen ihr, dass du zögerst, wegen Yaram?"

„Ich gehöre hierher. Nach Marrakesch. Das ist mein Ort in der Welt. Mein Vater war hier und der Vater meines Vaters. Meine Freunde sind hier."

„Liebst du sie?"

„Ich bin dazu bestimmt, alleine zu leben."

„Ach, ich vergaß. Das ist immer wieder der Grund? Bedeutet Leben denn, in vorgezeichneten Spuren zu gehen?"

„Ja."

„Aber wie entsteht ein neuer Gibril, dein Sohn, dein Nachfolger?"

„Brauche ich dafür Liebe?"

„Du glaubst, wir alle sind umstellt von Familie, von Vätern und Müttern, von Tradition, von engen Stadtmauern. Eine geschlossene Welt, der wir nicht entkommen können. Und wir tun die gleichen Dinge, wie unsere Vorfahren. Wir leben ihr Leben noch einmal, so wie sie das Leben ihrer Vorfahren noch einmal gelebt haben. Die ewig gleiche Aufstellung."

„Du sagst das, als wenn es etwas Verbotenes wäre."

„Nein, nicht verboten ... nur so feige."

Er schwieg. Ich kochte.

„Das ist doch nur eine Ausrede. Du willst nicht für dich selbst entscheiden. Du hast Angst zu leben."

„Habe ich?"

„Leben heißt doch, seinen eigenen Weg zu finden. Auch wenn es noch so schwer ist manchmal. Aber du, du manipulierst andere. Das ist deine Rolle. Du inszenierst jeden Abend ein Drama und lässt Menschen zu Puppen werden."

„Manipulieren?"

„Du lässt sie Stücke aufführen. Du weißt nicht, wie sie sich fühlen. Du siehst sie nicht, die Eltern, die wahnsinnig vor Angst außerhalb des Kreises stehen und um ihr Kind fürchten. Du willst nur die Unterhaltung. Der Kreis soll weinen, soll lachen, soll gebannt den Atem anhalten. Das ist es. Du bist ein Schausteller. Nicht anders als die Schlangenbeschwörer, die Affendompteure, die Tänzer, die Trommler ... Am Ende des Abends sammelst du Geld in einer Schale. Je mehr, desto erfolgreicher."

„Ich stelle die Menschen auf oder ich lasse sie aufstellen. Was sie tun, das kann ich nicht beeinflussen."

„Das ist eine Lüge: Du manipulierst die Menschen. Du bist ein Manipulator. Du zwingst ihnen Dinge auf. Du raubst ihren Willen. Du sagst, sie suchen sich ihre Rollen aus, aber wie kannst du das wissen?"

„Weil sie es tun."

„Erklären Sie ihm, dass es sich dabei um Massenhypnose handelt", hörte ich Dr. Glüsenkamp flüstern. „Ein Phänomen, das große Politiker hervorragend beherrschen. Erklären Sie ihm, dass es keine Gabe braucht, um das zu leisten. Das ist eine Technik. Erlernbar. Alle Wunder dieser Welt lassen sich rational erklären. Los, sagen Sie ihm das?"

Ich wusste genau, was Gibril antworten würde. Er würde sagen: Die Magie sei real, seit Hunderten von Jahren. Doch die Wissenschaft, das moderne Forschen und Folgern sei so überaus unglaubwürdig. Hatte die moderne Medizin etwa Almaz gerettet? Das hatte sie nicht. Nichts anderes würde er sagen.

„Ich wurde beschimpft, bespuckt, bedroht. Das habe ich mir nicht ausgesucht."

Ich merkte, dass ich nicht auf dem besten Weg war, um ihn für mich zu gewinnen. Doch ich hatte mich in Rage geredet und konnte nicht stoppen.

„Du gehst in Spuren, aber damit du in Spuren gehen kannst, müssen andere dir folgen.

Du bist nicht anders als die selbstgerechte Yaram. Ihr seid abstoßend. Menschenverachtend. Nur Almaz ist eine gute Seele. Sie hilft den Menschen. Ihr dagegen seid Schausteller. Puppenspieler. Wahrsager. Ihr greift in das Leben von Menschen ein und denkt euch nichts dabei. Denn dafür seid ihr auf der Welt. Glaubt ihr."

„Wir ..."

Ich ließ ihm keine Chance.

„Es ist falsch! Falsch! Falsch! Almaz ist die Einzige, die

erkannt hat, dass ihre Gabe mehr wert ist. Yaram und du, auch ihr könntet den Menschen helfen. Doch ihr seid Gaukler. Wie eure Vorfahren. Alle beide. Ich verachte euch."

Kein übler Monolog, gratulierte ich mir in einer Atempause. Doch die Chancen, dass Gibril mir nach Deutschland folgen würde, hatte er nicht unbedingt erhöht.

Gibril hatte mich die ganze Zeit ruhig aus seinen schwarzen Augen angesehen. Er legte seinen Arm um mich und zog mich zu sich.

Wie aus einem anderen Universum drangen Fetzen von Musik zu mir. Ein sanftes Rauschen.

Ich war wie betäubt von seiner Schönheit. Ich spürte seine Angst. Und seine Lust. Er legte eine Hand auf meine Wange und drückte seine weichen Lippen auf meine. Ich war ein Kind. Der erste Junge, der mich je umarmt hatte, küsste mich. Und ich küsste ihn zurück, als wenn es nichts mehr geben würde, was mich im Leben hielt. Auf der Dachterrasse, wo alles begonnen hatte.

:::

Ich kann nicht sagen, wie lange sie schon am Tresen gestanden hatte. Als wir uns wieder voneinander lösten, sah ich Yaram. Sie rührte sich nicht. Sie starrte uns an. Sie weinte.

Gibril zuckte zusammen, als er sie sah.

„Ich werde mit dir nach Deutschland gehen", sagte Gibril, als er sich erhob. „Ich werde dich morgen früh abholen."

26

„Er wird mitkommen“, sagte ich zu Abdul. „Lass uns ein bisschen laufen, ich kann noch nicht schlafen.“

Schweigend bummelten wir durch die Straßen von Marrakesch.

Ich dachte an Gibril. In irgendeiner Illustrierten hatte ich einmal gelesen, dass die erste Liebe immer die bedeutendste Liebe bleibt.

War er meine erste Liebe gewesen? Konnten dreijährige Kinder schon lieben?

Er muss fünf oder sechs Jahre alt gewesen sein. In seinem Gedächtnis war alles präsent. Bei mir keine Spuren unserer Begegnung, nur bilderlose Gefühle.

In diesem Augenblick war ich glücklich. Glücklich, weil wir gemeinsam Almaz retten würden. Glücklich, weil ich wieder das kleine Mädchen sein konnte, das ich einmal gewesen war.

Zu diesem Zeitpunkt war ich voller Zuversicht. Ich verschwendete keine Sekunde an nächste Schritte. Ich trieb im Hier und Jetzt. Und wollte nirgendwo anders hin.

:::

Ich atmete die Düfte der Gewürzstände ein, lächelte den alten Männern mit den Handkarren zu, ließ mir von einem Händler einen Schal umlegen.

„200 Dirham, weil Sie es sind, gnädige Frau. So schön, dieses Blau zu Ihrer hellen Haut.“

Er war ein Schmeichler. Selbst das störte mich nicht.

Abdul winkte ab und zog mich beiseite. Er flüsterte: „Viel zu teuer, lass uns weitergehen."

Ich wandte mich wieder dem Mann zu.

„Wie ist es mit 150 Dirham?"

Er blickte mich an wie ein dummes Kind.

„Dieser Schal ist handgewebt. Sehen Sie dieses Material?" Der Schal glitt durch seine Finger, bevor er wieder den Weg um meinen Hals fand.

„180 Dirham, so weit möchte ich Ihnen entgegenkommen."

Ich wollte einschlagen, froh, so schnell zehn Prozent gespart zu haben.

Der Händler grinste und begann, den blauen Schal zu verpacken.

„Schhhh!" Abdul zupfte an mir.

„Du kannst vielleicht Fatima im Traum retten, aber handeln kannst du nicht. Lass es mich tun. Ich spreche auch Französisch mit ihm, damit du siehst, wie es geht."

Er erklärte dem Händler, dass ich ihm die Verhandlungsführung übertragen hätte. Ein dunkler Schatten huschte über dessen Gesicht.

„Sie kennt sich in unserer Währung noch nicht aus, sie ist neu hier. Wir geben dir gern 18 Dirham."

Der Händler schlug die Hände über dem Kopf zusammen und jammerte, als wenn man ihn zum Schafott führen würde.

„18 Dirham? Höre ich recht: 18 Dirham? Für diesen Schal? Wie kannst du es wagen, mir diesen Preis vor den Augen einer Dame vorzuschlagen. Er ist unanständig."

„Wie lautet dein Angebot?", entgegnete Abdul galant.

„Wer sagt denn, dass ich ein Angebot mache? Vielleicht will ich euch den Schal gar nicht mehr verkaufen."

„Doch, du willst."

„Nun gut, ich will heute großzügig sein und auf den ursprünglich von der Dame verlangten Preis eingehen. 150 Dirham. Dieses Angebot zeugt von meinem Edelmut und dem Wunsch, der Dame eine Freude zu machen."

Er lächelte .

Fast hätte ich genickt. Wir hatten den Preis, den ich wollte. Doch Abdul schien ein anderes Ziel zu verfolgen.

„Wir danken dir für dein Entgegenkommen. So wollen auch wir Entgegenkommen zeigen. 30 Dirham."

Der Händler schimpfte arabisch und riss sich einige Haare aus dem buschigen Bart.

Es ging eine Zeit lang hin und her in dieser Sprache und ich musste staunen, wie standfest der kleine Abdul blieb.

Ich hatte Geld. Er hatte gerade genügend Geld gestohlen. Um Geld schien es hier nicht zu gehen.

Jetzt wurde aus dem hinteren Teil des Ladens ein Mann herbeigerufen. Man trug ihm die Differenzen vor. Er schien so eine Art Schlichter und man beugte sich seinem Urteil.

„Gib ihm 70 Dirham", sagte Abdul.

Der Händler reichte mir lächelnd die Tüte mit dem Schal.

:::

„Zu teuer", schimpfte Abdul, während wir durch die abendlichen Souks bummelten.

„Er wollte 200, wir haben 70 bezahlt. Abdul, du bist großartig!"

„50 Dirham. Das wäre der richtige Preis gewesen."

„Das ist ..."

„Genau: ein Viertel. So läuft es bei uns."

„Du meinst: Alle hier werden übers Ohr gehauen?"

Er lachte: „Was denkst du denn? Ich hätte ihn vielleicht auf 40 gekriegt, aber da du mit 150 Dirham eingestiegen bist, war das unmöglich."

„Nicht so schlimm, Abdul. Ich hätte den Schal auch für 180 Dirham genommen."

„Da hätte sich der Händler gefreut."

„Wenn schon. Ich habe das Geld. Warum soll ich es ihm nicht geben?"

„Du bist eine Frau. Es hat wenig Sinn, das zu erklären."

„Wie bitte?"

„Lass mich ein Beispiel nennen: Weißt du, was ein Esel bei uns kostet?"

„Nein, woher?"

„Schätze!"

„1000 Dirham."

„Glückstreffer. Aber weißt du auch, was ein weiblicher Esel kostet?"

„1000 Dirham?"

„Höchstens 800."

„Wie bitte? Das heißt ja ..."

„Genau das heißt es. Und damit ist ja wohl alles gesagt."

Der chauvinistische Balg mit der Ziege trottete neben mir her, guckte links, guckte rechts, sprach Leute an, die uns in der Gasse entgegenkamen. Das Gespräch war für ihn beendet.

:::

Ich war allein auf der Dachterrasse und beobachtete Palmen, die sich im Winde wiegten. Der frische Wind tat gut. Morgen würden wir den Flug nach Deutschland buchen.

Ich stellte mir vor, wie ich Gibril in Almaz' Krankenzimmer bringen würde. Ein bisschen stolz und überglücklich, dass ich ihre Hoffnung erfüllt hatte. Wie sie lächeln würde. Ihr zaghaftes Lächeln. Der kleine Kopf. Die wilden Haare. Die warmen Augen. Wie ich sie in meine Arme schließen und fest an mich drücken würde.

Ich dachte daran, wie ich mich ins Flugzeug nach Berlin setzen und dem Mijo-Horror entgegenfliegen würde. Seitdem ich in Marrakesch war, ging die Entschlüsselung der STA-Mails keinen Schritt weiter. Was war nur los?

Ich sagte mir: Bleib kühl, Mia. Im schlimmsten Fall wirst du die Firma verlieren. Im günstigsten Fall wirst du sie zurückgewinnen. Alles schien noch möglich.

:::

Kurz darauf kam eine Mail von Sarah, kein Inhalt, nur drei Buchstaben: „fyi". Im Anhang fand sich eine Pressemitteilung, Überschrift: „Alex Bernhard neuer Chefentwickler bei Mijo."

Sie hatten ihn gekauft!

Ich brach in Tränen aus. Ich heulte Rotz und Wasser. Ich hatte verloren. Sie würden mich durch eine verdammte Intrige aus der Firma drängen, und ich konnte nichts dagegen tun. Ich wusste nicht einmal genau, was lief. Aber es war sowieso zu spät.

Während ich mich durch Marrakesch jagen ließ, zur Puppe wurde, bespuckt, beschimpft, surreale Ziegenprobleme löste, einen albernen Schal kaufte, hatten sie sich Alex geschnappt und umgepolt. Jetzt war er einer von ihnen.

Ich verfluchte mich selbst: Es war ein Fehler gewesen, Berlin zu verlassen. Ich hätte erst meinen Posten retten müssen und dann Almaz.

Almaz!

Ich schrieb ihr eine Nachricht: „Found Gibril. Love. Mia"

Sie antwortete kurz darauf: „Hurry.“ Dazu ein Smiley mit Tränen.

:::

An diesem Abend lag ich lange wach.

Irgendwann sagte ich mir: Mia, hör auf, dich selbst zu belügen.

Das Handy machte pling. Eine Message von Ben.

„Marrakesch? Du bettelst mit einem schmutzigen Araberjungen und einer tanzenden Ziege in Marrakesch? Sweety, alles okay?“

Ich rief ihn an. Es gab Zeiten, da hatten wir sehr häufig nachts telefoniert. Meist kam er von einer Verabredung, war auf Reisen und saß allein in seinem Hotelzimmer.

„Wo bist du?“

„Italien. Viel interessanter ist ja, wo du bist.“

Ich erklärte ihm, dass ich mich vielleicht verliebt hatte.

„Schade für mich. Aber es freut mich für dich, Sweety.“

Jetzt wusste ich wieder, was mich an ihm so fasziniert hatte. Er war ein guter Freund, niemals kleinlich. Er stand über den Dingen.

Ich erzählte Ben die ganze Geschichte. Es tat gut.

„Vielleicht kann ich dir helfen“, sagte er. „Ich kenne ein paar einflussreiche Leute.“

„Ja, tu das nur.“

Ich kann mich nicht erinnern, ob ich seine Worte ernst nahm in dieser Nacht. Eher nicht. So etwas sagte er immer. Er war ein Gentleman.

Nach dem Gespräch überfiel mich eine seltsame Heiterkeit. Ich schlief lächelnd ein.

Noch zwei Tage bis zum Rückflug.

27

Als ich am Morgen vom Frühstück kam, warteten Abdul und Fatima auf mich.

„Ich sehe, Sie haben sich angefreundet", sagte Omar.

„Ich liebe sie", antwortete Abdul grinsend. „Wenn ich groß bin, werden wir heiraten."

Ich gab Abdul einen Kuss auf die Stirn.

„Ganz bestimmt, mein Abdul. Ich werde mich für dich aufheben."

„Ich sehe, Sie haben sich auch mit der Art, wie wir uns kleiden, angefreundet."

„Wo soll ich meine Djellaba sonst tragen, wenn nicht in Marrakesch? Und da ich morgen abreise ..."

„Ich verstehe", entgegnete Omar.

Dann nahm er mich am Arm und ging mit mir in den Innenhof, vorbei am Rosenbrunnen zu einer Fotowand.

„Bevor Sie gehen, möchte ich Ihnen gern etwas zeigen, Mia. Sehen Sie diese Bilder. Dieser Mann ist mein Vater. Hier ist er mit Keith Richards von den Rolling Stones."

Die Fotos waren schon etwas ausgeblichen. Immer zeigten sie einen fülligen, kleinen Mann, der einen Prominenten umarmte. Es waren bestimmt hundert Fotos.

„Zwei Bilder finde ich interessant. Sehen Sie, das ist mein Vater mit einer amerikanischen Schauspielerin. Ihr Name ist ..."

„Cameron Diaz."

„So ist es. Warum zeige ich Ihnen dieses Foto? Nun, als Sie ankamen, Mia, und so ohnmächtig vor mir lagen, da haben Sie mich sehr an diese Frau erinnert. Fast hätte ich es Ihnen gesagt, aber ich wollte Ihnen nicht zu nahe treten."

„Sehr schmeichelhaft", entgegnete ich.

„Jetzt möchte ich Ihnen noch ein Foto zeigen, denn ich sehe Sie heute vollkommen anders als am ersten Abend. Erkennen Sie dieses Mädchen hier mit den Locken? Sie ist noch sehr jung, keine zehn Jahre alt. Da hat sie uns mit einem Regisseur besucht, mit dem sie gerade einen Film gedreht hatte. Er handelt von einem Außerirdischen, der auf der Erde vergessen wurde."

„E.T."

„Genau. Dieses Mädchen sehe ich heute in Ihnen, nachdem Sie drei Tage in Marrakesch verbracht haben. Ich kann mich leider nicht an ihren Namen erinnern."

„Ich kenne den Namen", sagte ich und wischte mir die Tränen von den Wangen.

:::

Wir stiegen in einen klapprigen, weißen VW-Bus und verließen die Stadt. Am Steuer saß ein alter Araber, der eine Zigarette nach der anderen rauchte. Ich bat ihn, mir eine zu geben. Sie war stärker als alles, was ich je geraucht hatte.

Zur Begrüßung hatte Gibril mich vor dem Bus mit den Worten empfangen: „Ich muss mich um sie kümmern. Heute noch."

Kein Kuss, keine Berührung, kein Blick.

Ich hatte einen Kloß im Hals gehabt und nicht antworten können.

Die ersten Worte sagte ich zum Fahrer: „Wie machen Sie das, dass Sie in diesem Gewusel niemanden anfahren?"

„Ich versuche, den anderen aus dem Weg zu gehen. Jeder versucht es."

„Dann verlässt sich jeder auf die anderen?"

„So ist es. Es funktioniert überall. Nur hier nicht. Sehen Sie, da links, die kleine Straße. Sie kommt aus dem Königspalast. Jedes Fahrzeug, das aus dieser Straße kommt, hat immer Vorfahrt."

„Sie meinen, ein Auto, ein Rad, ein Eselskarren können einfach auf diese mehrspurige Straße fahren und alle müssen halten?"

„So ist das Gesetz."

Ich stellte mir vor, wie Abdul, Fatima und ich mit einem chinesischen Moped aus dieser Gasse schossen, ohne auch nur einen Blick nach links oder rechts zu verschwenden. Ich musste an diese Verfolgungsjagd durch die Souks von Marrakesch denken und schmunzeln.

„Wohin fahren wir?", fragte Abdul.

„Wir fahren ans Meer", antwortete Gibril

Gibril saß auf der hintersten Bank, neben ihm Yaram. Abdul und ich saßen auf der mittleren Bank. Ich traute mich kaum, mich zu ihm umzudrehen, weil ich Angst hatte, Yaram würde mir sofort die Augen auskratzen. Sie schien mir nicht der Typ, der Niederlagen gut wegstecken konnte. Wahrscheinlich saß sie genau deswegen mit uns im Bus. Sie lauerte auf ihre zweite Chance. Wie dumm von mir, zu glauben, dass Yaram jemals aufgeben würde.

„Warum fahren wir ans Meer?", fragte ich.

„Es ist der einzige Weg."

„Ich dachte, wir fliegen."

„Du fliegst. Ich nehme ein Schiff."

„Aber es dauert zu lange. So ein Schiff braucht doch ein bis zwei Tage nach Südeuropa, eine Woche bis nach Deutschland, oder?"

„Es dauert, so lange es eben dauert."

„Er lässt dich nicht offiziell ausreisen. Habe ich recht?

Dein König lässt dich nicht offiziell ausreisen. Wir könnten zur Deutschen Botschaft in Marokko gehen. Du wirst sehen, sie werden uns dort helfen."

Er antwortete nicht. Seine Entscheidung war gefallen.

Ich schwieg, weil ich mir meine Enttäuschung nicht anmerken lassen wollte.

Keine gute Stimmung im Bus.

Zu diesem Zeitpunkt ging ich noch davon aus, dass er mit dem Wort „Schiff" auch Schiff meinte. Eine Fähre, die ihn nach Spanien bringen würde, nach Portugal oder Italien. Ich stellte mir einen richtigen Hafen vor. Vielleicht in der Stadt, wo auch meine Eltern mit mir gewesen waren. Essaouira.

Ganz schön naiv.

Die Straße zog sich wie ein schwarzes Band durch die karge Landschaft. Der Blick aus dem Fenster ermüdete.

„Ich war noch nie am Meer", sagte Abdul fröhlich. „Ich war immer nur in der Medina von Marrakesch. Mein ganzes Leben lang."

„Ich liebe das Meer", sagte ich.

Der Fahrer sang ein melancholisches Lied. Ich sah Marrakesch im Rückspiegel verschwinden und grübelte.

Ich dachte an Gibril. So nah und doch so fern. Es war klug von mir gewesen, mich all die Jahre nicht auf das Spiel der Liebe einzulassen. Jetzt saß ich in der Falle. Tuckerte in einem verrosteten VW-Bus mit ihm und einer eifersüchtigen Gegenspielerin Richtung Küste, und er tat so, als wenn ich ihm Geld schulden würde. Oder er mir.

Keine Nähe. Keine Berührung. Keine Wärme.

Vielleicht war das alles nur ein Zauber, der außerhalb der Stadtmauern nicht mehr wirkte. Zurück in Deutschland würde die Mystik vollständig verflogen sein und die Liebe so schaurig schmecken wie der mitgebrachte Lieblingswein.

:::

Das Meer rauschte sanft. Gibril und Yaram saßen schweigend nebeneinander am Strand und blickten über das Wasser. Abdul und Fatima spielten mit den flachen Wellen. Der Fahrer hielt mir einen Becher mit Pfefferminztee hin, der aussah wie Sirup, und steckte mir eine Zigarette an.

Es war früher Nachmittag. Ich spürte den Wind auf meiner Haut und atmete die salzige Meeresluft. Wo würde hier ein Schiff anlegen? Wo war der Hafen?

Ich setzte mich neben Gibril. Weder er noch Yaram nahmen Notiz von mir. Sie starrten nur auf das Meer, als wenn sie auf etwas warten würden.

„Wo ist es?", fragte ich Gibril.

„Nicht mehr weit."

„Wann geht es los?"

„In der Nacht."

„Wie fühlst du dich?"

„Ich bin bereit."

:::

„Komm", sagte ich zu Abdul, „du lernst jetzt schwimmen."

Unter Schreien ließ er sich seine Jeans ausziehen und sein T-Shirt. Er war sehr dünn.

Ich legte meine Djellaba und meinen Schleier in den heißen Sand und lief in BH und Slip ins Meer.

Fatima folgte mir, bis eine leichte Welle ihr Angst machte. Meckernd stoppte sie, während Abdul mutiger und mutiger wurde, bis er mich erreicht hatte.

An diesem Nachmittag lernte er schwimmen.

Ich war glücklich und vergaß für eine Weile die Welt.

:::

Wir aßen im Sand sitzend eine Couscouspampe, die der Fahrer zubereitet hatte.

Als es dunkel war, startete er den Motor.

Wir irrten durch die Finsternis. Es erinnerte mich an meine Ankunft am Flughafen von Marrakesch, die Odyssee zum Hotel. Der Fahrer war nicht ortskundig. Aber auch für ihn schien Google Maps keine Option. Hatte das etwas mit Stolz zu tun?

Der Bus zog eine Staubspur in die Ödnis, irgendwo am Rande von Afrika. Der Motor tuckerte beruhigend. Abdul und Fatima schliefen. Ich spürte Yarams Blick im Nacken und starrte aus dem Fenster ins Nichts.

Meine Gedanken waren weit weg. Die Stimme meiner Mutter gestern am Telefon. So offen wie nie zuvor. Bens Lachen, sein unverwüstlicher Optimismus. Jo und Sarah, wie sie Alex bestachen und auf ihre Seite zogen. Alle sagten immer, dass der Aufstieg nicht wichtig wäre. Kein Nerd wollte offiziell Karriere machen. Aber wenn es so weit war, dann zeigte sich der wahre Charakter. Wenn die Versprechungen kamen, die Schmeicheleien, der Einfluss, das Geld, der Titel.

Ich dachte daran, dass ich es nur ordentlich zu Ende bringen wollte. Mit Würde.

:::

Ich sah Lichter in der Ferne. Bald darauf erreichten wir eine Art Camp. Eine Handvoll Zelte, viele Menschen saßen im Sand. Männer, Frauen, Kinder. Als ich die Boote am Strand liegen sah, verstand ich.

Ich dachte an Bilder von Flüchtlingsbooten aus Afrika. Endlosschleifen in den News dieses Jahres.

„Wo ist der Hafen?“, fragte ich Gibril so unschuldig ich konnte.

„Es gibt keinen Hafen.“

„Warum haben denn manche der Männer Maschinengewehre?“

Er tat so, als hätte er meine Frage nicht gehört.

„Sie sagen, in wenigen Tagen werde ich in Europa sein.“

Gibril zog ein Bündel Geldscheine aus der Tasche und gab es einem bewaffneten Mann. Er winkte Gibril weiter. Mich stoppte er.

Ich sagte: „Ich fahre mit ihm.“

Diese vier Worte waren mir einfach rausgerutscht. Kein vorheriges Abwägen, keine Chancen-Risiken-Betrachtung. In seiner Nähe fühlte ich mich stark.

Gibril blickte mich zum ersten Mal an diesem Tag an wie einen Menschen.

„Ja, sie fährt mit mir.“

Er gab dem Mann mehr Geld.

„Wir müssen noch warten“, sagte Gibril. „Heute Nacht fahren viele Boote. Unseres ist noch nicht hier. Setz dich.“

Wir hockten uns zu den anderen in den Sand. Die Stimmung war angespannt. Leute standen auf, stiegen in die Boote, verschwanden in der Dunkelheit. Es flackerte kurz Licht in einem Boot. Ich erkannte stille Gesichter, nah beieinander in einem kleinen Fischkutter.

Ein Mann kam und erklärte etwas mit kratziger Stimme. Er sprach arabisch.

„Unser Boot ist kaputt“, übersetzte Gibril. „Wir werden zu einem anderen fahren und dort umsteigen. Die Männer nehmen uns mit.“

Wir gingen zum Wasser und setzten uns in eins von zwei

kleineren Booten. Es schaukelte in der Brandung. Am Strand sah ich Schatten durch die Nacht huschen.

Dann erkannte ich Abdul, wie er über den Strand lief. Er zog das gestohlene Geld aus der Tasche und durfte passieren. Er reichte mir Fatima, die wasserscheue Ziege. Ich schloss meine Arme um sie. Er setzte sich neben mich.

„Was willst du hier, kleiner Mann?“, fragte ich.

„Dich beschützen.“

Eine rote Djellaba im Licht einer Taschenlampe. Ein Mann winkte Yaram mit seinem Maschinengewehr durch.

Ich bekam eine Gänsehaut.

„Werden wir alle fahren, Gibril?“

„Es sieht so aus.“

„Warum?“

„Weil wir es wollen. Niemand wurde gezwungen.“

„Es ist sehr gefährlich. Wir könnten alle ...“

„Du kannst hierbleiben und dein Flugzeug nehmen. Ich finde den Weg zu Almaz und dir.“

Fast wäre mir ein Satz rausgerutscht, den ich bereut hätte. Ich sagte nur: „Ich ... ich bin es Almaz schuldig.“

Die Wächter nahmen den Leuten an Bord Handys und Pässe ab, warfen sie in einen Müllsack. Als die Reihe an mir war, wurde am Strand geschrien. Der Mann, der sich um die Pässe und die Handys gekümmert hatte, lief plötzlich weg. Als er zurückkam, schien er vergessen zu haben, dass er mir Handy und Pass noch nicht abgenommen hatte.

Das Boot kämpfte sich durch die Brandung und tuckerte in die Nacht.

:::

Jetzt war ich eine von ihnen.

Ich hatte ein Flugticket nach München in der Tasche.

Es zählte nicht mehr.

Ich hatte einen deutschen Reisepass, gültig bis 2021.

Es zählte nicht mehr.

Ich hatte *ihn*. Das zählte.

Meine Nägel lösten sich langsam aus seinem Arm.

Seine Finger strichen über mein Gesicht. Warm. Zärtlich. Zuversichtlich.

„Uns wird nichts geschehen", flüsterte er in die Dunkelheit.

Fatimas Herz pochte jetzt langsamer. Ich drückte sie fest an mich.

„Uns wird nichts geschehen."

Die Nacht war kühl, nicht ein Stern am Himmel. Niemand sprach mehr.

Wir schaukelten sanft in die Schwärze.

Sie saß nicht weit von uns. Aufrecht und stolz.

Ich spürte ihren Blick. Er wollte mich enthüllen. Den andern zeigen, wer ich wirklich war.

Ich zog mein Kopftuch tiefer in die Stirn.

In der Finsternis waren wir wie ein einziges Wesen, sie und ich und er und all die anderen.

Wir zitterten dem Sonnenaufgang entgegen.

:::

Wieder saßen wir am Strand und warteten. Es gab Couscouspampe und Wasser aus Plastikflaschen. Abdul schlief an meiner Seite. Yaram hielt Abstand und beobachtete uns. Ich zitterte vor Kälte.

„Das neue Boot wird bald kommen", sagte Gibril.

Die Männer mit den Maschinengewehren gackerten wie aufgescheuchte Hühner. Etwas an diesem Bootswechsel schien sie zu stressen. Sie standen in einiger Entfernung.

Dort waren Zelte, dahinter Autos. Ein Zelt war erleuchtet. Zwei Schatten schienen zu streiten.

Mein Handy vibrierte. Das Zeichen dafür, dass der Akku fast leer war. Erstaunlicherweise gab es hier Empfang. Vielleicht war eine größere Stadt in der Nähe.

Ich hatte die Hoffnung auf Hilfe aufgegeben. Bens verdammte Höflichkeit. Vielleicht kann ich etwas für dich tun. Warum sagte er solche Sätze, wem war damit geholfen?

Ich fragte mich, was die Schleuser jetzt tun würden? Bald würde die Sonne aufgehen. Jeder würde das Flüchtlingsboot sehen können, es melden oder abfangen.

Wie sollten wir nur je nach Starnberg kommen? Wenn ich geflogen wäre, hätte ich vielleicht von der anderen Seite etwas tun können. Was auch immer.

Ich hatte Gibril gefragt, in welchem Land wir ankommen würden. Er wusste es nicht. Spanien vielleicht. Oder Italien. Wie würde es von dort weitergehen? Wir hatten keine Pässe. Auf uns warteten ein Auffanglager und südeuropäische Bürokratie.

Es war nicht zu ändern. Die Dinge passierten, wie sie passierten.

Als ich aus meinen Gedanken wieder in die Realität zurückkehrte, stand Yaram vor mir. Sie flüsterte vier Worte mit operettenhafter Absolutheit: „Das Spiel ist aus."

Mein Kopftuch fiel zu Boden. Yaram hatte es mir entrissen. Die Menschen starrten mich an wie einen Geist, der aus einer Öllampe geschwebt war. Mein Atem stockte. Ich erwartete, dass sie feindselig reagieren würden. Wie die Menschen auf dem Djemaa el Fna. Doch niemand rührte sich.

Yaram sprach jetzt mit ihrer tiefen Stimme arabisch. Ich ahnte, was sie sagte.

Als sie ihre kleine Ansprache beendet hatte, sagte ich auf Französisch mit zittriger Stimme: „Ja, ich bin eine Fremde.

Unter euch bin ich eine Fremde. Vielleicht mache ich euch Angst. Aber kommen wir nicht alle als Fremde zur Welt? Und scheiden wir nicht als Fremde aus ihr? Sind wir in der Zwischenzeit nicht alle auf gastliche Aufnahme im Leben anderer angewiesen?“

Ich atmete tief durch. Mir war die Luft ausgegangen.

„Bald seid ihr die Fremden. Wie wollt ihr in Europa angesehen werden? Wie soll Europa euch aufnehmen?“

Gibril übersetzte meine Worte.

Die Menschen blieben ruhig. Ich bildete mir ein, dass Freundlichkeit in ihre Blicke zurückgekehrt war.

Plötzlich schrie mich jemand an und zog mich an meinen Haaren hoch. Tränen schossen mir in die Augen. Die Spucke des Wächters klatschte in mein Gesicht. Seine Augen waren rot, blutunterlaufen. Ich fragte mich, welche Drogen er genommen hatte. Er drückte mir den Lauf seines Maschinengewehrs an die Stirn. Er schien vollkommen den Verstand verloren zu haben.

Ich sagte leise: „Doucement.“ Sachte.

Da klingelte mein Handy.

Stille für einen Augenblick. Nur das Handyklingeln. Es war, als wenn der Muezzin die Gläubigen mit einem Klingelton zum Gebet gerufen hätte.

Unterdrückte Nummer. Ein Freund von Ben?

„Ich hoffe, Sie sprechen Arabisch“, sagte ich zu ihm, bevor mir der Wächter das Handy aus der Hand riss.

:::

Zwei Schleuser brachten uns in ein Zelt. Abdul lief hinterher. Yaram folgte uns mit ihrem Blick.

„Sie werden nicht mit dem Boot auf die schönen Kanarischen Inseln fahren“, sagte der Mann im Zelt mit freundlicher Stimme. „Sie haben einflussreiche Freunde."

Gibril, Abdul, Fatima und ich standen wie Orgelpfeifen vor ihm. Der Mann blickte mich interessiert an, streichelte kurz über meine blonden Haare und wischte mir mit einem Taschentuch die Spucke aus dem Gesicht.

„Wir bringen Sie zurück nach Marrakesch. Jetzt sofort."

Er gab Gibril seinen Pass zurück und sagte zu mir: „Ich nehme an, Ihren Pass haben Sie behalten." Ich nickte und atmete auf, obwohl ich es noch nicht glauben konnte. Unheil lag in der Luft. Knisterndes Unheil.

Vor dem Zelt warteten zwei Männer. Der mit der kratzigen Stimme und der andere, der mir das Maschinengewehr an die Schläfe gedrückt hatte.

Abdul wollte wie selbstverständlich mit uns gehen. Sie stoppten ihn.

„Du nicht, du gehst an Bord", sagte die kratzige Stimme auf Französisch

„Wir gehören zusammen", erwiderte Abdul trotzig.

Ich bat den Mann, Abdul mit uns gehen zu lassen, doch er lachte nur hämisch.

„Wir könnten einen guten Boten gebrauchen."

Abdul trat den Mann gegen das Schienbein und war mit zwei Sätzen bei mir. Fatima folgte ihm.

Und wieder zeigte das Maschinengewehr in meine Richtung.

Ich ging in die Knie und schloss Abdul in meine Arme.

Ich konnte beobachten, dass Yaram näher kam. Sie sprach kein Wort.

„Wer von euch hat Hunger auf leckeres Ziegenfleisch?", rief der Mann.

Jetzt war die Waffe auf Fatima gerichtet.

Abdul schrie auf Arabisch. Gibril redete beruhigend auf die Männer ein.

Der Mann flüsterte: „Sag Auf Wiedersehen zu deiner Ziege, Junge."

Da wurde Abdul ganz ruhig. Er umarmte Fatima mit geschlossenen Augen. Er flüsterte der kleinen weißen Ziege Worte ins Ohr und streichelte sie, bis einer der Männer ihn wegriss.

Er sagte: „Tanze, Fatima, tanze!"

Die Ziege begann, ganz langsam zu tanzen. Wie in Trance drehte sie sich. Traumverloren steppte sie über den Wüstenboden. Die Männer riefen ihr Worte zu, die ich nicht verstand. Sie klatschten, um Fatima anzufeuern. Die Ziege tanzte schneller und schneller. Sie wirbelte durch die Luft wie ein Kobold.

Ein Schuss. Danach Stille.

:::

Abdul sackte über Fatima zusammen. Blut färbte das Fell der weißen Ziege rot und sickerte in den Wüstensand. Das Maschinengewehr versperrte Gibril und mir den Weg zu Abdul. Ich schrie den Mann an. Ich flehte. Aber er tat so, als wenn er kein Wort verstehen würde und glotzte aus seinen roten Augen durch mich hindurch.

Der Mann mit der kratzigen Stimme sagte: „Zeit zu gehen. Oder sollen wir auch den Jungen erschießen?"

Gibril hielt meine Hand und wollte mich Richtung Auto ziehen, das mit laufendem Motor auf uns wartete. Ich sah Yaram. Die Männer ließen sie gewähren, als sie sich zu Abdul beugte.

Ich flüsterte: „Nur eine Minute. Bitte."

Kurz darauf tanzten die Wächter wie betrunken auf der Stelle. Gibril, die Arme erhoben, dirigierte sie wie an unsichtbaren Fäden. Die Gewehre fielen in den Sand.

Ich lief zu Abdul und Yaram und schloss sie beide in den Arm. Ich nahm die Kette ab und legte sie Yaram um. Ich sagte ihr: „Pass gut auf Abdul und dich selbst auf.“

Ich küsste Abdul zum Abschied auf die Stirn, drückte ihn ein letztes Mal an mich, flüsterte: „Irgendwann, kleiner Mann, sehen wir uns wieder. Irgendwann.“

:::

Ein Geländewagen brachte uns zurück nach Marrakesch. Ich weinte um Abdul und Fatima, bis ich keine Tränen mehr hatte. Gibril hielt mich.

Ich sah immer wieder die Bilder der Menschen, die in die Boote stiegen, als würden sie einen Sonntagsausflug machen. Waren sie sich der Gefahr eigentlich bewusst? Würde die magische Kette alle beschützen?

:::

Es gab keine Abfertigungsschlangen für uns, keine kritischen Blicke, keine Fragen. Eine Privatmaschine brachte uns direkt nach München. Am Flughafen wurden wir abgeholt und in einer Limousine zur Klinik am Starnberger See gefahren.

Gibril und ich hielten uns die ganze Zeit an den Händen und sprachen kaum ein Wort. Ich hatte ihn aus seiner mittelalterlichen Welt gerissen, in ein Flugzeug nach Deutschland gesetzt. Ich erinnerte mich an meinen Marrakesch-Schock und versuchte mir vorzustellen, was in seinem Kopf und in seinem Herzen vor sich ging.

Während wir über die Autobahn von München nach Starnberg schossen, sagte ich: „Dir wird nichts geschehen.“ Und: „Ich bin glücklich, dass du mit mir gekommen bist.“

Er schwieg eine Weile, dann sagte er: „Ich liebe niemanden."

„Du lügst", entgegnete ich mit bebenden Lippen.

„Nein, ich bin nur ein Puppenspieler. Ich spiele mit den Menschen. Es gibt keine Liebe."

„Du lügst. Du liebst alle. Alle, wie wir da sind. Du liebst jede deiner Puppen."

„Gestern hast du gesagt, ich manipuliere und verachte sie."

„Ja."

Er schwieg und blickte auf die schneebedeckten Gipfel der Alpen, die sich am Horizont abzeichneten.

„Ich habe niemals viele Worte benutzt. Dazu gibt es die Puppen."

„Dann ist alles für dich nur ein Puppenspiel?"

„So ist es."

„Und ich bin nur eine neue Puppe?"

„Ich weiß es nicht."

„Vielleicht bin ich die Liebe, die bisher in deinem Leben fehlte."

Er schwieg.

„Weißt du, was Yaram auf meinen Arm geschrieben hat?"

Er schob den Ärmel meiner Djellaba hoch.

„Wendezeit", las Gibril.

„Was bedeutet das?"

„Wir werden es sehen."

„Sind wir nicht schon mittendrin in der Wendezeit?"

„Als Kinder waren Almaz und ich Attraktionen. Wir brachten unseren Eltern viel Geld. Sie starben bei einer Bombenexplosion auf dem Djemaa el Fna. Es ist erst wenige Jahre her."

„Vermisst du sie?"

„Nein. Sie waren nicht gut zu uns."
„Vermisst du Almaz?"
„Jede Minute."
„Wirst du mich vermissen?"

Vierter Teil: Starnberg

28

Almaz schlief in ihrem Krankenzimmer. Eine Flüssigkeit lief langsam in ihre Vene.

Gibril kniete vor dem Bett und streichelte sanft ihr Gesicht. Die Worte, die er flüsterte, kamen aus einer anderen Welt. Es war ein Gesang, ein ruhiger, fremder Gesang.

Als Almaz erwachte, schrie sie leise auf. Gibril schloss sie behutsam in die Arme. Sie weinte und flüsterte immer wieder seinen Namen.

„Gibril ... Gibril ... Gibril."

Ich stand schweigend vor dem Fenster und beobachtete die Geschwister.

Ich war glücklich, zugleich fühlte ich mich seltsam fremd und überflüssig.

Das war es, dachte ich. Das war es.

Ich wollte aus dem Zimmer schleichen und die beiden allein lassen, da hörte ich Almaz meinen Namen flüstern.

„Mia ..."

Ihre Stimme, so zerbrechlich. Ihr Blick, so matt, nur ein schwaches Glimmen in den Pupillen.

Glanzlos glücklich.

Auch ich umarmte sie. Und Gibril.

So verbrachten wir eine Ewigkeit.

:::

Der Arzt sprach sehr gut Französisch.

„Almaz bekommt jetzt eine Chemotherapie. Genau wie

vor drei Jahren, als die Leukämie zum ersten Mal auftrat. Erst danach können wir die Stammzellentransplantation vornehmen."

Gibril nickte schweigend.

Er wusste nichts von Stammzellen, und er war noch nie im Leben in einem Krankenhaus gewesen. Hier wurden keine Krötentinkturen verkauft. Hier wurden die Zähne nicht unter freiem Himmel und den kritischen Blicken Neugieriger gezogen. Hier gab es Maschinen, die sanft brummten, elektrisch verstellbare Betten, Nadeln, die in Armen steckten und Flüssigkeiten, die ins Blut liefen. Hier wirkte ein anderer Zauber.

Ich bat den Arzt, uns Almaz' Krankheit zu erklären. Wir wollten verstehen, was in ihrem Körper vorging.

„Einfach gesagt: Blut ist Lebenssaft. Die Leukämie zerstört diesen Lebenssaft. Das geht rasend schnell."

Er ging mit uns zum Fenster.

„Sehen Sie den Seerosenteich? – Genau den. Jetzt stellen Sie sich vor: Heute schwimmt eine Seerose auf der Oberfläche. Morgen zwei. Übermorgen vier. Nach wenigen Tagen ist die Wasseroberfläche von Seerosen zugedeckt. So verbreitet sich die Krankheit Ihrer Freundin und Schwester. Das gute Blut hat keine Chance."

„Sie meinen, das böse Blut ersetzt das gute Blut?", fragte Gibril.

„So ist es. – Nehmen wir doch wieder Platz."

„Was passiert mit Gibril?"

„Wir werden ihn testen, das wird wenige Wochen dauern."

„Testen? Ich dachte, ein Bruder ist automatisch ein geeigneter Spender."

„Leider nein. Die Wahrscheinlichkeit beträgt innerhalb von Familien 25 bis 30 Prozent. Aber wegen des gleichen genetischen Hintergrundes ist ein Familienmitglied einem fremden Spender gegenüber zu bevorzugen – positive Testergebnisse vorausgesetzt."

„Gehen wir davon aus, dass die Tests positiv sind. Was passiert dann?"

„Früher", erwiderte der Arzt, „hätten wir unter Vollnarkose mit Nadeln ins Becken des Spenders gestochen, um Stammzellen zu gewinnen. Heute spritzen wir ein Mittel, das die Blutbildung beschleunigt. Nach einigen Tagen werden Stammzellen ins Blut ausgeschwemmt. Was dann passiert: Wir zapfen Ihnen, Gibril, Blut ab, schleusen es durch einen Filter und führen es Ihnen wieder zu. Die Stammzellen, sozusagen das Gegenmittel für die Krankheit Ihrer Schwester, bleiben im Filter."

Er zeigte uns eine Nadel für den Venenzugang.

Ich musste unwillkürlich auf meinen Arm sehen – das Zeichen. Ich war froh, dass der Arzt den Teil mit den Nadeln nicht ausführlicher beschrieben hatte. Manchmal genügte es, jemanden darüber sprechen zu hören, und mir wurde seltsam. Zum ersten Mal in meinem Leben musste ich beim Anblick einer Nadel schmunzeln. Ich dachte an spielende Kinder auf einer Dachterrasse an einem Morgen in Marrakesch im Jahr 1988.

„Was bekommt Almaz von mir?", fragte Gibril.

„So einen Beutel bekommt sie. 200 Milliliter. Ihre Stammzellen werden in das Blut Ihrer Schwester fließen. Sie werden ihre Höhlen im Knochenmark finden, wo das Blut gebildet wird. Nach 10 bis 14 Tagen können Ihre Stammzellen im Körper Ihrer Schwester die Blutbildung übernehmen. Sie produzieren dann wieder gutes statt böses Blut."

„Und Almaz ist geheilt, richtig?" Ich strahlte den Arzt an in der Hoffnung, er würde endlich etwas definitiv Positives sagen. Doch er erinnerte mich an Doktor Glüsenkamp. Nur nichts versprechen, nur keine falschen Hoffnungen wecken.

„Wird Almaz wieder so sein wie früher?"

„Ich fürchte nicht", sagte der Arzt. „Die Transplantation wird ihren Körper verändern – ihre Haut, ihren Darm, ihre Leber. Was genau passieren wird, können wir vorher nicht wissen."

Ich traute mich nicht, weitere Fragen zu stellen. Ich wollte mir vorstellen, dass Almaz wieder die Alte sein würde. Sie sollte geheilt werden, vollständig geheilt – so wie all die Menschen, die sie umarmt und geheilt hatte.

„Was können wir tun?", fragte ich.

„Sie hat jeden Tag von Ihnen beiden gesprochen. Ihr Bruder wird die nächsten Wochen bei uns bleiben. Und Sie, Frau Seitz, besuchen Sie Almaz, sooft Sie können. Das wird ihr guttun."

:::

Eine Schwester holte Gibril. Bei der Umarmung zum Abschied berührten sich unsere Lippen flüchtig. Es war schön.

Jede Berührung, jeder Kuss brachte mich zurück nach Marrakesch, in diese ewige verwunschene Gegenwart, in meine Kindheit.

Ich würde ihn nie wieder gehen lassen.

:::

Ein Raubvogel kreiste über der Klinik. Drei riesige Fahnen klirrten im Wind. Es dämmerte. Ich stand allein vor einem kleinen Häuschen und rauchte. Es war der einzige Ort in dieser Klinik, an dem Rauchen erlaubt war.

Gleich nebenan befand sich die Straße. Eine Patientin,

die samt Tropf zum Rauchen gekommen war, jammerte über den Verkehrslärm. „Jaja“, sagte ich. Mein Gehör war noch auf den Marrakesch-Geräuschpegel geeicht.

Die Klinik glänzte weiß. In goldener Schrift stand auf dem zentralen Gebäude „Anno Domini 1909“. Die Berliner Charité sah volksnaher aus. Das hier musste ursprünglich eine Villa oder ein Schloss gewesen sein. Mir fiel ein, dass es in den Räumen gar nicht nach Desinfektionsmitteln gerochen hatte. Eine seltsame Klinik.

Wo ich einen Kaffee trinken könne, fragte ich die Frau mit dem Tropf, und sie führte mich hin.

Die Cafeteria hatte einen wunderbaren Seeblick. Flügeltüren öffneten sich auf eine Terrasse. Ich ging mit meinem Espresso die Stufen hinunter auf den Rasen. Jetzt kreisten zwei Raubvögel über der Klinik. In den Eichen rauschte der Wind. Ein flirrender Altweibersommertag ging zu Ende, und die Kühle vom See kroch über das Gras.

Ich stellte meinen Espresso ab, tauchte meine Hände in einen kleinen Brunnen und betrachtete die Spiegelung meines Gesichts. Ein fremdes und zugleich sehr vertrautes Bild. Orient und Okzident vermischt. Erstaunlich, was so eine Djellaba bei einer blonden Deutschen ausmachte. Ich strich mit nassen Fingern über mein Gesicht, wie ich es in Marrakesch getan hatte, in dem Riad, der wie ein Traum hinter einer hohen Mauer lag.

Es hat gar nichts damit zu tun, wo du bist, ob in Marrakesch oder in Starnberg, dachte ich. Glück schien mir in diesem Moment unabhängig davon, wo ich war. Glück, das war ein Zustand von Einssein mit mir selbst und der Welt. Alles schien zusammenzugehören, und es gab kein Richtig mehr, kein Falsch, kein So oder So-Nicht, kein Schön oder Hässlich. Ich war Teil dieses schönen Parks am See, und der schöne Park am See war ein Teil von mir. Ich gehörte hierher wie diese Jahrhunderte alten Eichen.

Jemand lief die Treppen hinunter und rief meinen Namen. Ich schloss Taye in die Arme wie einen alten Freund. Er weinte und bedankte sich immer wieder. Von einer der Nachbarvillen wehte Musik zu uns herüber. „Wolke 4". Taye nahm meine Hände und tanzte mit mir über den Rasen.

Während wir tanzten, schloss ich die Augen.

Der Geist von Fatima war bei uns. Ich stellte mir vor, wie sie mit uns tanzte. Ich weinte und lachte gleichzeitig. Ich war übermüdet.

:::

Die Klinik hatte keine Zimmer für Gäste, so entschied ich mich, noch einmal in das Haus zu gehen. Nur für eine Nacht.

Als die Frau an der Rezeption ein Taxi rufen wollte, lehnte ich ab. Ich hatte auf einmal wieder so viel Zeit. Es fühlte sich gut an. Neben der Klinik führte eine schmale Straße hinunter zum Uferweg. Der Wind kam von der anderen Seite der Starnberger Bucht, kleine Wellen klatschten gegen das Ufer. Da drüben lag Starnberg.

Eine neue Perspektive. Ich musste schmunzeln bei dem Gedanken, wie ich hier im August angekommen war, Gedanken an wohlhabende Nichtsnutze mit Seezugang im Kopf.

Die Abendluft war frisch und klar. Hunde tollten auf den Wiesen. Jugendliche standen zusammen, tranken Bier aus Dosen und rauchten. Es roch nach Herbst, Blätter raschelten unter meinen Schritten.

Ich trug noch meine blaue Djellaba. Alle Blicke folgten mir – einer blonden Frau in muslimischer Aufmachung mit einer Reisetasche über der Schulter. Manchmal Pfiffe, ich trug ja keinen Schleier mehr.

Ich schenkte allen ein Lächeln.

In Gedanken war ich woanders. Berlin wartete auf mich. Nichts in der Hand. Was auch immer lief, gelaufen war, laufen sollte – die Spuren waren verwischt. Es würde nur noch um die Trennung von Mijo gehen, meinen Ausstieg.

Es war mir nicht mehr wichtig, redete ich mir zumindest ein. Ich wollte es nur noch hinter mich bringen. Ich hätte mir so sehr gewünscht, Sarah und Jo zu kriegen. Diese Verräter und Manipulierer zu entlarven. Vielleicht ein anderes Mal und bei einer anderen Gelegenheit.

:::

Nach einer Stunde erreichte ich das Haus. In der Auffahrt zum Haus kam mir Schnee entgegen. Ich kniete mich hin und streichelte ihn. Schnee schnurrte, strich um meine Beine und schnupperte an meiner Djellaba.

Ich sagte: „Ab jetzt Freunde, okay? Ich habe einige Doppelgänger von dir getroffen, in einem anderen Land."

Ich fand den Schlüssel hinter der Regentonne.

Nichts hatte sich verändert. Jo war nicht hier gewesen während meiner Abwesenheit.

Es fühlte sich an, als wenn ich nach Hause kommen würde. Alles so vertraut. Doch diesen Gedanken verscheuchte ich augenblicklich. Eine letzte Nacht im Haus des Feindes, sagte ich mir. Bloß nicht nostalgisch werden.

Ich lud mein Handy, setzte mich in den Garten und rauchte die letzten marokkanischen Zigaretten. Im Keller fand ich eine Flasche Rotwein. Es war kühler geworden, ich musste mich in eine Decke einwickeln.

Ich fühlte mich auf einmal sehr allein.

:::

Message von meinen Eltern: „Wir sorgen uns so sehr um dich. Was ist nur los? Bitte melde dich, Mia."

Ich rief meine Mutter an und versuchte, ihr alles zu erklären. Sie sagte: „Ich liebe dich über alles. Ich bin so froh."

Message von Jo: „Wir sollten reden, Mi."

Ich antwortete: „Werde bald in Berlin sein. Du hörst von mir. Mia."

Almaz hatte geschrieben: „Where are you? I need you!" Es war gestern gewesen.

Ich rief Ben an, aber er verbrachte den Abend bei einem offiziellen Dinner und hatte nur für eine Zigarettenlänge Zeit. Er schien stolz auf mich zu sein. Das tat mir gut. Von meiner bevorstehenden Mijo-Niederlage erwähnte ich nichts. Er hatte mich einmal gerettet. Durch die nächste Krise musste ich allein durch.

Aber was hieß schon „ich"? Wie weit wäre ich allein wohl gekommen?

Ben. Hatte Ben am Ende uns allen das Leben gerettet? Gibril und mir und Almaz. Ich hatte den kalten Lauf eines Maschinengewehrs an meiner Schläfe gespürt. Ich wäre ohne seine Hilfe jetzt in einer Nussschale auf dem Ozean unterwegs. Unter dieser glattpolierten, luxuriösen Oberfläche verbarg Ben geschickt seine Menschlichkeit.

Regine und Erwin. Ohne unsere Zufallsbegegnung auf dem Djemaa el Fna hätten sie mich nicht bei Ben verpetzen können.

Abdul. Meine Brücke zu Gibril.

Omar. Mein Retter in der Not.

Carol. Meine Bedienungsanleitung für Marrakesch.

Yaram. Meine Chance, über mich hinauszuwachsen.

Wer war ich, hier und heute?

Teil so vieler Beziehungen. Überall ich. Nirgendwo ich.

Ein Netz, über die Welt geworfen.

Teil eines Wesens, das viel größer war als ich. Wie ein Bewohner des Djemaa el Fna.

Ich war die, die zwischen Kobras und Internetstrategien taumelte. Zwischen Berlins Häusermeer und der Stille des Starnberger Sees. Zwischen Ben und Gibril. Zwischen Affäre und ... war es wirklich Liebe?

Mittlerweile hatte ich die zweite Flasche Wein geöffnet. Meine Gedanken wagten sich weit hinaus an diesem Abend.

Ich wollte die Mutter des nächsten Gibril sein. Ein neues Glied der Kette sein. Eins, das sie zugleich sprengte. Ich wollte ein modernes, uraltes Wesen gebären.

29

Am nächsten Morgen wachte ich um 5.45 Uhr auf. Der Bach rauschte. Es war noch dunkel. Morgentau hing in den Spinnweben vor meinem Fenster.

Da meine Maschine erst am Mittag ging, entschied ich nachzusehen, ob Sofia heute meditierte.

„Mia, wie schön, dich zu sehen."

Ich fiel ihr in die Arme und weinte mal wieder. Der Restalkohol machte mich sentimental.

Sofia strich mir die Haare aus dem Gesicht und lächelte.

„Du siehst aus, als hättest du etwas erlebt."

„Das habe ich."

„Komm, setz dich. Die Meditation wird dir guttun."

„Wie in alten Zeiten."

„Wie in alten Zeiten vor einer Woche."

„Erst eine Woche?"

Ich saß *Unter den Linden* in einem Straßencafé, wie so oft in meinen Meditationen. Die Straße war wie ausgestorben. Keine Autos fuhren vorbei. Keine Fußgänger zogen vorüber. Es herrschte absolute Stille. Abendstimmung. Zwielicht.

Ich saß in dieser gepolsterten Welt und wartete darauf, dass etwas passieren würde. Dass Geräusche hineinsickerten. Dass die Sonne den Horizont hinunterfiele. Dass das Leben wieder flösse.

Nichts passierte.

Niemals zuvor hatte ich diesen Zustand in einer Meditation erreicht. Eine traumechte Welt. Friedlich. Weich. Leer.

Die Leere schmerzte. Sie brannte, wie das frische Henna auf meiner Haut gebrannt hatte. Sie machte mir Angst wie die Menschen auf dem Djemaa el Fna an meinem ersten Tag in Marrakesch. So unwirklich. So fremd.

Ich wollte zahlen und fliehen, irgendwohin, wo etwas passierte. Raus aus der Leere. Der gepolsterten Welt.

Da kam jemand. Und noch jemand.

Carol zwinkerte mir aus ihren stahlblauen Augen zu und setzte sich zu mir. Sie drückte meine Hand zur Begrüßung.

Omar kam zu mir. Er schob mir das Foto von seinem Vater und der kleinen Drew Barrymore über den Tisch.

Abdul lief fröhlich singend vorbei, hinter ihm trottete Fatima. Er blieb stehen, setzte sich zu mir und bestellte eine Cola. Fatima sprang auf meinen Schoß.

Yaram stand mir gegenüber. Sie trug ihre rote Djellaba, ihre Schönheit strahlte heller als je zuvor. Sie setzte sich zu Abdul und strich ihm zärtlich die Haare aus dem Gesicht.

Der Mann mit der Laute kam zu uns und spielte seine Wüstenträume in Moll.

Der alte Mann mit dem Dackel setzte sich zu mir. Giltram beschnupperte neugierig Fatima.

Almaz und Taye kamen Hand in Hand zu uns gelaufen. Ihre Augen strahlten wie zwei Sonnen, als Almaz mich in die Arme schloss.

Gibril blieb in einiger Entfernung stehen und blickte mir lange in die Augen. Ich lief zu ihm und hielt ihn fest. Lachend. Weinend. Küssend.

:::

„Mia, magst du einen Tee?“

„Sofia, du reißt mich aus dem wunderbaren Kitschbild einer Meditation, nur um mir Tee anzubieten?“

„Dein Kitschbild wird kommen, sooft du willst", lachte sie.

Wir tranken schweigend Tee.

Ich hatte plötzlich das Verlangen, mit meinen Fingern durch ihre roten Locken zu streichen. Sie ließ es geschehen.

„War es die richtige Entscheidung gewesen, Mia?"

„Ja, das war es."

„Du bist deinem Mut gefolgt. Aber ich sehe Sorge?"

„Noch ist Almaz nicht gerettet."

„Sie wird gerettet werden. Wir müssen fest darauf vertrauen."

„Ja. Das müssen wir ... Noch war ich nicht in Berlin."

Ich musste los. Ich wollte noch einmal in der Klinik vorbeisehen und fragen, ob alles gut lief. Ich wollte mich verabschieden.

„Das Leben", sagte Sofia, „ist manchmal wie ein Traum."

Sie umarmte mich und drückte mir etwas in die Hand.

„Vielleicht hilft dir das in Berlin, Mia."

:::

Das weiße Gebäude blendete im Licht der aufgehenden Sonne. Ich fand Almaz im Park. Sie lag in einem Liegestuhl. Ich holte uns beiden Pfefferminztee und hielt ihre Hand.

Der Rasen war feucht, in der Bucht kreuzten Segelboote, Eicheln fielen aus den Bäumen. Langsam füllten sich die Liegestühle mit Patienten. Alle Menschen waren flüsterleise und für sich.

Zum Abschied blickten wir uns lange in die Augen. Ich stellte mir vor, alle Menschen, die Almaz durch ihre Umarmungen geheilt hatte, würden durch ihre Augen blicken. Auch meine. Die Augen der dreijährigen Mia und der dreißigjährigen Mia.

Ich flüsterte immer wieder den gleichen Satz: „Du wirst leben. Du wirst leben." Sie kannte die Worte nicht, aber ich fühlte, dass sie mich verstand.

Gibril war nicht in seinem Zimmer. Die Schwester schickte mich in einen anderen Teil der Klinik. Ich fand ihn mit einem Pfleger in einem Raum mit Kronleuchter und Marmorboden. Einen Raum, den man beim Umbau der Villa in eine Klinik vergessen zu haben schien.

„Geht es dir gut?"

„Ja."

„Ich muss jetzt gehen", sagte ich.

„Werden wir uns wiedersehen?"

„Ja, das werden wir."

Als er mich küsste, fiel ich in Ohnmacht. Sie war rot wie die Erde und die Stadtmauern von Marrakesch. Sie war Blau wie meine Djellaba und Gibrils Gesicht während seiner Aufführungen. Sie war weiß wie Schnee und Fatima.

Als ich wieder erwachte, blickte ich in erstaunte Augen. Ich lachte und murmelte: „Passiert mir öfter, Männer."

Ich hatte mir den Abschied souveräner vorgestellt.

:::

Ich ließ mich vom Taxi am Bahnhof absetzen, kaufte bei meinem Lieblingsbäcker Brot und ein Croissant und ging hinunter zum See.

Bald Ende Oktober.

Ich bildete mir ein, die Enten würden mich wiedererkennen. Sie schnatterten aufgeregt und fraßen das Brot bis auf den letzten Krümel.

Ich setzte mich auf eine Bank, schloss meine Augen, atmete die Ruhe und die frische, feuchte Herbstluft. In Gedanken war ich bei meinem letzten Tag in Starnberg, bevor ich nach Berlin aufgebrochen war. Diese innere Zerrissenheit.

Ich sagte mir: Ich will nie wieder Angst vor mir haben. Nie wieder diese Schwere, diese Düsternis, diese Lähmung. Nie wieder Krieg in meinem Kopf.

Ich hatte den Biss der Kobra überlebt. Der Schlangenbiss, der mich, nebenbei gesagt, zur Streberin und zum Stubenhocker gemacht hatte. Purer Zufall. Die Schlange wollte mich nur umbringen.

Ob Rosen, ob Schnee, ob Meere – was hatte meine Mutter gesagt, wie hieß der Dichter? Unwichtig.

Liebe Rosen, lieber Schnee, liebe Meere – und jetzt?

„Das ist eine ungewöhnliche Begrüßung", hörte ich eine Stimme neben mir sagen. „Wie kann ich wissen, was jetzt kommt?"

„Pardon. Nie höre ich Sie kommen."

„Und trotzdem sprechen Sie zu mir?"

Ich mochte seine heisere Stimme. So ehrlich.

„Ja, das ist komisch. Ich hatte gemeint, ich würde nur denken, leise denken. Wo ist Ihr Dackel?"

„Giltram", räusperte er sich, „ist nicht mehr auf dieser Welt."

„Das tut mir leid."

„Das muss es nicht. Mein Hund ist tot, so ist es." Er blickte mir tief in die Augen. Ich tue mich schwer, ein passendes Wort für diesen Blick zu finden. Verbunden vielleicht. Er blickte verbunden. Als wenn er im Tod keinen Schrecken erkennen konnte. Nicht für sich. Nicht für andere.

„Giltram hat ein glückliches Hundeleben geführt. Es hat ihm an nichts gefehlt."

„Fühlen Sie sich nicht einsam ohne ihn?"

„Sehr."

„Und ...?"

„Sehen Sie", sagte er und zeigte in die Rhododendren, wo

ein Hundebaby herumtollte. „Ein neuer Giltram. Noch sehr jung. Wild. Wenig weise. Gestern kam er zu mir."

„Er hat den gleichen Namen?"

„Alle meine Dackel haben diesen Namen. Sie sind für mich wie ein Tier, das immer wieder neu geboren wird, wenn das für Sie nicht zu mystisch klingt."

„Nein, ganz und gar nicht. Meinen Sie, das ist auch bei Menschen so? Eine Kette von, sagen wir Mias, und alle gehören zusammen. Alle sind wie Variationen eines einzigen Menschen."

„Sind wir nicht alle Variationen eines einzigen Menschen? Sie und ich und die Milliarden anderen? Gehören wir nicht alle zusammen, auch wenn wir immer genau zu wissen scheinen, was uns trennt? Tatsächlich gerade mal ein Bruchteil unserer DNA."

„Wir nennen sie Fremde, aber in jedem Fremden begegnen wir uns selbst?"

„So ist es", erwiderte er. „Dieses eigentümliche Wort sagt etwas über unsere Vertrautheit mit uns selbst aus. Wer sich kennt, der findet keine Fremden in der Welt."

„Ich habe Sie vermisst."

„Ich Sie auch. – Sie sehen gut aus. Ich gehe davon aus, dass Sie eine Reise unternommen haben. Ich hatte Ihnen gesagt, Sie kennen die Antwort. Erinnern Sie sich?"

„Als wäre es gestern gewesen. Ich habe erst das Falsche getan und dann das Richtige. Etwas ist noch zu tun. Eine letzte Sache."

Er schmunzelte: „Brauchen Sie wieder den Rat eines Fremden?"

„Heute nicht."

Fünfter Teil: Berlin

30

Jo stand in der Tür zu seinem Büro und zeigte sein Siegerlächeln.

Als ich durch die Reihen der Schreibtische ging, entdeckte ich neue Gesichter. Ich hatte ganz vergessen, dass die Halbwertszeit eines Mijo-Mitarbeiters gerade mal ein Jahr betrug. Wir beschäftigten Nomaden, ständig auf der Suche nach einem neuen Abenteuer in einem neuen Start-up.

Da saß Alex. Als ich ihn ansah, blickte er schuldbewusst zu Boden.

An meinem Platz saß Sarah, süffisant lächelnd. Sie kam auf mich zu und wollte mich in die Arme schließen. Diese Schlange.

Ich wich ihr aus und ging an Jo vorbei in sein Büro.

„Du wolltest mit mir reden?"

„Mi, willkommen zurück. Wir freuen uns sehr, dich zu sehen", sagte er so, dass alle es hören konnten. „Du siehst wieder viel besser aus."

Dann schloss er die Tür und die Lamellen vor den Glaswänden.

„Lass es uns beenden", sagte er kühl. „Ich habe eine Aufhebungsvereinbarung für dich. Du überschreibst mir alle Anteile der Firma und trittst noch heute von deinen Ämtern zurück."

„So einfach?"

„Ja."

Ich hatte die Nacht schlecht geschlafen. Mein Körper so angespannt. Noch vor wenigen Tagen hätte ich Jo und Sarah am liebsten die Augen ausgekratzt. Doch ich hatte beschlossen, kühl zu bleiben. Es war vorbei.

:::

„Auch einen Espresso, Mi?“

„Nein, danke ... netter Versuch.“

Jo verzog keine Miene.

Während er den Espresso zubereitete, beobachtete ich ihn.

Jos zackige Gesten.

Sein Blick, der sich nie verlor oder verhakte.

Sein ewiges Halblächeln.

Zuversicht. Jede Sekunde Zuversicht.

Ich hatte mal ein Interview mit Barack Obama gelesen, wo er auf die Frage, was der größte Unterschied zwischen einem Regionalpolitiker und einen Präsidenten sei, geantwortet hatte: Du musst immer Zuversicht ausstrahlen.

Jos Präsidentenmaske. Dahinter helle Aufregung. Ich spürte es. Jede Geste wirkte wie einstudiert. Als wenn er dieses Treffen immer wieder geprobt hätte. Alles zu exakt – der Tonfall, der Blick, seine Art, sich noch größer zu machen, als Jo mit seinen 1,90 Metern sowieso schon war.

„So hast du es getan. Jeden Morgen eine spezielle Kapsel für die liebe Mia.“

„Ich weiß nicht, was du meinst“, entgegnete er, ohne seinen Blick von der Espressomaschine zu lassen.

„Muss man ein guter Lügner sein, um Erfolg im Marketing zu haben? Es schadet nicht, oder? Lügen schadet nicht.“

„Willst du deine letzten Minuten bei Mijo mit haltlosen Anschuldigungen vergeuden, Mi?“

„Lass es mich so sagen: Ich verabscheue dich und deine Machenschaften. Was ist nur aus dir geworden? – Was dagegen, wenn ich die Vereinbarung erst einmal lese?"

„Nur zu, aber es wird nichts ändern."

War die Webcam auf Jos Schreibtisch etwa eingeschaltet oder war sie nur zufällig auf meinen Stammplatz in seinem Büro gerichtet? Streamte Jo unser Gespräch etwa zu Sarah und Alex? Das würde es erleichtern.

„Wir werden sehen", sagte ich ruhig. „Vielleicht habe ich ja keine Lust, zu unterschreiben."

„Dann werde ich dich noch heute anzeigen. Du hast fahrlässig vertrauliche Kundendaten an Dritte verschickt."

„Habe ich?"

„Du hast Spuren hinterlassen. Zum Glück fand Alex die Dokumente."

„War es nicht genau anders herum? Ihr habt Kundendaten gestohlen und unter der Hand verkauft. Und Alex fand Beweise für eure Machenschaften."

„Träum weiter. Alex ist mein Mann."

„Jeder hat seinen Preis, oder? Einer deiner Lieblingssätze."

„Mi, unterschreibe doch endlich. Ich muss noch arbeiten. Du darfst gern weiter deine Depression pflegen."

Das war der Mann, den ich bewundert hatte, gefürchtet manchmal. Mein Partner, mit dem ich mehr Zeit verbracht hatte, als mit einem Lebensgefährten, um etwas aufzubauen, was ich ihm jetzt einfach schenken sollte.

Jo, der Verräter. Der Betrüger. Der Räuber.

:::

Da draußen auf der Fläche saß viel Asperger. In diesem Glaskasten saßen ein Psychopath mit Präsidentenmaske und eine bis vor kurzem Ausgebrannte. Am Ende war das die Voraussetzung für den Erfolg von allem, was wir unternahmen: gestörte Persönlichkeiten. Nur als psychisch Deformierte eine Klasse für sich.

Ich spürte, wie der Gorilla um Jos Glaskasten lief, kurz davor, die Tür einzutreten.

Wie hatte ich hier fünf Jahre arbeiten können, ohne längst krank geworden zu sein? Wie war das möglich gewesen?

Diese Kälte.

Diese Masken.

Diese Lügen.

Der Gorilla hämmerte gegen die Scheibe, lauter und lauter.

Ich flüsterte, ohne von der Vereinbarung aufzusehen: „Da draußen wartet jemand auf dich, Jo. Schau mal nach."

Er schob die Lamellen auseinander.

„Fantasierst du? Da ist nichts."

„Oh doch, bald wirst du ihn erkennen."

Und zwar sehr bald, dachte ich. In wenigen Minuten wird er dein neuer Freund sein.

„Jaja ... Was hast du da eigentlich für eine lächerliche Zeichnung auf der Hand, Mi? Ist ja peinlich."

„Gut, dass du darauf zu sprechen kommst. Diese Zeichnung betrifft auch dich."

Ich schob meinen Ärmel hoch.

„Weißt du, was da steht? Da steht Wendezeit. Ein schönes Wort, oder? Wen. De. Zeit."

„Du bist ja irre. Unterschreib und geh. Du kannst ja auf der Straße einen Anfall bekommen."

Konnte man in so einer Situation wirklich sagen: Ich bin enttäuscht von dir? Klang doch wie Schmierendrama.

Ich hatte etwas Besseres.

Nach meiner Abreise aus Starnberg hatte ich in Berlin drei Tage mit Recherchen und Gesprächen zugebracht. Mit durchaus interessanten Ergebnissen. Ich erhob mich und zog einen Umschlag aus meiner Tasche.

„Wie wäre es, wenn du dich jetzt setzt, Jo? Ich werde gar nichts unterschreiben, aber ich kann mir vorstellen, dass du diese Erklärung hier unterschreiben willst. Da ist auch noch eine Seite für Sarah. Und eine für Alex."

Jos Lachen, klirrend kalt.

„So liebe ich dich, Mi. So liebe ich dich."

„Warst du eigentlich schon immer so ein Mistkerl? Oder bist du das erst geworden, seitdem du mit Sarah das Bett teilst?"

Ihm blieb das Lachen im Hals stecken.

„Ich will die Antwort gar nicht hören. Es ist mir egal. Lies jetzt bitte, was ich für dich vorbereitet habe, dann unterschreibe. Du hast drei Minuten."

„Oho ..."

„Die Zeit läuft. Wenn du nicht unterschreibst, gehe ich direkt zu unseren Investoren und zur Polizei."

Mit fahrigen Fingern öffnete er den Umschlag und warf einen Blick auf das Schreiben. Auch ich hatte eine Aufhebungsvereinbarung vorbereitet.

Er schob sie lächelnd wieder zu mir zurück.

„Netter Versuch, Mi. Du hast gar nichts."

Ich legte einen kleinen, schwarzen USB-Stick auf den Tisch.

„Fundstück", sagte ich.

Sein Bronzeteint verweißlichte sich. Er taumelte und stützte sich auf die Schreibtischkante.

„Woher hast du das?"

„Fundstück, sagte ich doch gerade."

„Du hast den Stick von Sarah gestohlen. Du bist eine Diebin!"

Ich schob den USB-Stick über den Tisch.

„Bitte, nimm ihn nur. Die Daten sind längst gesichert. Ich habe den Stick von einer Freundin, deiner lieben Nachbarin in Starnberg. Sofia heißt sie. Sofia hat das gute Stück gefunden."

Jo drehte den Stick mit fahrigen Bewegungen in seinen Händen und starrte darauf wie auf ein Rätsel.

„Nie habe ich etwas gestohlen. Das weißt du, Jo. Keine Kundendaten. Keine USB-Sticks. Sarah muss ihn verloren haben. Dumm gelaufen."

Er blickte zu Boden, die Hände auf die Knie gestützt. Ich kannte diese Haltung gut. Er rechnete wie ein Schachcomputer alle Möglichkeiten durch, die ihm blieben. Er hatte keine Chance. Er hatte Kundendaten gestohlen. Er war ein Verbrecher. Ein USB-Stick lügt nicht.

Ich hatte mir in den letzten Tagen vorgestellt, wie ich diesen Moment genießen würde. Die Rache auskosten. Es war nicht so. Rache bedeutete mir nichts mehr.

„Und jetzt, Mi?", fragte Jo mit seiner Einschmeichelstimme. „Sollen wir darüber reden?"

„Es gibt nichts zu reden. Es ist vorbei. Du unterschreibst, hier und jetzt, Jo. Es gibt noch ein paar Dinge zu tun."

„Mi ... Ich muss mit meinem Anwalt reden."

„Gern, Jo. Aber zuerst wird unterschrieben."

Er plumpste auf das Sofa.

Knisterndes Schweigen im Raum. Jos Augen wanderten von links nach rechts, mich mieden sie. Er blätterte durch die Vereinbarung, vor, zurück, wieder vor. Sein Gesicht machte Grimassen beim Reden, als wenn die Worte, die dort standen, geheime Befehle für seine Gesichtsmuskeln enthielten. Ich entdeckte Schweißperlen auf seiner Stirn, kleine, glänzende Tropfen. Er lehnte sich blätternd zurück. Kurz darauf beugte er sich wieder vor.

Ich saß einfach nur da und sah ihm zu. Eine Minute lang.

Vielleicht zwei. Dann sagte ich: „Jo, du wirkst aufgewühlt."

„Mi", antwortete er, als wenn er meine Gegenwart erst in diesem Moment wahrgenommen hätte, „Mi, hörst du auch so ein Klopfen. Ist da draußen jemand?"

Tja Jo, dachte ich, Glückwunsch zu deinem Gorilla.

„Ein Glas Wasser, Jo?"

Er nickte fahrig. Jetzt glotzte er mich an, wie er zuvor den USB-Stick angeglotzt hatte. Ich blickte freundlich zurück und griff zur Karaffe.

Während ich ihm ein Glas Wasser einschenkte, dachte ich an Sofia. Ohne sie hätte ich es nie geschafft. Der USB-Stick, den sie mir beim Abschied in die Hand gedrückt hatte. Darauf waren alle Pläne, alle Details, alle Beweise gespeichert. Sarah hatte ihn in der Auffahrt verloren, als sie mit Jo ein Wochenende in Starnberg verbracht hatte.

Zufall? Abdul würde seinen kleinen Kopf schütteln.

Es war leicht, Jos und meine Firmenanteile zu verkaufen. Mijo war erfolgreich und gut aufgestellt für die Zukunft. Niemand wusste von den dunklen Absichten des Gründers.

Einen Moment hatte ich darüber nachgedacht, Mijo allein zu führen. Vielleicht hätte ich es gekonnt. Doch die Vorstellung, mit mehreren Millionen auf dem Konto offen für neue Pläne zu sein, gefiel mir besser.

Bei meiner Recherche hatte ich noch einige erstaunliche buchhalterische Tricks gefunden.

So gehört das Haus in Starnberg in Wirklichkeit gar nicht Jo, sondern der Firma. Eine meiner Verkaufsbedingungen war die Überschreibung des Hauses in meinen Privatbesitz. Da es Mijo nichts nützte, keine große Sache.

„Hier ist dein Wasser!"

„Du hast mich gerade geschlagen, Mi."

Ich dachte nur: Das ist wahr, aber nicht wichtig. Es ist vorbei, ich brauche das nicht mehr.

:::

„Sag mir: Warum das alles, Jo?"

Er trank das Glas in einem Zug leer.

„Ich will dich nie wiedersehen, aber ich würde es gern verstehen."

„Weil … weil es so leicht war, Mi."

„Seit wann machst du es dir leicht? Kannst du dich an den Anfang erinnern, Jo? Wir wollten …"

„… die Welt verändern. Ganz schön naiv!"

„Haben wir sie denn nicht verändert?"

Seine Stimme wurde wieder fester. Vom Schock zur Wut. Ich war erstaunt, wie schnell das gehen konnte.

„Mit einer albernen Internetagentur? Wir haben Konzerne in die digitale Welt geführt wie Blinde. Ihre Strategien entwickelt. Wege zu ihren Kunden gefunden, die sie nicht sehen konnten. Wir haben ihren Erfolg messbar gemacht und ihnen gezeigt, wie sie mit den Daten noch viel weiter kommen konnten. Alles, wofür sie Jahre gebraucht hätten, haben wir im Zeitraffer für sie erledigt. Von uns konnten sie lernen und sehen, wie es geht."

„Das war doch großartig."

„Ach ja? Jetzt bauen sie ihre eigenen Unternehmen um und werben unsere besten Leute ab."

„Das ist das Spiel. Wir sind eine Agentur. Bei uns bleibt sowieso niemand lange."

„Bist du blind? Du erlebst doch auch, wie sie uns verhungern lassen. Pitch über Pitch. Verstehen Sie doch, Jo, ich würde Mijo sofort engagieren, aber ich muss noch meinen CEO, CFO, CTO, CMO überzeugen. Nur noch diese eine Runde. Das Rennen ist doch für Sie so gut wie gewonnen. Du zauberst das komplette Lösungspaket. Es ist genial. Sie wissen es. Jetzt haben sie, was sie wollten. Gratis."

„Das kommt vor."

Jos Stimme wurde immer schriller. Ich blieb ruhig. Das schien ihn mehr und mehr aus der Fassung zu bringen.

„Allerdings. Und so fliegst du auf der Zielgeraden auf wunderliche Weise aus dem Rennen. Ich bin untröstlich, Jo, beim nächsten Mal ganz bestimmt. Wir sind ja alle schrecklich untröstlich. Wir haben Zeit verplempert. Unsere Kreativität. Unser Genie."

„Und nun sollen unsere treuen Kunden dafür büßen? Für die Schmarotzer, die uns aussaugen wollten, ohne zu zahlen? Den Treuen willst du die Daten stehlen und sie an Schurken verkaufen: Heißt das für dich, die Welt verändern? Das STA-Projekt."

Jo schwieg und betrachtete seine Hände.

Ich frage dich noch einmal: „Habt ihr mich vergiftet?"

„Du hast dich selbst vergiftet."

„Lass deine alberne Rhetorik. Sei einmal im Leben aufrichtig."

„Du hast geschuftet, als wenn es um dein Leben ginge. Mia, die fleißige Prinzessin."

„Der Morgenkaffee, die Mail erwähnt den Morgenkaffee."

„Drei alberne Mails. Keine Ahnung, was drinstand. Unwichtiges Zeug."

„Deswegen versteckt und verschlüsselt?"

„Lass den Zynismus, Mi. Zynismus macht Frauen hässlich."

„Schau dir mal deinen Mund im Spiegel an, Jo. Du warst ein schöner Mann. Ein netter Kerl. Arrogant, aber nett. Und jetzt ..."

„Verschone mich!"

„Wie du willst. Zurück zum Thema: Sarah hat die Mails weit weggeschoben. Aber nicht weit genug."

„Ach, Alex. Da haben wir beide wohl seine Loyalität überschätzt. Erst ich, dann du.“

„Ja, die Loyalität …“, flüsterte ich. „Die gute alte Loyalität.“

Während Jo seine Lippen aufeinanderpresste, rief ich den Notar hoch, der im Auto gewartet hatte. Jo zückte seinen silbernen Montblanc und unterschrieb unter den prüfenden Blicken von Dr. Müllerschön mit einer Hand, die nicht mehr aufhören wollte zu zittern.

Sarah und Alex kamen mit Kreidegesichtern und hängenden Schultern. Meine Webcamtheorie schien zu stimmen. Sie hatten alles live verfolgt.

:::

Ich rief die Mitarbeiter zusammen und erklärte, dass die drei sich spontan entschlossen hätten, auszusteigen – aus privaten Gründen.

Getuschel. Gemurmel. Fragen nach dem Warum.

Ich erklärte Ihnen, wirklich gute Entrepreneure zeichne vor allem ein Gefühl dafür aus, wann es Zeit sei, auszusteigen.

Schmunzelnde Gesichter.

Bei der Gelegenheit, fuhr ich fort, würde ich gern in eigener Sache etwas verkünden. Auch mein letzter Tag sei gekommen. Künftig werde Mijo von einem der Partner unseres größten Investoren gemanagt. Der Investor habe auch die Anteile von Jo und mir übernommen. Ende der Gründerzeit.

Die Leute wussten nicht, ob sie klatschen sollten oder irgendeine Form von Anteilnahme zeigen, am Ende vielleicht Trauer. Sie standen einfach so da. Emotional überfordert. Als wenn sie fragen wollten: Was geht mich das alles an?

Ich sah in die Gesichter und mir fiel auf, dass ich hier keine Freunde hatte. Fünf Jahre meines Lebens und am Ende kein einziger Freund. Nur einer, von dem ich geglaubt hatte, er wäre ein Freund.

:::

„Was tust du denn jetzt?", fragte ein junger Typ schüchtern. Ich kannte ihn nicht. Praktikant, nahm ich an.

Er kam zu mir, während sich die Versammlung auflöste.

„Wer bist du?"

„Ich bin Fabian. Erinnerst du dich nicht?"

„Tut mir leid."

„Du hast mich eingestellt. Ich bin Datenanalyst. Ihr wolltet mich unbedingt – das heißt, Jo wollte mich unbedingt."

„Jetzt erinnere ich mich. Du warst bei der Konkurrenz, und du bist der Beste. Du wolltest ins Management. Sozial einige Defizite. Du hast viel zu lernen."

„So hast du das auch in unserem Gespräch gesagt. Jo hatte mir den Himmel versprochen. Sarah hatte mir erzählt, wie großartig ich sein würde. Dann kamst du. Du hast gesagt, sozial sei ich ... da gab es so ein schönes Wort ... sozial sei ich ein Totalausfall."

„Nun ja. Schau dich an."

„Nur weil ich keine Freunde habe?"

„Du sagtest: Ich arbeite immerzu. Ich habe keine Freunde. Ich ..."

„Und du sagtest: Alle Erfolgreichen in unserer Branche sind soziale Totalausfälle. Guck dir Steve Jobs an. Ein rücksichtloser Fanatiker der innovativen Produkte. Guck dir Jeff Bezos an. Ein Menschenschinder, der Amazon mit Angst regiert. Guck dir Mark Zuckerberg an. Ein Datendieb ohne irgendeinen moralischen Halt. Guck dir Sergej Brin an. Ein

Visionär des Monopols – Googles natürlicher Lebensraum. Von wegen don't be evil!"

„Ja, das sagte ich wohl. Etwas überspitzt vielleicht, wenn ich das jetzt so aus deinem Mund höre."

„Aber dein Schlusssatz war: Mach es besser."

„Und?"

„Mach es besser. Diese drei Worte haben mich überzeugt, bei Mijo anzufangen. Ich dachte, du zeigst mir, wie ich es besser mache. Und jetzt gehst du?"

„Ich verrate dir ein Geheimnis, Fabian. Ich war selbst kein bisschen besser, ich habe es nur geglaubt. Ich war nicht rücksichtlos, habe nicht mit Angst regiert, ich fand moralische Eckpfeiler und war für gesunde Konkurrenz. Aber ich war dumm genug, andere genau so sein zu lassen und es nicht zu sehen."

„Du meinst, Jo ..."

„Und du siehst ja, wie viele Freunde ich hier habe. Der Einzige, der mit mir redet, bist du."

„Das überrascht mich."

„Ich habe wie du immerzu gearbeitet, bis ich beim Arzt saß. Burn-out und Hörsturz. Mit 30. Das war im August."

„Und jetzt?"

„Jetzt scheine ich geheilt."

„Wie hast du das gemacht?"

„Das ist eine lange Geschichte."

„Ich möchte sie hören."

„Ein anderes Mal."

„Schade, aber wenn du meinst."

„Ich meine, diese Firma braucht Leute wie dich. Ich bin froh, dass wir dich damals eingestellt haben. Morgen beginnt eine neue Ära für Mijo. Ich werde den neuen Geschäftsführer bitten, dich in seine Nähe zu holen, wenn du mir versprichst, niemals zwei Werte zu vernachlässigen:

Ehrlichkeit dir selbst gegenüber und Respekt gegenüber anderen."

„Ich wollte es von dir lernen ..."

„Dann kündige und zieh nach Starnberg."

„Starnberg, das ist Österreich, oder?"

„Fast."

„Was sind denn deine Pläne?"

„Wir werden die Welt verbessern, ohne evil zu sein."

„So wie Google?" Er lachte. „Kannst du es etwas genauer sagen?"

„Welches Thema siehst du seit Monaten täglich auf den News-Seiten?"

„Du meinst die Flüchtlinge?"

Ich nickte.

„Und was sollen wir tun?"

„Wir fangen einfach mal an. Was zu tun ist, wird sich zeigen."

:::

In der Flughafenlounge sah ich die Bilder im Fernsehen. Yaram und Abdul waren mit dem Flüchtlingsboot auf Teneriffa gelandet. Ich musste weinen, als ich ihre ungläubigen Gesichter erkannte.

Hatte die Kette sie sicher über den Atlantik geleitet? Ein Zauber? Magie? Hatte die Kette auch Almaz und mich gerettet? Trug sie Sorge für uns, immer noch? Hatte Yaram uns einen guten Zauber geschickt?

Ich trank einen Schluck Bier und beschloss, mir in Starnberg einen Dr. Glüsenkamp zu suchen. Irgendwann musste ich diesen inneren Orient auch mal wieder loswerden. Die Zeit der Zauberketten war vorbei.

Was wollten Yaram und Abdul in Europa? Warum waren

sie nicht geblieben? Sie gehörten auf den Djemaa el Fna. In diese ewige verwunschene Gegenwart.

Morgen würde ich mir Gedanken um sie machen. Morgen war auch noch ein Tag.

:::

Vom Ostbahnhof nahm ich die S6 nach Starnberg. Es regnete. Ich blickte aus dem Fenster und dachte immer wieder: Liebt er mich?

„Liebt wer dich?“, fragte das Mädchen mir gegenüber.

„Ein Mann“, sagte ich zu ihr. „Ein Mann aus Marrakesch. Er kam nach Deutschland, um das Leben seiner Schwester zu retten. Ich glaube, ich liebe ihn. Ich habe Angst, dass er mich bald wieder verlässt.“

„Das ist aber traurig.“

Ich strich dem Mädchen über den Kopf und zeigte ihr ein Foto auf meinem Handy.

Fatima im Musikladen, ein Huf auf der Kasse, die Hinterbeine schön gestreckt, lächelnd, das Kinn leicht erhoben.

„Soll ich dir von einem Jungen namens Abdul erzählen und von einer afrikanischen Ziege, die in einem Baum lebte? Er war ein Dieb. Und sie war die größte Tänzerin, die es je in der Ziegenwelt gegeben hat. Ihr Name war Fatima.“

„Ja“, sagte das Mädchen, „diese Geschichte würde ich gern hören.“

Danksagung

Vielen Dank, dass Sie dieses Buch gekauft haben. Ich hoffe, es hat Sie gut unterhalten und vielleicht auch Ihre Reiselust geweckt. Über Kommentare und Kritik freue ich mich. Bitte schreiben Sie mir an tp@thomas-pyczak.de. Vielleicht haben Sie auch Lust, eine Bewertung abzugeben oder eine Rezension bei Amazon zu schreiben. Das würde mich sehr freuen.

Herzlichen Dank an alle, die mich bei der Entstehung dieses Romans unterstützen: An Professor Dr. Straka für seine Einführung in das Thema Leukämie und seine Plausibilitätsprüfung. An die Starnberger Schön-Klinik für ihre Aufgeschlossenheit, Vorbild der Romanklinik zu sein. An Dr. Reinhard Gaertner für die anregenden Diskussionen; sein Wissen über Burn-out, Tinnitus, Meditation und Souveränität hat diesen Roman stark geprägt. An Abdul für die guten Gespräche und die Antworten auf alle meine Fragen zu Marrakesch. An Uli Truckenbrod und Valentin Pletzer für ihre Expertise zum Thema Kryptographie. An die Schriftstellerin Claudia Brendler für ihren unerschrockenen Einsatz als literarische Sparringspartnerin und Lektorin. An Dr. Peter Wieland für seine detailgenaue Textarbeit und sein Bestreben, alles Überflüssige zu streichen. An Ute Winkler für die akribische Prüfung des Manuskripts auf Stil und Plausibilität, für ihren Zuspruch – und natürlich auch für ihren Widerspruch. An meine lieben Freunde Sabine Fasterling, Ivana Biman, Kersten Weichbrodt, Jürgen Bruckmeier und Sophia Farmaki-Held für Inspiration und kritisches Feedback. An alle Menschen, die mir von ihren – meist verrückten – Reisen nach Marrakesch berichtet haben. An die Yogis Claudia, Sandra, Tamara, Marketa, Bea und Percy für die Meditationen. Vielen Dank vor allem meiner Frau Bettina für die Begleitung nach Marrakesch in der Realität und immer wieder im Geiste. Für die vielen Gespräche, die Fragezeichen, die psychologischen Einsichten und ihre gutgelaunte Unterstützung in allen Entstehungsphasen des Manuskripts.

Die wichtigsten Bücher, die mich inspiriert und mir ein tieferes Verständnis von Marrakesch ermöglicht haben: *Die Stimmen von Marrakesch* von Elias Canetti, *Ein Jahr in Marrakesch* von Peter Mayne, *Der Platz der Gehenkten* von Hubert Fichte, *Marrakesch* von Esther Freud sowie der *Marrakesch-Reiseführer* Hartmut Buchholz. Anschluss an die orientalische Erzählwelt fand ich in der Geschichtensammlung *Tausendundeine Nacht* sowie in Khalil Gibrans *Der Prophet*. *Nur zwei Dinge* heißt das im Roman zitierte Gedicht. Es ist von Gottfried Benn.

Die gesamte Handlung des Romans ist frei erfunden und jede Ähnlichkeit mit lebenden Personen rein zufällig.

Thomas Pyczak
Herrsching, im Juni 2016

Ende der Welt

Ein Roman von Thomas Pyczak

"Ein packender Roman mit einer fesselnden Story."

"Es ist alles dabei: Liebe, Psycho und Natur. Die perfekte Lektüre für den Urlaub!"

"Ende der Welt hat, was vielen Romanen schon fehlt - Zeit, Überraschung, Wendungen und ein Ende, das auch ein Anfang sein kann."

"In einem Rutsch durchgelesen. Tolles Kopfkino."

"Feuerland leuchtet und lockt nach dieser Lektüre ... und steht schon auf dem Reiseplan!"

1991: Der Student André nimmt sich eine Auszeit von seiner Beziehung und seinem Leben und bereist den amerikanischen Kontinent. Er kommt bis ans Ende der Welt: Ushuaia in Feuerland, die Stadt der windgepeitschten Bäume und ständig quietschenden Türen. Eine davon öffnet sich für André, und er verschwindet spurlos.

22 Jahre später macht sich Andrés Sohn Jan mit seiner Mutter Stella auf Spurensuche. Er will endlich die Wahrheit über seinen Vater erfahren. Doch kaum in Feuerland angekommen, verschwindet auch er.

Nun muss Stella den Kampf allein aufnehmen und sich gegen die Rauheit der einsamen Stadt und ihrer Bewohner behaupten. Ihr gediegener Lebensstil, ihre vegane Ernährung und ihre Liebe zu Tai Chi – am Ende der Welt ist Stella zunächst nur eine verlorene Außenseiterin.

Allen Widerständen zum Trotz findet sie schon bald erste Spuren: Ein rätselhaftes Mädchen namens Carmen. Deren verwirrte Mutter Dolores, die seit Jahrzehnten ein Tagebuch versteckt. Und immer mehr mysteriöse Hinweise, dass Ushuaia Menschen verschwinden lässt.

Die kühle Hanseatin, stellt sich ihrem größten Feind: Der Vergangenheit, an die sie sich nie wieder erinnern wollte ... Ein Wettlauf gegen die Zeit beginnt.

Reiseroman. Liebesgeschichte. Thriller. Ende der Welt hat viele Facetten und ist doch vor allem eins: die fesselnde Geschichte der Suche nach der eigenen Identität. Das verbindet alle Figuren in diesem Roman – macht sie zu Freunden oder zu erbitterten Gegnern.

17398995R00174

Printed in Poland
by Amazon Fulfillment
Poland Sp. z o.o., Wrocław